作者
顧西爵
Gu Xi-Jue

在對的時間，遇見對的人，是一種幸福。
他在等誰，他其實一直都知道。

對的時間 對的人

Meet right person at right time.

CONCENTS

007 | 第一章　被盯上了
019 | 第二章　別人的婚禮
035 | 第三章　大神求包養
053 | 第四章　據說本人很美
071 | 第五章　最快速的一場婚禮
091 | 第六章　大神的美照
113 | 第七章　第一次網聚
133 | 第八章　美女救英雄
159 | 第九章　我只強迫過若為君故
171 | 第十章　我想接吻
199 | 第十一章　被糊弄了
223 | 第十二章　天意弄人
241 | 第十三章　我不想恨你
257 | 第十四章　一種相思
273 | 第十五章　我不良善，但我絕不負妳
289 | 第十六章　海闊天空
307 | 第十七章　大神努力刷下限
323 | 第十八章　以後我歸妳管
341 | 第十九章　別開生面的婚禮
357 | 第二十章　幸福很簡單
364 | 後記　彼此有心，終會天長地久

第一章

Meet right person at right time.

被盯上了

已是春暖花開時節，姚遠看著教室窗外盛開的桃花，心想，這麼好的天氣不去踏青真是遺憾。

上課鈴聲已經響過，老師還沒來，教室裡顯得有些嘈雜。這時有一位男生踏步進來，朝教室裡掃了一圈，最後走到姚遠旁邊落座。

因為面生，姚遠不由得偏頭看了他一眼。

那男生一坐下就靠椅子上閉目養神了，一副沒睡好的樣子。

坐姚遠另一邊的女生伸手扯了扯姚遠的衣袖，很小聲地說：「嘿，這人我知道，是大四的學長。」

那男生穿著一件淡青色的高領毛衣，頭髮細而軟，五官組合在一起，說不出來的養眼耐看。只是現在在打瞌睡，看起來有些沒精打采的，或者說氣色不怎麼好，有點病懨懨的樣子。

姚遠旁邊的女生低聲問姚遠：「我說，要不要告訴他，他走錯教室了？」

姚遠沉吟：「算了吧，反正我們不認識他，就當不知道吧。」

下一秒，那人卻睜開眼睛，轉頭看向姚遠。那雙眼睛黑亮有神，讓被看的人有種心慌慌的感覺。

他說：「妳怎麼那麼缺德？」

姚遠從夢中醒來，百思不得其解。「怎麼會作這麼奇怪的夢？」她研究生都讀完了，竟然還會夢到自己大一那會兒的一堂課。

「一定是最近看書看太多看傻了。」於是她決定——「等會兒起來得玩遊戲緩解才行！」

姚遠從小到大都是好學生的代表，大學念的是名校江濘大學的漢語言文學系，之後她被保送去加拿大讀研究所，畢業後回母校工作，成了一名選修課老師，教的是《美學概論》，剛出社會兩個月。

她沒啥遠大目標，只盼流年無殤。

比如，打遊戲的時候一定要保證網速暢通無阻啊！

星期天中午，姚遠起床後，早餐中餐一起搞定，就開電腦登錄了《盛世傳說》。一進入遊戲，她就看到自己的帳號——若為君故站在一處庭院中，高牆曲徑，正前方是一方小小的池塘，裡面都是睡蓮，一朵朵開得豔麗。

這一處楊柳垂絲、水木清華標示著「小柳園」的清淨地，是她瞎逛時找到的。

因為這邊沒什麼東西好打，所以幾乎都沒玩家來。

劍客若為君故靜靜地站在一棵柳樹下，劍背在身後，烏黑長髮以三枚銀色髮簪綰在腦後，隨意地垂落在身後，淡紫色雪紡裡衣，煙羅紫雙層外裙，配套的還有銀紫色馬甲和蔽膝，英姿颯爽。

「如此適合約會的好地方，竟只有我這孤家寡人在，真是浪費了。」

姚遠感嘆著，殊不知，此刻若為君故身後的高牆上，站著一名刀客，銀白長髮，衣袂飄揚，正默默地看著她。

而姚遠也沒能意興闌珊多久，同幫派裡的玩家花開私聊她：「小君，聽說妳要跟咱們《盛世》裡的高人君臨天下私訂終身了！」

姚遠：「啊？」

花開：「妳不知道嗎？妳這兩天沒上來，世界頻道上都傳瘋了，說妳被君臨天下救了後，打算以身相許了。」

姚遠：「啊？」

要說自己跟那高人君臨天下開始有交集……仔細想想，也只是近一週的事情而已。

回憶第一幕：

一週前的一天，她散步經過某一山腳下時，看到了山清水秀間一對情侶正在濃情密意，男號叫爺最帥，女號叫美人依舊。然後，電光石火間，一隊人馬衝了出來，殺向那對正秀恩愛的情侶……

咳，秀恩愛的被人殺就算了，為什麼連路過的她也被攻擊了？姚遠很鬱悶，那隊人裡的雄鷹一號二話不說衝上來朝她就砍。一對一對劈里啪啦打了十來分鐘，最後她提劍一招瞬發，漫天花雨下劍尖劃出一道月弧，此招名為「花見月」，俗稱「晃花你的眼」。在打斷對方攻擊的同時，趁著對方有三秒暈眩，姚遠精準無比地迅速祭出兩式「血祭」，一點五秒一劍，兩劍總算是砍去了對方剩下的血，雄鷹一號掛了。其間那對秀恩愛的也掛了。

之後，姚遠以為她要被雄鷹一號的同夥圍毆的時候，出乎意料，那些人只是站在那裡，其中一人復活了雄鷹一號，就沒見什麼人再有動作了。

在姚遠暗暗戒備的時候，之前被他們砍殺掉躺在地上的女號美人依舊在世界頻道上對天下幫的幫主——《盛世》裡的高人「君臨天下」喊話：「君臨天下，你就不能放過我們嗎？」

當時並不在場的君臨天下回話：「不能。」

這多半是遊戲裡最常見的「感情糾紛」了，姚遠看完只能嘆自己人品不好，她這完全是在錯的時間錯的地點，碰上了正灑狗血的一批人嘛，實屬無妄之災。

那天她以為沒她什麼事了，正要走，那隊裡一名風度翩翩的男性角色溫如玉走上來跟她道了歉，說他們的雄鷹一號眼睛不好看錯了人，然後問她是否介意跟他互相加下好友。

她覺得無語且莫名其妙，在對方發來的加為好友的請求欄裡按了「否」，回了句「加好友就算了吧，既然是誤會那我走了」，說完就操控著遊戲人物走了，走前倒是無意間瞄到了螢幕上的幾句對話。

落水：「咱們天下幫的第一財富官被拒絕了？史無前例啊！」

溫如玉：「吵什麼？你們難道不覺得，咱們幫幫主年紀也不小了，是時候成婚了嗎？」

落水：「你真不怕死！」

說明：一、花見月：又名晃花你的眼，瞬發，打斷對方攻擊並使對方暈眩三秒。二、血祭：一點五秒讀條時間，扣自己25%的血來實現四倍爆擊，四招可自盡。

回憶第二幕：

上述事件發生兩天後，堂姊的號水上仙被人圍攻，喊姚遠去救場。姚遠在勉強救下堂姊跑路、被對方的人在世界頻道上發通緝追捕時，那叫溫如玉的人也上世界刷了幾條。他說：「敢殺若為君故者，均是我溫如玉之敵。」

有名氣的人物講話就是不一樣，世界頻道瞬間就熱鬧了，在有人問他若為君故是誰時，他又發了條：「咱幫主夫人嘛。」於是，世界頻道一時間刷得跟走馬燈似的。

坐在電腦前的姚遠深呼吸了下，然後上去發了條：「溫如玉，你亂說什麼？」

而同一時間，有人發了條跟她內容一模一樣的話，連標點都沒差。

那人叫君臨天下，《盛世》第一大幫派的幫主。

隨後君臨天下又扔下一句：「即便是事實，也別到處亂說。」

「……」

這話太值得探究和八卦了。

於是姚遠的若為君故那天很是紅火了一把。

回憶第三幕：

兩天前，她去做任務，在迷蹤林裡繞暈了，找不到出去的路了，正無語問蒼天感嘆路痴傷不起的時候，螢幕上出現了一號人物，頭頂ＩＤ：君臨天下。俊美倜儻的刀客，一襲深色長衫，銀白的長髮束在腦後，有幾綹髮絲散落在額旁，兩隻手上分別拿著兩把製作精美的極品武器，一把是障刀，一把是橫刀，當他一步步朝她走過來時，第一感覺：還真是「君臨天下」，《盛世》的美工們真了不起啊！

這還是姚遠第一次如此近距離地接觸到這位大神。

他說：「我帶妳出去。」
然後他把她帶了出去。
姚遠說：「謝謝。」
他回：「不客氣。今天我有點事，先下線了。」
姚遠：「……哦。」
回憶結束。
所以，哪裡來的什麼「以身相許」啊？
姚遠覺得自己跟君臨天下，那是真不熟，連認識都算不上吧，撐死就是有過「一面之緣」。
再說了，不是傳說那人很凶殘無度、高貴冷豔的嘛，高貴冷豔的人怎麼可能會說那種話呢？
所以一定是誤傳！
姚遠跟花開都肯定「保證是誤傳」之後，卻看到世界頻道上那高貴冷豔的大神發了一條：
「若為君故，來一下紫雲山。」
被夕陽映照著的紫雲山山頂上，君臨天下正靠著一棵參天大樹，眺望遠方。對於君臨天下這位大神，傳說很多。

一說，他玩《盛世》方才半年時間，就花了二十萬人民幣不止，土豪！

二說，他其實是《盛世》的老闆，或者老闆的兒子，也是土豪！

三說，他是職業玩家，跑來玩網遊是消遣，高人！

總之，君臨天下是大神，眾所周知。而這人品行「惡劣」，也是眾所周知。

據說他經常在遊戲裡泡女人，但每次泡到後「相處」沒兩天就拿錢打發人家走人了，真是花心無情至極。本來嘛，遊戲裡就男多女少，把到了妹子卻還這麼不珍惜！

「人民幣玩家了不起啊！」把不到妹的男玩家心聲。

「雖然大神話很少，但是，人真的不錯，至少遣散費數額很不錯，我想我不會輕易忘記他的，有緣江湖再見。」被遺棄的一部分女玩家心聲。

「他連我照片都沒看過，怎麼就知道我不是他要找的人？再也不相信愛情了！」另一部分被遺棄的女玩家心聲。

而一直被外界各種揣測的君臨天下，或者確切地說，在螢幕後面操控著君臨天下的那人，對那些流言蜚語並不在意，他在意的只有一件事。

姚遠現在很惆悵，深深地體會到了膝蓋中箭是什麼感受。

至於紫雲山？她當然沒去。

她壓根就不認識他，隨傳隨到什麼的，又不是情侶或者召喚獸。

所以她毅然選擇了去逛市場。

而那天她剛到交易市場，世界頻道上就開始刷出：「君臨天下大神在擺攤？」、「不是吧？你是不是看錯了？這大神剛喊話不是在紫雲山上等那誰嗎？」、「ID沒錯啊，是君臨天下，在擺攤，在賣武器！」、「天哪，天下幫的幫主那麼富還需要賣武器嗎！」、「……」

但是這些姚遠沒看到。

姚遠逛了一陣後，看到一群人圍在一處，然後聽到路過她身邊的兩人說著什麼：「大神報出的價格高得……他果斷在玩大家吧？」

姚遠不明覺厲，於是走過去也想看看究竟在賣什麼東西。結果她還沒看清賣的是啥呢，那被圍在中心的賣家就先說了：「若為君故，御魂劍，價格一金幣，要買嗎？」

御魂劍，中高檔極品，而遊戲裡的一金幣，相當於買一隻肉兔的錢，簡言之，超便宜。

對於這種好事，姚遠想都沒多想：「買！」

交易成功，而她也終於看清了賣家的ID：君臨天下。

圍觀黨：「大神果然在玩我們啊……」

君臨天下收了攤子，對姚遠說：「不好意思，剛價格說錯了，是一千金幣，請再補九九九金幣。」

姚遠、圍觀黨：「……」

價格說錯那麼多是何等不科學啊！大神。

當然占了便宜的姚遠也並不耍賴，誰讓她是高風亮節的人呢？

姚遠：「我沒那麼多錢，要不我把御魂劍退還給你吧？」

君臨天下：「麻煩。陪我去紫雲山辦點事吧。」

姚遠：「什麼事？」

君臨天下沒有回答，起步走了，姚遠眼角一抽，只能跟上。

那天在紫雲山上，一名名揚《盛世》的刀客和一名默默無名的小劍客在千岩競秀、紅梅映雪的山上足足溜達了一小時，啥都沒做，連肉兔都沒抓一隻。

不過這段時間裡姚遠所在的「百花堂」幫派頻道裡卻很熱鬧。

百花堂是她堂姊水上仙建立的，成員只有十來個人，高手沒有，八卦人才很多。

亞細亞：「我好像看到君姊姊了，她在跟傳說中的君臨天下逛《盛世》十大約會勝地之一的紫雲山！」

百花堂裡唯一的男性玩家阿彌驚道：「什麼？我之前問小君，她說不去的啊，小君騙我！」

亞細亞：「君姊姊真的要以身相許給大神了嗎？」

姚遠忍不住發了一串省略號上去。

哆啦A夢：「君姊姊！妳跟那君臨天下大神真的勾搭上了嗎！怎麼勾搭上的？求詳情！」

怎麼勾搭上的？

姚遠也只能感嘆，有些事還真是天時地利人和……的反義詞。

姚遠：「怎麼說呢？我只是欠了他點錢，所以在幫他做任務償還而已。」

阿彌：「什麼任務？」

姚遠看著螢幕上器宇軒昂的大神號，心說，陪散步算任務嗎？果然高人的精神世界，凡人難以觸及啊。

姚遠一邊感嘆，一邊在幫裡含糊其辭地說：「反正沒你們想的那些事啦。」

阿彌：「哦哦，那就好！否則人家今晚要睡不著覺了！」

這邊姚遠終於忍不住諮詢大神：「君臨天下幫主，我們紫雲山差不多都走遍了，請問你是在找什麼呢？說出來，我也好幫你留心。」

君臨天下：「走厭了？」

姚遠實話實說：「有點。」

君臨天下：「那好吧，今天就到這裡。下次換地方。」

姚遠驚訝了：「等等，大神！我欠你的九九九金幣，不是陪一次就抵消的嗎？」

君臨天下：「不是。」

姚遠：「……」

君臨天下：「加一下好友。」隨後又補充：「討債方便。」

姚遠：「我還您武器行嗎？」

君臨天下：「我說了，麻煩。」

你這樣一次次討債不是更麻煩！

對方發了好友請求過來，姚遠迫於無奈最終還是按了確定。至此，若為君故的好友欄裡多了一號金光閃閃的大人物：君臨天下。

第二章

Meet right person at right time.

別人的婚禮

週末的時間過得尤其快，打打遊戲，睡睡覺，就過去了。

週一姚遠去上班，中午堂姊姚欣然來她學校找她吃午餐。

兩人去餐廳的路上，一向大剌剌的姚欣然笑著說道：「最近妳跟某大神的傳聞很紅啊，我們幫裡那夥人都在說如果妳真嫁給了君臨天下，那咱們幫算是雞犬升天了。」

姚遠「汗」，跟堂姊客觀地大致說了下這幾天來發生的事。

姚欣然聽後，嘖嘖有聲。「要麼是看妳操作好想拉妳進幫派，要麼就是那大神太無聊了。尤其那九九九金幣，他完全是在逗妳玩吧。」

姚遠唯有嘆息。

吃完飯後，姚欣然就開著她的福斯寶來走了，走前跟姚遠說：「今晚我會上《盛世》玩一下，妳也上一下吧，有好戲看。」

姚欣然沒說有什麼好戲。

不過當晚姚遠上線後馬上就知道了，不管是世界頻道，還是自己所在的幫派頻道裡，都在熱火朝天地聊著今天晚上天下幫副幫主傲視蒼穹，跟《盛世》第一美人水調歌謠要舉行的盛大婚禮。

其實這消息一週前就在世界頻道上刷開了，只不過姚遠一向不關注八卦，即便看到也沒往心裡去。

這時姚欣然發給姚遠一段話：「據說，第一美人以前是君臨天下的女朋友，但那時候第一美人還沒曝光照片，故而還沒有第一美人的稱號。據說，第一美人在官方論壇曝光之後，君臨天下就甩了她。據說，君臨天下不是Gay就是女人玩男號的妖人。據說，君臨天下聽完這些『據說』，冷哼了一聲，滅了那傳話的人。」

姚遠：「……」

自然別人也聽過那些據說，阿彌就在幫裡感慨著：「你們看過論壇裡水調歌謠貼出來的照片了嗎？那姿色，君臨天下竟然捨得甩。」

花開：「那什麼第一美人也忒搞笑，姊姊我還沒貼出自己玉照來呢，這第一怎麼出來的？」

阿彌：「哈哈哈，下次花花去論壇貼照，我一定支持妳！」

亞細亞：「話說，上次我們幫主說，她堂妹，也就是君姊姊，那才是真正的美女呢，嘿嘿！」

姚遠：「咳，別鬧。」

哆啦A夢：「君姊姊上線了？姊姊妳跟君臨天下幫主……到底是什麼關係呀？大幫派裡大人物的婚禮都在天禧宮舉辦，都要請帖才能進，妳跟他們幫主熟的話，我們就可以進去看熱鬧了。我好想去看啊，我一場婚禮都沒看過，而且這次又是這麼大的婚禮，真的好想去圍觀。」

姚遠看這小女生興致如此高昂，實在不忍掃她的興，但……「我跟君臨天下真不熟呢。」

剛說完這話，她的私聊裡進來一條消息。

君臨天下：「傲視蒼穹跟水調歌謠舉行婚禮，妳要來參加嗎？」

姚遠心說，要是這話是發在世界頻道上問她的，赤裸裸就是拆她臺了。

姚遠：「我？我跟他們不熟吧。」

君臨天下：「沒事。我也在的。」
問題是，大哥我跟你也一點都不熟吧！
此時此刻的神展開，讓姚遠失去了言語功能，只能發了個無奈的表情。
君臨天下：「乖。」
「……」你強！
君臨天下：「再說，妳還欠我錢。」
什麼意思？要脅？可大神你要脅人做的事怎麼就那麼不合常規呢？像上回去紫雲山上閒逛，完全是不知所謂啊。
姚遠看到幫聊裡哆啦A夢還在說著想要去參加婚禮。
亞細亞：「我說小A啊，別人結婚有什麼好看的？又不是自己結婚。」
花心的阿彌馬上叫：「小亞，妳想結嗎？我願意將就！」
亞細亞：「滾！如果君姊姊練男號，我願意嫁，嘿嘿！」
看到這裡，窮玩家姚遠笑著回：「娶小亞，那我以後就不用做低買高賣的跑商了。」
花開：「小君妳這麼懶，若能傍上一個富爺或富婆，確實是不錯的選擇！」
君臨天下：「來嗎？」
這大神還真是……好客啊。姚遠看自己幫派裡的人還在鬧騰著，不知怎麼想了想，就朝大神說：「婚禮……我能帶人過去嗎？」

那邊停了片刻才發過來：「可以。妳過來，我在門口接你們。天禧宮知道嗎？」這麼簡單就答應了？

「知道的。」不過，你在門口接？那會造成大堵塞吧？

君臨天下：「那好，我等妳。」

姚遠望著那句「我等妳」不由微微一愣，隨即拍了拍自己的臉。「淡定，他是債主，所以他這句『我等妳』說全了是『我等妳還債』……」話說，債主……有錢……富爺？

姚遠：「君臨幫主，你很有錢吧？」

君臨天下：「……」

君臨天下：「嗯。」

姚遠反應過來，覺得自己真是腦抽了，她那一刻真的墮落到想傍富爺了嗎？

姚遠慚愧得無以為繼。

而那邊停了一會兒又發來：「很有。」

剛拿起手邊的茶喝了一口想安安神的姚遠愣是嗆了出來，隨即連連咳嗽。

君臨天下：「我剛開玩笑的。你們過來吧，我等妳。」

姚遠卻感覺那並不像是玩笑話。不過他先給臺階下那是再好不過了。姚遠心裡對君臨天下的好感度不自覺多了一分。這人，其實還挺好說話的嘛。

事實上，君臨天下幕後的那操作者唷，是出了名的不好說話。

姚遠：「對了，我能帶多少人？」

君臨天下：「隨妳。」

真是太好說話了，姚遠讚嘆，已完全忘了一開始這婚禮還是人家「要脅」她去的。

之後姚遠去幫裡問：「誰要去參加婚禮？」

哆啦A夢：「天下幫副幫主的婚禮嗎？要去！當然要去！」

亞細亞：「咦？除了君臨天下，君姊姊還認識天下幫裡的哪位高層？他們的財富官溫如玉嗎？」

姚遠：「咳，不一定是高層啊，那幫裡的新人應該也可以有請帖的吧？」

於是，君臨天下幫主一下子淪落成了新人。

姚欣然私下找她：「我先下了，被主管催著寫報告，鬱悶！下班了都不讓人安生。回頭如果有人來搶親，記得打電話給我，我要看大戲。」

「……」

本來百花堂人就不多，最後，只有哆啦A夢、阿彌、花開和姚遠這四個人去圍觀那豪華婚禮。

姚遠原本想把幫裡的朋友送去之後，她就撤了，但後一想又覺得太不「負責」了。

一夥人趕到天禧宮的座標附近時，那兒已是人潮湧動。

哆啦A夢：「人好多啊！」

哆啦A夢：「等等，我好像看到君臨天下大神了，他在門口幹麼！」

姚遠看到這句話就馬上朝天禧宮的大門口看去，果然，在那扇富麗堂皇的門邊上站著……

一號更加富麗堂皇的人物！

全身讓人眼饞的極品裝備加上他本身的勢力，以及因傳說而產生的氣場，讓過往行人紛紛瞻仰卻又不敢太接近。

阿彌：「我好像低估了天下幫的這場婚禮，竟然讓他們幫主大人當起門神來了！」

花開：「不得不說，夠犀利！話說小君，妳認識的人呢？要出示請帖才能進去。」

姚遠剛要通過私聊找君臨天下，可那一直站在大門口受人矚目的人已看到了她，然後朝他們的位置走了過來，錦衣飄動，浮光掠影。

姚遠當時竟有點小緊張，當然，比起她的緊張，身邊的同伴們顯然是更加的不淡定。

阿彌：「我一直是在幫派頻道發言的吧？是吧？為什麼那大神朝我們這邊來了！」

哆啦A夢：「啊啊啊啊啊啊！」

而現場其他圍觀群眾也頻頻在附近頻道上發出類似「君臨天下是要接誰嗎！」、「誰這麼大牌？」的訊息。

而直到君臨天下站到姚遠面前，她才慢半拍地隨著眾人「啊」了一聲。

那聲「啊」有兩層涵義：剛剛她竟然看呆了，以及被眾人極速聚焦到身上所產生的一種刺痛感。

君臨天下在附近頻道發：「來了。」

姚遠剛要回，似乎想到什麼，又馬上切換到私聊：「嗯。」其實你站大門口發私信給我就行了，不需要親自走過來的，實在是氣場太強了，有些晃眼。

君臨天下依然在附近說著：「若，一共幾個人？」

姚遠依然在私聊裡回著：「四個。」好端端幹麼用簡稱了啊？

君臨天下：「除了妳，還有阿彌、哆啦A夢、花開是嗎？」

阿彌：「被點名了！」

哆啦A夢：「啊啊，大神叫我名字了！」

花開：「你們就沒注意到上面那個『若』嗎？」

姚遠不死心地私聊過去：「君臨幫主，可不可以換私聊說？」

君臨天下：「暫時不想。」這句話讓圍觀黨們看得雲裡霧裡，大神果然很深奧啊。

姚遠想，這難道是……傳說中的傲嬌？

君臨天下：「我把請帖給若，讓她分給你們。」

站在不遠處目睹了自家幫主大人前一秒做門神、後一秒發傳單而望天淚流滿面的天下幫成員走哪是哪聯繫了溫如玉：「幫主今天好恐怖！」

圍觀群眾：「又是若為君故啊！看來她天下幫幫主夫人的身分是跑不掉了。」

姚遠真是欲哭無淚，欲訴無門。她接了君臨天下發來的交易，然後一一關掉隊友們紛紛發來詢問的私聊，直到最後一條。

君臨天下：「好了。」

現在想私聊了？

姚遠抿了口茶含在嘴裡，關掉。

君臨天下：「乖，別生氣了。走吧，今天雖然不是我們的大喜之日，但最好也別遲到。」

噗！姚遠抽了好幾張面紙抹螢幕，然後顫巍巍地打字：「君臨幫主，你是不是弄錯人了？

我們大喜……我是說我跟你，我們才認識多久？」
君臨天下：「嗯，是快了點，那再過幾天吧。」
姚遠：「……」
因為姚遠沒有回覆小夥伴們，所以百花堂的人開始在幫聊裡洗版。
花開：「小君認識的天下幫的人竟然是他們的老大啊，小君真壞，還說什麼新人。」
哆啦A夢：「君姊姊棒呆！」
姚遠：「我把請帖交易給你們，你們進去吧。我就先走了。」
阿彌：「上次看世界上說君姊姊跟天下幫的幫主有一腿時，我還當放屁，難道真的有一腿嗎？淚奔啊！」
看到這句時，姚遠也淚奔了一下。她覺得此地實在不宜久留了，結果，最終還是沒走成。在請帖交易完後，天下幫的一些眼熟的上層也紛紛出現在了大門口，然後，一致朝若為君故喊大嫂！
那一刻姚遠在電腦前的表情真的只能用「囧」來形容了。
之後，一夥人進到了天禧宮裡，包括若為君故在內。
若為君故是在內外夾擊的情況下進去的，外面的攻擊比如——
溫如玉：「我之前還奇怪呢，幫主今天竟然親自出去接客了，原來是在等大嫂啊。」
落水：「如玉你真不怕死！大嫂好！」
等等。

內部的攻擊比如——
花開：「大嫂！」
哆啦A夢：「啊啊啊啊啊！」
阿彌：「君姊姊，妳竟然已經成了君臨天下的夫人了嗎！蒼天啊！」
等等。
姚遠正在靈魂出竅之際，電腦螢幕上彈出一則私聊消息。
君臨天下：「若，出示一下請帖。」
她下意識地點了請帖。
君臨天下：「按『確定』。」
按「確定」。
就這樣在一片混亂中，若為君故被君臨天下「控制」著帶進了天禧宮。
豪華的宮殿內，雖然比外面人要少一點，但來來去去的人物可以說都是遊戲裡非常威的！
哆啦A夢：「啊啊啊啊啊啊啊啊啊！」
花開：「小A，妳能別吵了嗎？吵得我頭都疼了！」
阿彌：「君姊姊，不要離我那麼遠，人家害怕，好多強者啊。」
花開：「嘖，那妳就主動去小君那裡嘛。」
阿彌：「可是，可是小君身邊的人是強者中的強者啊！」
花開：「瞧妳那出息！」
若為君故身邊一直近距離站著的，就是本服的傳奇神人君臨天下，以他為中心的半個螢幕之內，沒多少人敢隨隨便便踏足。咳，說穿了，其實就是這大神平日裡做事太無情太犀利，搞得很沒親和力。

遠處的天下幫的財富官溫如玉喊了一句：「幫主，您要不要來宣布下吉時？」

眾人看向神人。

神人君臨天下在附近頻道上慢慢打出：「沒興趣，又不是我結婚。」

對於這種邏輯，眾人都無力吐槽大神了。

而姚遠聽著這話怎麼就覺得那麼意味深長呢？加上之前被他幫派裡的人叫嫂子什麼的，這人到底在搞什麼花樣？

姚遠覺得站他邊上有種前途未卜的感覺，而她又不擅長揣測人心，又實在不想被人給坑了，於是直接問道：「大神，你讓你的朋友們叫我……那什麼……是開玩笑的吧？」

君臨天下：「沒，我授意的。」

姚遠：「……」

姚遠突然想到一點：要結婚的天下第一美人據說跟他有過一段？不會是想讓她來刺激美人吧？可也不對啊，不是據說是他甩了美人的嗎？

姚遠：「大神，你跟第一美人到底是怎麼回事？」姚遠是完全不帶一點私心問的。

君臨天下這次沒有在私聊裡回覆她，也沒有在附近頻道上說，直接上世界了：「若為君故，妳問我跟水調歌謠是怎麼回事，我的回答是，沒有關係。自始至終，我的心裡只有妳。」

那一刻，姚遠不只目瞪口呆，簡直心跳都漏了兩拍，隨後還被驚得打起嗝來了。

阿彌：「君姊姊！我真的沒有一點機會了嗎！」

花開：「呵呵，小君經常能做出一些驚人之舉，比如上次打副本，人不夠，她直接一人抵三人用，帥爆！比如世界上有人喊包養唯美女性角色，她竟然就去報名了！再比如把君臨天下給收了！讓我不愛都不行啊！」

姚遠很無奈地想，大概怎麼解釋都沒用了。

天下幫的人也在起鬨。

落水：「真恩愛啊，真是令人羡慕。」

溫如玉嘲笑落水：「羡慕幫主還是羡慕大嫂？」因為落水是人妖號。

落水：「滾！」

雄鷹一號：「嫂子跟我再PK一次吧？」想到上次他們去殺毀他們幫主清譽的那對男女，那段時間幫主大人不知怎麼突然在意起自己的名聲來了，但凡說他拈花惹草、不負責任的人，都被他下了格殺令。

那次雄鷹一號承認自己一時眼花殺錯了人，更無語的是，最後自己竟反而被殺了。作為PK愛好者，他恨啊！丟臉啊！他還沒被女玩家PK死過，關鍵是她裝備還都不是一流的。他自欺欺人地想：「肯定是人妖號！」當然，現在是完全不敢這麼想了。

雄鷹一號：「我突然想到，如果我跟嫂子PK，我贏了，那老大肯定不會放過我，那我還是要死一次，糾結！」

溫如玉：「放心，不會的。」

雄鷹一號：「真的！老大不會秒我？」

溫如玉：「我是說你贏不了大嫂的，另外，據我對幫主的瞭解，他的『所有物』沒有經過他的允許，你連碰一下的機會都沒有，也就是說在你ＰＫ大嫂前，他就會把你給秒了。」說完，不忘附帶上他的招牌微笑表情。

雄鷹一號：「……」

此時穿著一身新郎裝的傲視蒼穹朝君臨天下走了過去，旁邊跟著新娘子水調歌謠。

傲視蒼穹：「幫主 sama，好歹今天是我大婚，拜託你別把鋒頭都搶走，ＯＫ？」然後看向若為君故又說：「大嫂，我們幫主手段雖然凶殘了點，但人還是很 nice 的，大嫂妳就勉為其難收下他吧，麼麼噠。」

天下幫的副幫主未免太……那什麼了點？凶殘跟 nice 不是很矛盾嗎？我跟你們幫主真沒什麼啊！麼麼噠。姚遠內心吐槽著，卻無力回覆過去。

溫如玉：「好了，老蒼，我看人都來得差不多了，婚禮開始吧？」

傲視蒼穹：「ＯＫ！」

《盛世》裡的婚禮模式有五十種之多，玩家可按照自己喜好自行選擇。

天下幫副幫主的婚禮正式開始，在主婚臺前，出現了一位手持《聖經》的神父，微笑地看著所有的來賓和兩位新人。

【伺服器】盛世流年，百花齊放，今天我們一起在這裡見證一對新人的幸福。

來賓們紛紛送上祝福。

【伺服器】傲視蒼穹先生，你願意娶水調歌謠小姐為妻，一生只為她的開心而開心，為她的不幸而一起不幸嗎？請選擇：Ａ、我願意。Ｂ、我不願意是不可能的。

眾人笑著起鬨：「原來這是逼婚啊。」

傲視蒼穹不知道選了A還是B，反正結果都一樣。

【伺服器】水調歌謠小姐，傲視蒼穹先生已成為妳的夫君，妳願意一生只為他的開心而開心，為他的不幸而一起不幸嗎？請選擇：A、待定。B、私下解決。

雄鷹一號：「好凶殘啊，這誰選的模式？」

溫如玉：「出錢的人。」

雄鷹一號：「阿溫，你出的錢？難得難得，這麼大方！」

溫如玉：「不是我，是幫主。」

「……」

落水：「幫主永遠是這麼殺人於無形啊。」

傲視蒼穹：「幫主，你越來越血腥了，累感不愛。」

在所有人笑鬧的時候，姚遠看到水調歌謠望著君臨天下的方向，君臨天下則望著傲視蒼穹，不由蹦出來一句：「其實幫主喜歡的是副幫主吧？」

眾人：「……」

落水：「敢開我們幫主玩笑的人，我終於在有生之年見到了！」

在一圈人崇拜的崇拜、笑趴的笑趴中，姚遠默默淚流，各式小說看多了，就是容易想歪啊。

而正當姚遠想亡羊補牢時，君臨天下轉向她，在附近頻道上說了句：「要我殺了他來證明我在意的是妳嗎？」

「……」

那天在場的人都忍不住感嘆。當然，感嘆的內容莫衷一是。

崇拜君臨天下的：「君臨幫主跟夫人好萌啊！」

跟君臨天下似敵似友的高手們：「君臨天下算你狠，談戀愛也這麼刷下限！」

百花堂那三人：「以後大概沒人再敢欺負我們百花堂了吧？」

這天在姚遠打著嗝下線前，君臨天下私聊裡發來一句，讓她瞬間停止了打嗝。

「妳曾救過我，所以，我是來報恩的，喵。」

當晚，姚欣然打來電話：「阿彌跟我說，天下幫的人都喊妳嫂子了？妳跟君臨天下到底怎麼回事？」

姚遠苦笑。「他朝我『喵』了。」

第三章

Meet right person at right time.

大神求包養

姚遠在那場婚禮之後好幾天都沒上線，一來本身這段時間學校事多，二來君臨天下大神說的那話，確切地說，是那聲「喵」，秒得她有點不敢上遊戲了。

她曾救過他？

她遊戲裡救過的人還挺多的，所以實在想不起來自己有救過這麼一號大神。或者是他玩小號的時候自己路見不平拔刀相助過？不過說真的，遊戲裡幫過一把，這真算不得什麼事。

然而事實上，君臨天下指的「救」並非是發生在遊戲裡的。

姚遠再次上遊戲，已經離那場婚禮過去一週了，她想八卦什麼的差不多也該煙消雲散了，結果上去後確實沒人圍上來八卦她，卻有很多人圍上來攻擊她！

最近玩遊戲，怎麼就那麼不順呢？

攻擊她的是跟他們百花堂結怨已久的冰淇淋家族。這怨自然又是她快意恩仇的堂姊結下的。姚遠已想不起來，堂姊是搶了他們的怪，還是殺了他們幫裡的美女了？

姚遠雖然操作厲害，但是對方人數眾多，外加裝備也都不差，要取勝基本不可能。她一邊打，一邊想要不要叫幫裡的人過來幫忙，但一想……還是不麻煩他們了……大不了躺屍。

走哪是哪：「溫長老，我看到幫主夫人了，在被人圍攻！」

落水：「以多欺少嗎？老子最看不慣就是這種，座標報來，我馬上飛去幫大嫂殺敵。」

在姚遠打到手指快要抽筋的時候，附近突然多出了一幫很威的玩家，其中兩人衝上來幫她殺敵，很快就扭轉了局面。姚遠抽空看了下ＩＤ：落水、雄鷹一號……天下幫的。

冰淇淋家族倒下了一半人，剩下的紛紛收了手退後。姚遠他們也就停了下來，沒去趕盡殺絕。

玫瑰冰淇淋：「天下幫的，你們什麼意思！」

一直在周邊觀戰的溫如玉搖著羽扇道：「不好意思，玫瑰幫主，你們欺負我們的幫主夫人，我們當然得殺你們:)。」

為什麼他在說出這種話的時候，還要風騷地在後頭加一張笑臉？姚遠心想。

玫瑰冰淇淋：「溫如玉，你們別太仗勢欺人了！」

溫如玉：「我們勢力是大嘛。」

姚遠不想自己的事情牽連他人。「玫瑰冰淇淋，你們要報仇來找我，我隨時奉陪，不要牽扯到別人身上。」

落水：「大嫂好氣魄！」

香草冰淇淋：「若為君故，妳真以為我們不敢把妳怎麼樣！我以後見妳一次就殺一次！」

下一秒，香草冰淇淋就被人給秒了！

而將人一擊斃命的不是別人，正是以迅雷不及掩耳之勢出現的君臨天下。「冰淇淋家族是吧？可以滾了。」

落水：「幫主來啦。」

冰淇淋家族心聲：「靠！」

天下幫眾心聲：「帥！」

路過的某兩三隻玩家：「哇！」

姚遠：「呃！」

該說他囂張、目中無人，還是……姚遠遠目。

而冰淇淋家族的人竟然也真的沒再繼續糾纏，邊罵邊叫地就離開了，讓姚遠驚奇不已，偷偷瞄了一眼旁邊的君臨天下，心說，咱也趕緊撤吧。

姚遠正要撤，卻被雄鷹一號攔了下來。

雄鷹一號：「嫂子，我們PK一次吧，求您了！」

站在溫如玉旁邊的女號寶貝乖開口：「雄鷹哥哥，若姊姊可是我們的幫主夫人，才不會跟你這粗人隨便打架呢，是吧，若姊姊？」

幫主夫人什麼的，開玩笑也要適可而止吧？「我不是你們……幫主的夫人。雄鷹一號，如果要PK的話，我可以奉陪，但今天沒空。」何止「沒空」，早知道就不上來了。

落水：「幫主被冷落了……然後，雄鷹兄被重視了？」

姚遠很汗：「剛才謝謝各位的幫忙，後會有期。」客氣地道過謝後，她沒有再多留一秒就走了。

一眾天下幫成員望天。

落水：「我們老大被夫人徹底無視了？」

只有姚遠心裡清楚，自己這是落荒而逃啊！但不管怎樣，總算是逃出來了。姚遠剛要鬆口氣，私聊裡進來一條消息：「九九九金幣。」

大神啊，你這樣討債不覺得很有失你大神的面子嗎？

姚遠：「我一定把錢如數奉上，給我三天時間可以嗎？」

君臨天下：「現在。」

姚遠咬牙，還說報恩呢，我看你是來找我報仇的吧。

姚遠想了想，厚著臉皮問：「君臨幫主，你上次說要報恩是吧？那就把這九九九金幣的債務免除，就當是報恩了吧，我們以後互不相欠？」

君臨天下：「呵。」

呵？什麼意思啊？

姚遠要哭了：「那啥，君臨幫主，我冒昧問一句，可能是我誤解了……你是不是打算……賴上我了？」問完，姚遠自己紅了臉。什麼賴上我了？腦子又秀逗了，應該問你是不是在開我玩笑，自從他們接觸以來？

君臨天下：「沒誤解。」

姚遠看著電腦螢幕好一會兒：「這……什麼跟什麼嘛。」

當晚，姚遠決定，遠離遊戲一段時間。

隔天，也是週六，姚遠去了堂姊姚欣然的住處。姚遠獨居是因為父母已去世，姚欣然則是被家中老媽催婚催得實在是不勝其煩，才跑出來獨居。

午餐後，姚遠本來想拉堂姊去逛街，卻反被壓在了電腦前。

姚欣然：「妳用筆電，我用桌機，幫我做個任務。」

姚遠推拒：「別玩了吧，今天天氣這麼好，我們出去逛逛吧。」

堂姊看堂妹的表情──凶神惡煞。

堂妹看堂姊的表情──堅貞不屈。

無奈最後正沒能勝邪。

姚遠再次上了遊戲，沒兩分鐘，一條私聊進來。

君臨天下：「來了？」

「……」大週末的，大神你就不出去放放風什麼的？

事實上，人家剛從一場宴會上放風回來，剛回住處手機就收到了一條簡訊：「她上線了。」

於是大神也上線了。

君臨天下：「在哪兒？我過去找妳。」

姚遠：「啊？不，別，我要陪我朋友去做任務了。」

話到這分上，他應該……

君臨天下：「什麼朋友？我幫你們。嗯，我幫裡有人看到妳了，這就過來。」

大神，你家幫派到底有多龐大啊？哪兒都遍布人？

而得到座標的大神很快就傳送到了若為君故身旁，然後正在若為君故身邊繞來繞去問堂妹

怎麼不動的姚欣然怔住了。「我是不是眼花了？君臨天下？他怎麼會在這兒？」

君臨天下私聊姚遠：「是要做哪個任務？」

姚遠沒空回他，因為堂姊突然悟了。「妳真勾搭上他了！」

姚遠汗。「我沒勾搭。」

水上仙：「君臨幫主，你有什麼事嗎？」
過了片刻，消息跳出來，君臨天下：「問若。」
姚欣然猛轉頭，朝旁邊的堂妹號道：「還說沒勾搭！」
姚遠百口莫辯啊。
姚遠：「這個任務難度係數並不高的，你……」
君臨天下：「我有空。」
三人隊伍組成。姚遠硬著頭皮介紹：「堂姊，這是君臨天下。君臨幫主，這是水上仙。」
水上仙：「……」
君臨天下：「妳好。」
姚欣然朝堂妹感嘆：「小丫頭，別忘了回頭跟我講前因後果。」
姚遠淚。「這『果』妳看到了，這『因』我也不知道。」
由於本服的頂尖強者傾情加盟，所以十分鐘不到就將姚欣然的任務搞定了。
姚欣然讚嘆：「這大神還真不是白叫的。」
大神私聊過來：「還有什麼要做的？」
姚遠：「哦，沒了，謝謝。」
姚欣然看著畫面上又不動的兩人，敲了幾行字：「君臨幫主，多謝。以後有什麼事，可以找我，當然，找若若也行！哈哈，我先撤了！」
姚遠轉頭瞪堂姊。
姚欣然目不斜視。「別瞪了，知足吧，這麼一尊大神任妳用。嘖嘖，這君臨天下，真是名如其人。要不是此刻他那明顯『閒雜人等可以走了』的氣場，我還想再多瞻仰一會兒的。」

姚遠無語，她把電腦螢幕一轉，說：「喏，瞻仰吧。」

姚欣然笑噴，卻還真偏頭過來看了。

螢幕上，銀髮男子傲然站立著，手持與雪劍齊名的雙刀，器宇軒昂，傲視天下。

姚遠也看著這豐神如玉的人物，突然有些好奇起來，這ＩＤ背後的主人，會是怎樣的一個人呢？

是啊，在網遊裡這麼厲害的人物，現實中到底……「你幾歲了？」

君臨天下那邊過了好一會兒才發過來，不過發來的內容有點多：「二十八歲。自己開公司，平時除了上班，會打打網球，或者游泳。會做飯，會用洗衣機，會一般的家電修理。不抽菸，很少喝酒。下班就回家。」

一直在圍觀的姚欣然看得瞠目結舌。「大神，這是明晃晃地在自我推銷啊？」

姚遠也是看得說不出話來了。

最後，她顫巍巍地回了一句：「那個，大神，我先下了啊。」

這次之後，姚遠又隔了一週才上遊戲。

不出意外，一上去就又被逮到了。

君臨天下：「少一人，去刷第一峰。」

第一峰？也就是《盛世》裡被傳有人刷出過極品武器「雪劍」的地方。姚遠一直想打這副本來著，她練的是劍師，如果能拿到「雪劍」，那簡直是如虎添翼。但她一直組不到人去打這高難度的副本，他們幫派滿級的玩家，除了她就只有花開和堂姊的號水上仙了。第一峰雖然是六人副本，但打這副本的六人不光得滿級，還要技術高超，得是高手裡的高手才行，否則只有躺著出來的份兒。

所以，那一刻姚遠猶豫了。

姚遠：「你們是要去刷什麼？」

君臨天下：「靈獸。」

姚遠悟了，靈獸啊，全《盛世》裡只有五頭靈獸，就是神話裡耳熟能詳的青龍、白虎、朱雀、玄武、麒麟，至今白虎和麒麟已刷出，分別是從六人副本的第一峰和二十人副本的仙女峰裡刷出的，而白虎的得主是……姚遠看向面前的銀髮黑袍男子，好像就是眼前這人啊。

姚遠之所以知道，是因為以前剛刷出白虎時，他們幫派裡就激動過一陣，不少女生紛紛表示要去勾搭白虎主人——君臨天下。

君臨天下：「走吧。」

姚遠確實想去第一峰，不管能不能刷出她想要的劍，去未曾打過的副本裡逛一遭也好，可是……

姚遠：「君臨幫主，我看還是算了，你們幫這麼大，你總不可能找不齊人手去打副本吧？我既不是天下幫的人，貿然參與總是不好，謝謝你的好意了。」

君臨天下：「只是打副本而已。」

姚遠臉紅，覺得自己小心眼了，玩遊戲就該有玩遊戲的格調，著實不該如此扭捏，一咬牙：「好。」

下一秒，那傳說中的白虎出現在了螢幕上，姚遠不由激動了下。她之所以激動，一是因為第一次看到白虎，二是因為白虎那形象漂亮霸氣得讓她瞬間被萌翻，她想到了古書上描寫此靈獸的句子「英英素質，肅肅清音，威懾禽獸，嘯動山林」，真真貼切。

然後，君臨天下發了同騎技能過來。

姚遠汗，不用這麼來吧，同騎這概念委實太親暱了。

君臨天下好像知道她在想什麼。「我們騎白虎，快一點。」

現實問題，白虎確實……她的坐騎棗紅馬望塵莫及。

姚遠在是否與君臨天下共騎上按了確認，轉眼她就坐在了靈獸背上，被身後那銀髮男子半擁在懷裡，姚遠對此設定很害臊——就不能女抱男？

兩人騎著白虎奔跑在唯美的山清水秀間，須臾就到了目的地。

神獸就是神獸，速度就是特別快。姚遠心中感嘆。

嘖！君臨天下則是嫌速度過快。

若為君故從白虎上下來，就發現附近站著一些人，頭上都頂著幫派「天下幫」。

雄鷹一號：「幫主帶嫂子來了？」

溫如玉：「已猜到。」

傲視蒼穹：「嫂子麼麼噠！幫主大人，組一下隊吧。」

姚遠不得不懷疑，這天下幫副幫主是不是女生啊？

六人隊伍很快組成，隊長君臨天下。

血紗：「好久都沒上來玩了，一上來就聽到這麼重磅的消息！幫主大人，你們現在發展到啥階段了呀？」

君臨天下：「本人求包養求順毛求投餵階段。」

「……」

君臨天下繼續淡定地說：「進副本吧。其他人照以前的打法來就可以了，若是第一次刷第一峰，就先跟在我身邊吧。」

所有人都已經被幫主那句「本人求包養求順毛求投餵階段」給秒殺了，包括姚遠。

大神，你真的是傳說中冷豔高貴的大神嗎？

進副本後，姚遠很自覺地收了心不再去亂想了，因為第一峰可是《盛世》最不可預測之副本：通往打最終boss的路不只一條，還不斷刷新，會遇到什麼全憑運氣。

不過姚遠倒是發現了君臨天下的運氣非常之好……

由君臨天下領頭，一路過去沒有遇到任何大的沼澤、毒霧、凶獸，碰到的都是些還算能輕鬆對付的小怪和陷阱。姚遠雖然沒刷過第一峰，攻略還是看過的，只能說這人的運氣強到……姚遠估計跟君臨天下要點他身上的什麼東西做護身符，能保出入平安、驅災辟邪，指不定桃花運都能旺一點。

這還是人嗎？姚遠默默黑線，這很不科學啊！

不管君臨天下的存在屬不屬於科學範疇，姚遠此刻還有一個問題有待解決。

雖然當初她是抱著湊人數的心態過來的，但是當發現自己真的是來「打醬油」的時候，還是受到了不小打擊的。她好歹也算一個高手啊！呃，雖然比不過君臨天下和傲視蒼穹。

姚遠悲慘地發現，她跟在君臨天下身邊都碰不到小怪一角，甚至她和溫如玉一樣成了被保護的人——溫如玉還能給他們遠端刷刷血治療一下什麼的，她一個劍士，不僅不能遠攻而且衝到她面前的鬼鬼怪怪，君臨天下也一人獨攬，分分鐘就清理乾淨了。

於是很空的姚遠開始跟比較空的人發表想法：「溫如玉，其實你們再多帶名治療牧師，也比帶劍客合理。」

溫如玉：「呵呵……老大有他的考量嘛。」

君臨天下：「嗯，我是想試一下刀劍合璧這種打法是否可行。」

溫如玉：「……」

傲視蒼穹：「……」

姚遠心說，刀劍合璧？在哪？從進副本到現在，我的劍都還沒揮過一次呢。

這時一聲咆哮在山林間響起。

雄鷹一號剛追一隻怪進林子，結果觸發了一間地下石室，一波高等級的怪湧了過來。

傲視蒼穹：「該死的雄鷹，你搞什麼鬼？」

雄鷹一號一邊跑一邊喊救命。

所有人馬上各司其職，牧師溫如玉、弓箭手傲視蒼穹、術士血紗邊往後跑邊遠程攻擊，劍客若為君故、雄鷹一號和刀客君臨天下奮戰前線，六人打得是應接不暇。而姚遠總算是「得償所願」地體會了一把刀劍合璧，不得不承認要不是君臨天下時不時地幫她緩下，她估計就掛了。

唯一欣慰的是，至少自己還是起了點作用的。而君臨天下真的是很強大，在自己應對自如的同時，還能幫旁邊的人一一減少阻力，很有種頃刻間強虜灰飛煙滅的氣勢。姚遠看著那銀髮男子，突然有了一點景仰的情愫。

刷了將近半小時，這一波的鬼怪總算被消滅，然後休整隊伍，繼續前進。

君臨天下：「若，跟我身邊。」

姚遠：「哦。」

君臨天下：「保護好自己，其他不用操心。」

傲視蒼穹：「如此溫柔體貼的江少還真是少見啊少見。」

血紗：「江？幫主姓江嗎！」

傲視蒼穹：「啊，說漏嘴了！」

雄鷹一號：「蒼穹，你在現實裡也認識老大的嗎！如玉跟老大是大學同學，所以你們都是認識的？就把我排除在外了？」

血紗：「還有我。」

傲視蒼穹：「這就是命啊！」說完，發了個攤手賣萌的表情。

正喝水的姚遠差點又一口水噴在螢幕上，為那表情……

姚遠真的很懷疑啊：「傲視蒼穹，其實，妳是女人吧？」

血紗：「……」

雄鷹一號：「……」

傲視蒼穹：「……」

君臨天下：「哈哈哈，哈哈哈！」

姚遠第一次看到君臨天下這樣的回覆，有點訝異，不過相對而言，在這群人裡姚遠對此是最淡定的。

雄鷹一號：「老大被盜號了！」

血紗：「這種現象我還真是第一次看到。」

傲視蒼穹：「哈哈哈，還是大嫂最厲害啊！不過，嫂子，我是男的，純爺們。」

姚遠汗：「咳咳，那我們繼續吧，刷完了我還有點事要忙。」

雄鷹一號：「嫂子要忙什麼？對了，嫂子是做什麼的？不會還是學生吧？嘿，會不會是大美女呢？」

姚遠覺得這雄鷹一號話真挺多的，不過也難得沒讓人覺得討厭。

姚遠：「不是。」

血紗：「不是學生？不是美女？」

君臨天下：「行了，打副本吧。」

之後，基本也都是有驚無險。

終於到了最終boss所在的黑山洞。姚遠起初以為要有一番苦戰的，畢竟是最後一關，結果比預想中好，怪不得攻略裡說不變的最終boss比一路上的千變萬化好應付。天下幫的高手們配合得很有默契，不到十分鐘，君臨天下已指揮著人把boss殺到血量低於10%，暴走了，然後近程職業退開，遠程攻擊火力鋪開狠命攻擊，從開殺到boss倒下，全程不到十五分鐘，姚遠只是在中途弱弱地給君臨天下和雄鷹一號幫了一把，效果可有可無。

所以當他們傳送出副本，君臨天下交易給了她一樣東西時，姚遠馬上按了「否」。

君臨天下交易過來的是一把極品寶劍，雖然不及雪劍，但也能排上劍器排行榜的前五。

姚遠：「這太貴重了，君臨幫主，這次任務我完全是打了回『醬油』，實在是無功不受祿。你……你隨便給我一樣物品就行了，其實不給也沒關係。」畢竟也蹭了不少經驗。

君臨天下：「妳拿著，我這邊還有兩樣就留給幫裡了。這次靈獸和雪劍都沒刷出來，下次再給妳刷雪劍。還有，我一貫不是論功行賞。」

那……看心情？咳，大神你這樣酷炫狂霸跩，你家裡人知道嗎？

下次再給妳刷雪劍？難道這次是為了她來刷雪劍的？不對不對，他說靈獸也沒刷出，他起初說是來刷靈獸的……但他剛才也確實說了「給妳刷雪劍」。

姚遠覺得自己腦子都有點混亂了。

雄鷹一號：「幫主在跟嫂子私聊了吧？嗯嗯，一定是在甜言蜜語。」

血紗：「想當年，咱們幫主對女的那叫沒耐心沒愛心。」以至於有不少人懷疑他們幫主大人其實是人妖來著，直到身為幫主大學同學的溫如玉指天發誓說「他要是女的，那我賺的錢都是糞土」，才肯定了幫主是男的。

溫如玉：「好了好了，我們走吧，別打擾幫主他們兩人世界了。萬一幫主嫌我們礙眼，唰唰唰，就把我們給砍了。」

姚遠：「你們幫主很凶殘嗎？」

突然的一句話，引來一片怪異的寂靜。

姚遠其實只是想……如果他很凶殘，那他給的東西，是不是就不能拒絕了啊？

沒人回覆，除了君臨天下：「我很溫柔。」

接著君臨天下第二次發來了交易，姚遠果斷接了。她現在算是有兩把不錯的寶劍了，一把是一金幣買的，一把是他打賞的。看似走大運，卻都有一段辛酸史。

姚遠：「君臨幫主，下次有什麼事需要我出力，我一定幫忙，呃，如果你需要的話。那我先下了，再會。」

君臨天下：「以後每次上線了就來找我吧。」

姚遠：「嗯？」

君臨天下：「我需要。」

姚遠抖了一下，然後淡定地下了線……最後看著螢幕上的雪山背景圖，拍了拍臉。「淡定，淡定，網戀什麼的太不現實了。」

遊戲裡，溫如玉：「嫂子走了？」

雄鷹一號：「是啊，怎麼那麼匆忙？」

血紗：「估計是真有事吧。」

他們等著幫主說點啥，但是，君臨天下的號也暗了下去。

「……」

血紗：「夫妻雙雙離線了啊。」

傲視蒼穹：「呵呵。」

雄鷹一號：「喂，蒼穹，你跟老大是怎麼認識的？」

血紗：「對，說到這兒，從實招來，阿溫跟幫主是大學同學，那麼你呢？不會也是大學同學吧？」

傲視蒼穹：「我嘛，是給他打工的。」

血紗：「老大……是暴發戶嗎？」

傲視蒼穹：「呵呵，貴族。」

溫如玉：「老蒼你別胡扯了，貴族這種東西在中國是不存在的好吧？不過，他也的確算不得草根就是了。」

第四章

Meet right person at right time.

據說本人很美

這天草根姚遠下班後，堂姊來找她玩。吃完飯看完電影，兩人往之前停車的地方走，姚欣然終於忍不住取笑起身邊的堂妹來了：「我說妳膽子也太小了，不就是被人家在遊戲裡霸王硬上弓了嗎？用得著這麼躲嗎？換位思考一下，人家想要占妳便宜，妳不如來個將計就計，人家好歹是大神中的大神，妳也算是撿到寶藏了，多少人羨慕嫉妒恨呢。」

姚遠汗。「什麼叫『被霸王硬上弓』啊？」

「我沒妳那文學水準，表述不準，將就一下，反正意思差不多就成了。」姚欣然拉著堂妹慢慢走。「說真的，這也算是某種意義上的天上掉餡餅了嘛。」

姚遠無語。「那麼大的餡餅會砸死人的。」

姚欣然大笑。「砸死總比餓死好。」然後問她：「妳到底打算什麼時候再上線？我的子民們可都在等著妳上線聊大神八卦呢，別讓我這堂堂百花堂堂主去幫妳收拾爛攤子。」

姚遠聽到這裡不由停了停，說：「姊，好像一向都是我在幫妳收拾爛攤子吧？」

姚欣然認真道：「若為君故，妳要記住，人不能太自私。」

姚遠鬱悶啊。

兩姊妹之前看電影的影院就在江大所在的高等教育園區裡，所以她們現在走的這條街道，來來往往最多的就是學生，而就在前一刻，一名男生聽到了她們交談的最後三句話，然後愣愣地看著姚遠和姚欣然走遠，好久才跳起來直奔宿舍。「天哪！我看到大嫂了！有誰比我強！」

姚遠糾結了幾天後，終於還是上了遊戲，因為被堂姊召喚：「妹，趕緊來救場啊！我又被人追殺了，沒有妳不行啊！」

姚遠：「……」
她登入遊戲，然後，N多消息湧進來。「君姊姊，據說妳是絕色啊絕色！」
「小君，有人說二十三日那天傍晚，在江濘市某高等教育園區的林蔭大道上看到妳的美妙身影了！」
「君君，這是真的嗎？妳是白衣飄飄的美女嗎？跟我腦海中的妳重合了有沒有！」
姚遠愣住了，二十三日？她穿的那是接近秋裝的厚外套了吧，雖然也是白外套，可著實飄不起來啊。
這時一條私聊進來，水上仙：「來啦！快快，打開幫聊。」
姚遠原本想問堂姊那些傳言是怎麼回事，以及還用不用她去救場，結果敲過去兩條消息都沒回音，只好先開了幫派聊天。
亞細亞：「君姊姊上線了？求照片！」
花開：「幫主，讓妳家妹子出來啊。」
水上仙：「我已經叫了，少安毋躁，我先去上個WC！」
姚遠：「……」
亞細亞：「啊啊！君姊姊妳終於出現了，求照片！」
在一片叫囂中，姚遠勉強插上了一句話：「我能問一下這事的前因後果嗎？」怎麼好端端地竟要求她發照片了？
亞細亞：「君姊姊，是這樣的，天下幫裡有人說兩天前看到了妳的真身，說妳是絕色佳人喔，反正消息是從天下幫裡傳出來的，然後一傳十，十傳百，一發不可收拾！不過那人沒拍到妳的照片，後悔了兩天，哈哈！君姊姊，我們都好奇得要死，妳給我們自家人看看妳的玉照吧？」

姚遠內心有很多情緒冒上來：「我能再問一下看到我……真身的是誰嗎？」

阿彌：「走哪是哪！是這廝！」

花開：「小君，妳不會是打算殺人滅口吧？」

姚遠：「不是，我想去告訴他，他看到的其實是我的化身。那天，呃，我化身成人類來人間走了一遭，現在已經回天庭，阿彌陀佛。」

「……」

上完廁所回來的姚欣然看到堂妹那句話也笑傻了。「這傢伙！」

此時水上仙的私聊裡一條私訊跳出來，姚欣然看完，掩面了一陣後，抬頭打字，心中默念，一切都是為了愛和正義……和錢。

若為君故這廂剛退出幫聊，身邊就出現了……是的，君臨天下。

大神，作為《盛世》第一大幫派的幫主，你這樣空閒真的合理嗎？

君臨天下召出了白虎，然後發了「共騎」請求過來：「去雲林地域逛逛？」

雲林地域，《盛世》十大約會勝地之一。

姚遠弱弱地按了「否」。「君臨幫主，你……沒別的『重要』的事情做了嗎？」特別強調了重要二字。

君臨天下：「沒有。」

姚遠：「……」

君臨天下再發「共騎」：「走吧。」

姚遠再弱弱地按「否」：「能不能不去啊？」

君臨天下：「那妳想做什麼？」

問題就是跟大哥你我什麼都不想做，壓力太大。

君臨天下：「那要不要陪我帶徒弟？」

姚遠訝異了下：「你有徒弟？」

君臨天下：「嗯，我叫過來。」

姚遠剛反應過來，想說不用了。後一秒，身邊已多出了一個人。那是個穿著初級裝備的二十級小劍士，女性角色，頭上違和地頂著名字：傑克。讓人不得不懷疑是人妖號。

傑克一上來就很熱情：「師娘妳好！」

姚遠嘴角忍不住抽了抽，正欲說「我不是你的師娘」，那傑克小劍士繞著她又說了：「師娘師娘，妳要帶我練級嗎？哥哥……不對，師父平時很懶，都不高興帶我練級！」

傑克：「師娘，妳是用了多長時間升到滿級的啊？」

姚遠：「大概半年。」從外面讀完書回國後開始玩的。

傑克：「哦，那我應該三個月就可以了吧？如果師父師娘帶我的話。」

君臨天下：「我組下隊伍。」

傑克：「嗯嗯！」

隊伍很快組成，姚遠是在眼前的小劍士蹦蹦跳跳嘰嘰喳喳中點擊進入隊伍的。

傑克：「師娘，聽溫哥哥說師娘是大美女耶！」
姚遠：「……」
君臨天下：「小傑。」
傑克：「哦，閉嘴。」
姚遠心說，這人淫威……咳咳，還真是強大。
之後與君臨天下帶那小劍士升級的過程中，姚遠漸漸少了拘束，主要是那小孩子太有愛了，他說他才十四歲，應該是真的，講話天真活潑，很能讓人放鬆。總的來說就是時間在不知不覺中溜走，回首小劍士已經升到了24級，姚遠很欣慰。
傑克：「師娘，妳以後能多帶帶我嗎？師娘帶比師父帶升起來要快呢。」
呃，不奇怪，那是因為你師父一路在「打醬油」。
姚遠：「我有空的話，可以的。」
傑克：「謝謝師娘！師娘真好！」
姚遠：「應該的。」說完，她隱約覺得哪裡不對，不過那絲疑慮很快被小劍士的興高采烈給打消掉了。
而此刻坐在電腦前一身睡衣的男人，看著這畫面微微笑了笑，然後打了一行字：「今天謝謝妳了。」
姚遠：「沒事。」
她剛打完沒事，這邊就出事了。

亞細亞：「君姊姊，論壇上剛有人貼了妳的照片！是不是真的啊？妳快點來看看，雖然很模糊！」

姚遠一打開亞細亞發來的地址，就看到標題：君臨天下夫人玉照。

姚遠來回看了兩遍，第一反應是，就這麼簡單？因為論壇裡的標題通常都很聳動，這等簡潔俐落的還是頭一次。

姚遠看似淡然從容，實則心裡七上八下。滾動滑鼠，一樓的照片刷了出來，她瞪大眼看了好久，一個趴桌子上睡覺的側影，很模糊，只看出了長頭髮，臉特白，跟殭屍似的，衣服是套紅色的運動裝。這照片簡直就是霧裡看花，但是，姚遠皺眉頭，這人確實是她。不過照片還是大學時期拍的，因為那套紅色運動服她只在大三的時候穿了段時間。

姚遠一頭霧水，一樓的ＩＤ叫向錢看齊，這人怎麼拍到她照片的？竟然還知道她是遊戲裡的若為君故！姚遠想了半天都想不出來，因為一點線索都沒有，她甚至連自己什麼時候被偷拍的都不曉得。

姚遠又去看帖子下面的評論：「這就是君臨天下的夫人？那個若為君故？挺好看的啊，雖然模糊了點，但感覺是美女。」

「液化成這樣，是誰都美啦！」

「弱弱地說，如果把我的照片模糊成這樣，那我也是美女了，呵呵。」

姚遠拉著帖子看了會兒，評論不外乎是驚訝見到了君臨天下的夫人，或者品頭論足說雖然照片上的人感覺很唯美，但是ＰＳ了不真實云云，言而總之，就是羨慕有之嫉妒有之恨有之。

姚遠也挺鬱悶的，她才是最大的「受害者」好不好？無緣無故被人貼了照片出來，儘管很模糊，還被冠上了某某夫人的名號，雖然好像之前就已經被冠了。

在鬱悶地關閉網頁前，姚遠不經意地看到一個稍稍眼熟的ＩＤ──走哪是哪：「液化？液化個毛！我們幫主夫人本人更好看，ＯＫ！這模糊的照片連她三成姿色都沒展現出來！」

姚遠汗顏，這人也太會吹了吧？

姚遠在看帖的這三分鐘裡，私聊裡已進來不少消息，她跳著看過去，當看到君臨天下的消息時，愣了一下。

君臨天下：「因為我的緣故，最近有不少人開始議論起我跟妳的關係，對此我很抱歉。」

大神，你忘了你是罪魁禍首了嗎？

不過姚遠是那種人家對她友善點，她就馬上更友善的那種。

姚遠：「你也不用太過意不去。」以後注意別再亂說話就好。這後一句姚遠還沒來得及打出來呢，就見君臨天下說：「妳的名聲我會負責。」

姚遠：「呃？」

君臨天下：「以後妳不用再為那九九九金幣煩惱。」

姚遠：「啊？」

君臨天下：「也不用擔心沒錢買裝備。」

姚遠：「啊？」

君臨天下：「更不用擔心有人會找妳麻煩。」

姚遠：「……」

君臨天下：「怎麼樣？」

出於條件反射，姚遠：「什麼怎麼樣？」
君臨天下：「我們把婚結了吧？」
姚遠目瞪口呆地看著螢幕：「君臨幫主……為什麼我覺得你是在威脅我？」
那邊停了好一會兒，君臨天下：「不是，我想合法地潛規則妳。」
過了一會兒，君臨天下又發過來一句：「我有錢有勢。」
姚遠：「……」
君臨天下：「考慮一下。」
這不是威脅是什麼啊？
然後若為君故斷線了，是真的斷線。姚遠看著自動關機的電腦，傻眼了。
當天姚遠住的這幢樓停了一小時電，不過電來之後，姚遠也沒再登錄遊戲。她洗完澡就上床睡覺了，一夜到天亮，當然睡眠品質不怎麼樣，其間還作了惡夢，但醒後卻是一點都回憶不出究竟夢到了什麼。

第二天一早，姚遠精神不濟地去學校，忙了一天回到家，簡單弄了晚餐，吃完一個人在家，無所事事，又不得不開了電腦。
一登錄遊戲，就有很多消息閃進來，姚遠大致瀏覽了下，最晃眼的就是某幫主的消息。
君臨天下：「139××××××××，我電話，妳上線了打給我。」
姚遠嚇了一跳，怎麼一下子上升到現實裡了！在姚遠的思想裡，遊戲、QQ、郵箱這些都是屬於虛擬世界的，是隔著距離的，互動一下還可以，可講電話就感覺瞬間昇華到了現實中的接觸，跨越幅度過大，有點接受不了。

所以，她看著那串號碼愣住了。顯然，她不可能去撥那個號碼，思來想去，糾結不已。一半原因是覺得自己挺不好意思的，那天話說一半她就下線了，儘管是客觀原因，但後來的一整天卻是有意躲避，怎麼說人家還是挺友好的，雖然感覺有點友好過頭了。另一半原因則是，好端端幹麼給電話號碼呢？姚遠不知怎麼就想到了非奸即盜，剎那寒了下。

姚遠這邊還糾結著呢，私聊裡又來消息了，所幸不是現在讓她一見就心驚的某位幫主。阿彌：「君姊姊上線了啊！妳能不能過來幫我打個野外 boss？」

稀少的野外 boss 比副本裡的 boss 要珍貴得多，可遇不可求，只要不是人品太差的，爆的東西基本都是極品。

所以姚遠馬上回覆：「就來！座標報來。」

若為君故趕到阿彌那邊，兩人在一塊大石頭後方會合，然後看到了周圍……樹後面、石頭後面稀稀落落的人，同樣在時刻關注著那樹林間走動的野外 boss。

野外 boss 很難打成的主要原因就是見者有份，不同於副本裡 boss 所有權明確歸屬某隊人馬，野外 boss 是只要見到人人都可打，這直接導致玩家們為搶 boss 大打出手，所以打野外 boss、應付 boss 的同時還要應付其他玩家，很是勞心勞力。

而現階段，《盛世》裡的野外 boss 基本是被那幾家大幫派壟斷的，他們有專門的人員在各地搜索野外 boss，一旦發現就召集人員過來打，小幫派，特別是個人，在這方面競爭力就小太多了。

姚遠望著對面也在回望他們的那幾個人，他們現在不動手，估計就是在等人過來。

姚遠：「阿彌，你還叫了幫裡的誰？」

阿彌：「幫主不在，我叫了君姊妳，還有花開、亞細亞和小A。」

姚遠汗，小亞級別還沒到滿級呢，更別說還是新人的小A，這麼說來只能靠她、阿彌和花開合力打打看了。

姚遠：「我們速戰速決，那邊要是大幫派的人，他們叫了人過來我們就沒戲了。」

阿彌：「嗯嗯，我也是這麼想的，最先發現這 boss 的是我，我就馬上叫妳了，他們是妳來之前剛出現的，我之前瞄過都是偵察兵，級別不高，暫時不足以為患，就怕他們菁英部隊過來，所以等花開到了我們要馬上動手，否則就沒指望了！」

跟大幫派搶 boss，他們這小小百花堂確實羸弱了點。

阿彌：「話說花開怎麼還不來啊？」遇到野外 boss 的阿彌難免有些心潮澎湃，無法淡定。

結果沒等到花開和亞細亞她們，倒是等來了別幫的人，打頭陣的叫爺最帥，男劍客，一身紅衣，殺氣騰騰，旁邊跟著一個叫美人依舊的女牧師。姚遠望著這兩ＩＤ心說怎麼有點眼熟？兩人後面還跟隨著兩名剽悍的玩家。

阿彌：「君姊，他們是天剎幫的，這幫派雖然只是個三流幫派，但是最近不知從哪兒招來了一批高手，後面那兩人就是，據說這批高手都很厲害，所以天剎幫的人現在挺橫的。嗚嗚，要拱手相讓 boss 了嗎？」

姚遠剛抽空去看了下那隻叫貔貅的野外 boss 的攻略。「如果你真要打的話，我去纏住那些人，花開說她們馬上到，她們到了後你跟她們去打 boss，我做外援，大不了一死嘛，試試看吧，你看如何？」

阿彌：「君姊，為什麼我每次聽妳說話都覺得妳好威武呢！」

姚遠笑笑。花開等三人下一秒就到了，阿彌迅速組隊，聽了那簡單戰略，都沒意見。花開感嘆了句「小君就是這麼有氣魄」後，帶著女孩們跟阿彌向 boss 衝去，若為君故則站在了那隊人面前。旁邊的偵察兵可以緩緩，先要解決的是這隊明顯就要動手打 boss 的人馬。

爺最帥帶頭的這隊人原本在察看四周的形勢，卻發現有人先一步動手了，馬上要追上去，卻被若為君故擋住了去路。

姚遠：「不好意思，要過去，先打贏我吧。」

場面靜了兩秒鐘。

爺最帥：「給我殺了她！」

姚遠做好了戰鬥並犧牲的準備，結果，那站出來的兩名高手竟然馬上友好地跟她認親了。

北極星：「是君臨天下的夫人嗎？」

南斗拳王：「若為君故？還真的是，久仰久仰啊！」

爺最帥：「你們搞什麼東西？給我滅了她沒聽到嗎？」

北極星：「我說天剎幫主，這人可是君臨天下的夫人，殺她？我們可不敢。」

爺最帥：「你們傭兵團不是只要有錢收就辦事的嗎！」

南斗拳王：「那也是要看對象的啊。」

姚遠：「……」於是，不打了嗎？

阿彌：「君姊，妳那邊怎麼樣！扛不扛得住？」

姚遠：「呃，你們先打著吧，我這邊暫時沒問題。」
阿彌：「君姊果然厲害！」
姚遠心說厲害的不是我，我只是享用了某人的餘威而已。
姚遠不由想，要不暫時跟這兩名高手虛假認下親？不管他們是不是真對君臨天下有所忌憚，真會給她面子，拖延點時間也好，雖然這做法很沒格調。
姚遠：「咳，你們好，我是君臨天下的夫人。」
然後，一道熟悉的身影從她剛才沒注意到的右手邊冒了出來。
當時姚遠就一副完全傻掉的表情。
來人可不就是讓她一見就心驚的某幫主嘛。
華麗衣襬垂落，君臨天下隨意地站定在了若為君故的右側。
我前一秒說了什麼？他看到了嗎？姚遠無語凝噎。
北極星：「唷，君臨幫主，好久不見了啊！」
南斗拳王：「老君啊，最近都在忙什麼呢？找你ＰＫ都不回覆。」
君臨天下：「每次都輸有意思嗎？」
南斗拳王：「靠靠靠！」
北極星：「老南淡定！他這次至少沒說秒你沒勁什麼的。」
南斗拳王：「有差別嗎？有差別嗎！」
旁邊的爺最帥也總算回過神來了，然後，果斷帶著身邊的美女走人了，讓姚遠看得……對君臨天下折服不已。大神你平時做事得多狠，才能讓人家這麼知情識趣？好吧，從那兩位高手的話裡能略知一二。不過，那美女走前連番回頭望大神又是什麼意思？

莫非……她下意識地側頭看身邊的君臨天下。

君臨天下紋絲不動，但是訊息卻很精準、很變態地閃了進來。「單戀，跟我沒關係。」

姚遠：「……」

君臨天下：「我處理下這兩人。妳跟妳幫會裡的人去打boss吧，附近的人蒼穹他們會解決。」

姚遠完全不知道該說什麼了，猶豫了會兒，說了聲「謝謝」，轉身奔去boss那邊幫忙了，不過心裡是複雜不已，說不清的感覺啊。

之後，姚遠在跟小夥伴們打boss的時候，就發現周圍微妙地站了一圈人，他們保持著合適的距離，不會讓人覺得突兀，但這觀光團，或者確切地說是保護團，到底還是讓姚遠淚目了下，怎麼感覺不是在打野外boss而是在打家養boss了？而圈養這boss的正是某位幫主。想到某幫主，姚遠又是一滴汗下來了，冷汗，那是一種猶如被人盯上、如俎上魚肉的感覺。

阿彌他們也漸漸發現了這一前所未有的情況，周遭圍著一圈陌生人，卻不見他們出手搶boss，反而幫著他們阻止了要上來搶boss的人，出手狠決，不帶一絲猶豫，殺完又站那兒「守衛」他們……

阿彌：「我是不是穿越了？穿到某個厲害人物身上了？」

哆啦A夢：「阿彌哥淡定！」

阿彌：「我蛋疼！那些人不會是想螳螂捕蟬，黃雀在後吧？」

亞細亞：「難道是想等我們先滅了boss，然後他們再來滅我們，來個漁翁得利？」

姚遠：「……不至於。世上還是好人多的。」

隊伍頻道裡刷出三條省略號。

花開：「小君這時候還懂得開玩笑來活躍氣氛，真心淡定。」

糾結的某人能怎麼說？說是某位幫主的惡趣味？那產生的衝擊力估計更加嚴重吧。

姚遠：「總之先把 boss 打下來再說吧！」

若為君故、亞細亞和阿彌都是老將，這難度中等的野外 boss 還是不怎麼難殺的，在三人合力另兩人輔助的情況下，boss 的血已經只剩下五分之一不到。

阿彌也有點激動了，在隊伍中激情演說：「姊妹們，勝利就在眼前，我們百花堂的第一個野外 boss 就要收入囊中了，大家再接再厲，衝啊！」

姚遠：「等等！」

在阿彌衝上去的瞬間，boss 暴走了，在阿彌白光之後，姚遠馬上在隊伍裡說：「都退下來，我來牽住它，你們遠程攻擊！」

姚遠剛說完，卻看到有人先一步拉住了 boss 的仇恨值，上竄下跳，賣力十足。

走哪是哪：「嫂子我來坦！我吸引怪，你們砍吧！」

姚遠：「……」

之前那圈圍觀黨圍得比較遠，亞細亞他們又忙著打怪，無暇去細看那些個ＩＤ，這會兒跳上來的這人頭頂上清晰的ＩＤ名和幫派名以及那句話，無一不讓包括姚遠在內的人瞬間凌亂了，當然凌亂的原因不同。

雄鷹一號：「走哪你搶我鋒頭，說好的一有問題我上的！」

走哪是哪：「咦？我沒答應吧？嫂子給點面子，盡情地上來砍吧，老大在那兒看著呢。」
雄鷹一號：「大嫂，快點把這 boss 砍了，我要砍那小子！」
哆啦A夢：「怎麼回事？怎麼回事？是天下幫的人！」
亞細亞：「嘻嘻，君姊姊這幫主夫人好給力！」
姚遠深深呼吸：「相逢就是有緣，既然兩位仁兄如此仗義，那在下和在下的朋友就不客氣了。」然後跟同伴說：「我們繼續刷 boss 吧。」
「……」
站在遠處望著這邊的天下幫其餘高層人員，都在聽己方隊伍頻道裡的實況轉播，聽到這裡時不由都笑了。
溫如玉：「哈哈哈，我越來越欣賞嫂子了！」
落水：「溫哥，難道你之前只是稍微欣賞大嫂嗎？」
溫如玉：「滾，別陷我於不義，沒見幫主大人千年難得地也在YY上嘛。」
君臨天下：「呵。」這聲不鹹不淡的低沉笑音，讓溫如玉心一顫，馬上說：「幫主近來心情很不錯吧？」
「你廢話真多。」君臨天下的聲音彷彿天生帶著點沙啞，說話節奏慢條斯理，所以聽起來有種漫不經心的感覺。
走哪是哪：「報告老大，嫂子刷完 boss 了，她說掉的東西他們拿一半，我們拿一半，怎麼辦？」
傲視蒼穹：「義氣啊！」

落水：「問題是幫主不會要這些東西的吧？」

大家都很有默契地沉默了，終於在五秒鐘後等來了某道聲音。君臨天下：「我過去。」

落水：「我也跟著膜拜嫂子去。」

傲視蒼穹：「我先讓那邊的幫眾都撤了吧。」

走哪是哪：「說真的，幫主大人這次幹麼叫那麼多人啊？這任務又不難拿下。」

溫如玉：「腹黑的人啊。」

雄鷹一號：「什麼意思？」

溫如玉：「你懂的話，你就可以坐我的位子了。」

溫如玉：「我接下電話！」

落水：「幫主竟然對阿溫的不敬之詞不聞不問？」

傲視蒼穹：「呃……」

下一刻，溫如玉：「淚奔啊！江公子的電話，全程兩字——『閉嘴』！」

傲視蒼穹：「哈哈哈哈！果然是他的風格，直接！明瞭！犀利！」

第五章

Meet right person at right time.

最快速的一場婚禮

姚遠這邊，因為在分贓中遇到了問題，所以就卡在那兒了。他們幫的人是習慣公平的，結果人家死活不要，最後走哪是哪說：「嫂子，要不妳把東西直接給我們老大吧？」

姚遠：「啊？」

她這才回過神來，君臨天下已不知何時又回到這兒，他身後還站著一排醬油黨。

看著眼前的陣仗，姚遠腦海中莫名冒出一個念頭：「我怎麼感覺我會成為被圈養的家養boss呢？」

君臨天下：「打完了？」

「嗯。」這不明擺著嘛，姚遠默默地想。

君臨天下：「東西妳都拿著吧。」

姚遠：「那個，君臨幫主，我覺得你們還是拿一半吧，畢竟你們幫出了很多力。」應該說是出了主力，沒有這幫剽悍的外援，他們根本搶殺不到boss。

君臨天下：「妳太見外了。」

我們本來就是外人吧？姚遠鬱悶，這人怎麼老這樣啊，火大：「你收也得收，你不收也得收！」

君臨天下：「這麼凶？」

姚遠：「……」

兩人面對面私聊著，外人雖不知他們在聊什麼，但畫面看上去很和諧，有人已經在截圖拍照了，這其中包括亞細亞、哆啦A夢、落水和傲視蒼穹。

落水：「話說我們幫主對大嫂，到底是從什麼時候開始有想法的？」

雄鷹一號：「好像是在我們實行肅清那些散布幫主『人妖』、『花心』、『濫殺無辜』等言論的人那陣子吧，準確地說，應該是如玉在世界上說不要欺負我們幫主夫人那之後開始的吧？」

傲視蒼穹：「呃……」

落水：「小蒼，你有話就說，別老是發出想上廁所又拉不出的聲音！」

傲視蒼穹：「我想說，他很早以前就對嫂子有想法了。」

「啊？」

傲視蒼穹那句「他很早以前就對嫂子有想法了」引得眾人瞬間都發出了驚呼聲，主要是他們幫主大人一向走的是「絕情花心」路線，一下子從絕情男上升到了深情暗戀男，這也太違和了點吧？

有人意志力不夠，禍從口出了。走哪是哪：「原來老大是純情男嗎？」

系統提示：走哪是哪被幫主君臨天下移出本幫。

眾人剎那消音，除了一下沒煞住車的。雄鷹一號：「怎麼走哪……」下一秒看清了執行那權力的人是幫主，立刻閉了嘴。在天下幫裡，幫主、副幫主以及溫如玉是有資格加人刪人的，但幫主大人從來沒操作過踢人功能，這次是首次，可見走哪是哪同學的話是有多麼不入耳。

而走哪是哪因為被踢出了幫派，只能在附近頻道上聲嘶力竭地說：「幫主我錯了，你放我回去吧！你不是純情男，你是偉男！」

「……」

天下幫這邊的ＹＹ裡已經炸開鍋了，紛紛表示這孩子沒救了，估計今天會被幫主虐。

此時已轉成圍觀黨的百花堂幾人，對走哪是哪的聲嘶力竭表示很好奇，大神君臨天下對他這名幫派成員做了什麼，讓他如此悲戚？

姚遠自然也是汗了一下，那偉男正在她跟前站著呢。

天真的孩子走哪是哪在附近繼續說：「大嫂！您幫我跟幫主說說，讓我重回故里吧！我剛因為言辭不敬被老大踢出了幫派！」

「啊？」姚遠驚了一下，看向螢幕上那張俊美無比的臉，心一顫，竟沒來由想到了「蛇蠍」二字。

姚遠：「我的話你們幫主也未必會聽的吧？」

「妳可以說說看。」這是附近的某幫主接的話。

圍觀群眾都忍不住猜測，其實某幫主踢人只不過是想多製造一條跟夫人可聊的話題吧？於是紛紛看向走哪是哪，眼帶憐憫，他連炮灰都不算啊。

但姚遠覺得這完全不關她的事吧？不過，見走哪是哪一直在默默地望著她，不由俠義心起，然而該說什麼呢？半天想出了句：「君臨幫主，萬事以和為貴。」

「……」

語音裡，落水大笑出來：「我斗膽說一句啊，如果嫂子不是已經是幫主的人了，我也想追追看了。」

溫如玉：「以女人的方式還是男人的方式？」

落水：「滾。」

眾人等著君臨天下的回覆，結果半晌都沒動靜，直到又一次呃了一聲的傲視蒼穹說：「幫主應該是已經拿下了麥，然後在跟嫂子私聊了吧？」

沒錯，姚遠正在被私聊中，而君臨天下的回覆是：「以和為貴嗎？聽起來不錯。」

為什麼聽起來感覺暗含深意呢？姚遠草木皆兵地想著，結果對面又說：「你們幫派挺好的。」

找不出陷阱，應該沒有陷阱。姚遠：「謝謝。」

君臨天下：「既然如此，我們兩幫和親吧？我代表我們幫派，而妳代表你們幫派，妳意下如何？」

和親！

君臨天下繼續道：「剛 boss 打出來的東西妳也不用讓我收了，就當一部分的聘禮吧。」

聘禮？

大神你一定要這樣子嗎？這樣很難繼續聊下去啊！

姚遠：「君臨幫主，我目前尚未有嫁娶之心。」

君臨天下：「那心可以緩緩，身子先給我。」

若把這句話截圖，發到世界頻道上絕對會引起很強烈的洗版吧？

君臨天下：「剩餘的聘禮……」說著便發來一張截圖，華麗麗的聘禮單，差點閃瞎某人的眼。

姚遠：「……」

姚遠：「好！」

然後姚遠看到附近頻道上某幫主發出了結婚公告，終於在愣怔了兩秒後回神了，她剛剛說好了？說了？她那一瞬間真的貪財了嗎？
還有，他們為什麼會突然聊到結婚的？居然還聊妥了？剛開始不是……不是在聊他幫派裡的某一位被踢出去的玩家嗎？
附近頻道上，君臨天下幫主頒布了明日要與若為君故成親的消息後，果然引起了軒然大波，驚訝的、雞血的、撒花的都有。
落水：「原來剛剛兩人是在聊結婚嗎！」
溫如玉：「幫主果然在哪方面都可以被稱之為神人啊，神速！」
哆啦Ａ夢：「啊啊啊啊啊啊！」
花開：「我也想叫一下了！」
走哪是哪：「幫主要結婚了，ＯＭＧ，我有生之年終於看到了！」
等等，等等。
幫主大喜，大赦天下，被踢的某男重回故里，淚流滿面，不忘感謝恩人：「嫂子，謝謝您的大恩大德大仁大義！雖然上次我只來得及在人群中匆匆看了您一眼，但只一眼我就知道您是天仙下凡，您的心靈就像您的外表一樣美好得一塌糊塗！」
當世界也刷出天下幫幫主君臨天下，與百花堂若為君故要締結連理的消息時，姚遠終於明白她被霸王硬上弓了，呃，或者說，被迫上了霸王？
姚遠覺得自己邪惡了，然後……臉紅了。
網戀什麼的太討厭了！
既然話已說出口，為人一向正直不阿、說話算數的姚遠，接受了命運齒輪的突然逆轉。

這天直到下線，她眼前都是眼花繚亂的，依稀記得最後收到某幫主的一條私信：「早點休息，明晚八點半前上線行嗎？」

姚遠有些神思恍惚，於是回覆：「可以。」

君臨天下：「好的，那事情我安排好，妳什麼都不用操心，只要人來就行。」

姚遠：「哦。」正要下線，又被叫住。

君臨天下：「把妳手機號碼給我，我明天八點左右打妳電話。」

姚遠：「……我會上線的。」

君臨天下：「還是給我吧。」

姚遠：「……」

姚遠：「138××××××××。」

君臨天下：「好，明天見。」

他好像很淡定啊，姚遠覺得自己實在是弱爆了，不就是遊戲裡結婚嗎？又不是現實生活裡結婚，那麼大驚小怪幹麼？遊戲而已嘛，這麼一想，猶如任督二脈被打通了，姚遠也淡定了。

她剛要淡定地關電腦，手機響了一下，進來一條簡訊：「我叫江天，這是我的號碼，晚安。」

「……」

現實生活也被滲透了啊。

第二天上班，吃午餐的時候，坐對面的同事問姚遠：「姚美女，怎麼了，今天一上午都看妳心事重重的？」

姚遠在外還是很正經的，所以她正經地說：「婚前恐懼症。」

同事驚訝不已。「妳要結婚了！」

後話是下午江大教職員工圈子裡，就都知道了這個從加拿大留學深造回來的、剛任職不到兩個月的、進校第一天就吸引了不少未婚男老師的姚大美女要結婚了。

君臨天下要是知道他這招無形中就幹掉了不少現實中的情敵，應該會更早點要求「結婚」，不帶絲毫猶豫。

回到姚遠這邊，同事還沒能細問，她已經破罐子破摔地說：「算了，船到橋頭自然直吧，再說，咳咳，婚後要是不爽了，就離婚好了，反正離婚也很容易。」

同事更驚嘆了，出過國的就是不一樣啊，思想太開放了！

同事正感慨，有人過來跟姚遠打招呼，是兩名男學生，帶頭說話的那個頭髮弄得像刺蝟，T恤背心哈倫褲，帥小夥笑咪咪地朝姚遠嘿了一聲。姚遠同事又不禁連連嘆喟，連學生都來表白，不過遲了，人家要結婚了，再說了，姚老師剛進學校那天就被人有意無意地問過能否接受姊弟戀，答案是不能接受，所以小弟弟，歇了吧，學生時代還是以讀書為主啊。

結果那男生笑咪咪地叫了聲：「大嫂好！」這讓同事腦中的劇情卡住了，姚遠則是被這聲「大嫂」給嗆到了，咳了半晌才盯著面前的人問：「你是？」

「我是走哪是哪。」對方笑容燦爛。

呃，姚遠心想，怎麼又碰上了？上次網上關於她是美女的言論就是這學生傳出去的吧？雖然是……力捧她，可捧得太過了也不行哪。

「你是這學校的學生？」

「不是，我是隔壁大學的，原來大嫂妳在這所學校裡啊！能再碰到大嫂妳，我覺得真是太有緣了！我前段時間還老在那條街上逛呢，結果一次都沒遇到過妳，今天我來這邊找同學玩，結果就看到妳了，妳說有沒有緣？」

「呃，挺有緣的。」這大學城不是挺大的嗎？

「大嫂我能不能幫妳拍一張照片啊？」

「不能。」

「不要這樣子嘛！」

「……」

「大嫂妳是這兒的學生嗎？太強了！這學校我們高中班裡就考進來兩名，其中之一就是我身邊這個書呆子。」他攬著旁邊男生的肩膀說：「我這兄弟連《盛世》是什麼都不知道，太菜了！大嫂妳太厲害了，遊戲玩那麼好，書還能讀得那麼棒！」

「……謝謝，你吃過飯了嗎？」

「沒有，大嫂妳要請我吃飯嗎？」

之後姚遠去給兩學生刷卡買了飯，然後就跟同事速速走人了，反正也吃得差不多，多留實在不是明智之舉。走哪是哪端著飯菜望著姚遠的背影。「哎呀，怎麼走了呢？我還沒激動完呢！」

書呆子拍了拍他的肩膀，說：「走是正常的，順便說一句，她是我們這兒的老師，不是學生。」

走哪是哪驚了。「啊！」

那天中午在書呆子的寢室裡，走哪是哪激動萬分地爬上了遊戲，在天下幫的幫派頻道裡轟炸了一堆：「我今天見到大嫂了！」

「而且我還近距離地跟大嫂聊天了！」

「今天大嫂請我吃飯了！兩葷兩素！」

「大嫂的聲音超級動聽的！」

「還有，原來大嫂是大學老師！太年輕了，完全看不出來啊！」

中午線上的人還不算多，但天下幫幫眾多啊，三分之一的人線上洗版也夠看了，N多省略號之後就是求更多內幕、求照片。

走哪是哪：「大嫂不讓我拍啊。」

雄鷹一號：「尾隨啊！笨蛋！」

落水：「呵呵，估計會被滅口吧。」

走哪是哪：「大嫂很溫柔的！」

落水：「那你怎麼沒跟上去？」

走哪是哪：「淚，她給我買完飯之後就馬上走了，我都還沒反應過來呢……」

血紗：「腹黑啊。」

傲視蒼穹：「小走你這已經是兩度見大嫂了啊，我們幫主可都還沒把大嫂娶進門呢，你膽子很大嘛。」

溫如玉：「嗯，這事說大不大，說小絕對不小，你們要時刻謹記啊，幫主是很凶殘的。」

雄鷹一號：「老大不在，如玉就敢於傲嬌了啊。」

溫如玉：「這不叫傲嬌，這叫知根知柢，信不信隨便你，反正我是信了，祝你好運啊，走哪哥。」

走哪是哪：「……」

落水：「小走別聽如玉瞎扯，幫主很明事理的。」

事實證明，在愛情面前，其他都是浮雲。

系統提示：「走哪是哪被幫主君臨天下移出本幫。」

溫如玉：「幫主大人您來啦，撒花撒花！」

落水：「……」

傲視蒼穹：「咳咳，老大，不用這麼凶殘吧？」

君臨天下：「手誤。」

眾人：「……」

不一會兒，君臨天下又屈尊降貴解釋了一下：「等會兒把人拉進來吧，提醒他一下，別人現實生活裡的情況在網路上還是不要到處亂說的好。」

溫如玉：「好的好的，我來處理！」

君臨天下腦殘粉心聲：「幫主就是這麼正直不阿啊！」

傲視蒼穹私聊過去：「其實，你也挺想聽到更多內幕的吧？」

君臨天下：「呵。」

傲視蒼穹心說，自己去調查人家的私事面不改色、毫無愧疚，卻不允許別人談論人家一點點，這叫什麼來著？反正，不可說啊。

再回到姚遠那邊，到下班時間，聽說她要「結婚」了的姚欣然打來電話笑著開解：「和親這事兒，妳也不用想得太嚴重，網路上玩玩而已嘛。」

可是人家已經把手機號碼都要去了，聯絡還第一時間就過來了，她後知後覺地記起自己那會兒還嬌滴滴地回了一句：

「你也晚安」……這太像談戀愛了吧！

「再說了，不爽就解除婚姻嘛，沒什麼大不了的，去NPC那兒跑一下流程就搞定了。」

這一點姚遠也想到了，可是下午她就莫名又收到簡訊了：「晚上八點半舉行婚禮，希望妳沒有忘記。我對我們的婚姻很認真，希望妳也是。」姚遠不知道為什麼，聽君臨天下說話，總有種網路跟現實傻傻分不清楚的感覺，所以才會特別有負擔。她深深覺得大神是在精神折磨她。

但那天晚上，避免對方真的「很現實」地打電話來催促她去「結婚」，姚遠七點鐘就爬上了遊戲，一點進自家幫派就又迅速退了出來，太熱鬧了！

而她的私聊頻道上也是五花八門，多數是祝賀她跟君臨天下百年好合的，還有零星一些是說她搶了君臨幫主，恨她云云。

姚遠心說，我也恨啊，恨自己一時被財迷了眼。

水上仙：「妹子進幫聊，大夥都準備了結婚禮物要給妳！」

姚遠：「啊？不用了吧，妳之前不是也說……」不是說這場婚禮不用太認真嗎？

水上仙：「親妹……溫如玉剛來聯絡我，說他們的幫規裡有一條是『順我者昌，逆我者亡』……我理解了半天，得出的解釋是，如果妳跟他們幫主離婚，就是和親失敗……我們也許會被滅門。」

姚遠一愣，拍案而起。「這太無恥了！」

水上仙：「哎呀，妳要想順我者昌啊。」

姚遠：「姊……妳是不是其實挺希望我去跟人家和親的？」

水上仙：「我是那種人嗎！」

姚遠：「網路上那張模糊的照片是不是妳傳上去的？」

水上仙：「我是那種人嗎！」

姚遠：「……算了。」

事已至此，多說無益，一貫政策：船到橋頭自然直。

於是，八點左右，姚遠在收全了自己幫派成員的一堆結婚賀禮後，看到好友名單上君臨天下上了線，她不由又心律不齊了兩秒，很快對方發來消息：「早。」

姚遠：「……」

君臨天下：「剛還在想如果妳還沒上線，我就可以打電話給妳了，可惜。」

姚遠心想，你這是盼著我出狀況啊？「我在了。」

之後兩人會合。

今天君臨天下換上了一套紅衣，豔麗得……像新郎。

然後他交易給了姚遠一些東西，姚遠一看，是一套頂級紅裝以及人人夢寐以求的神獸朱雀……這些還都不是上次那張清單裡的。

姚遠：「為什麼？」

君臨天下：「剛拿到的。抱歉，一直找不到雪劍。」

姚遠：「不……我是說為什麼給我這些？」

君臨天下：「怕妳逃婚。」

姚遠突然想到一點：「君臨幫主，如果我逃婚，你們會不會真的滅了我們幫派？」

君臨天下：「妳要逃婚嗎？」

姚遠：「……不會。」

君臨天下：「那就沒這可能了。」

也就是說如果她逃婚，他們就……真的會！

之後大神又發給了姚遠上次讓她英雄瞬間折了小蠻腰的那堆聘禮，姚遠接得是五味雜陳。

大神心情卻很好：「走吧，快到吉時了。」

她終於要成為家養 boss 了嗎？這是那刻姚遠心中唯一的感受。

家養 boss 被迫換上了鮮紅大衣，被領著進了天禧宮。一進去，裡面已經很熱鬧了，她還記得，就在不久前，自己作為圍觀群眾來過這裡圍觀過別人的婚禮，沒想到這麼快就輪到她了，真是世事無常啊。

落水：「新郎新娘到場，撒花撒花撒花撒花！」

N多人同撒之後，若為君故身邊的角色微微舉了下手，場面瞬間安靜了。

要不要這麼厲害啊？

一向低調慣了的姚遠覺得這場面實在是……讓她有點想臨陣脫逃，但看著周圍裡三層外三層的人，中間還高手如雲……估計跑的話，會死無全屍吧？自己幫派的人也陸續傳送進來了，姚遠求助地望過去，然後，看到百花堂幫眾幾乎一致地發著：「君臨幫主大神，吉時將到，趕緊拜堂吧！」

以前怎麼就沒見過自己幫這麼有組織有紀律過？

姚遠不知道該怎麼說，是的，她有點緊張，不提現實，就算是遊戲裡結婚，她也是從未有過的，而且，一上來還這麼大場面。

君臨天下：「怎麼了？」

姚遠真的很想吐槽一句，然後她也真的說了：「你太鋪張浪費了。」

這就是階級差距嗎？姚遠是「貧苦」慣了的，也依稀希望他能明白，有句老話怎麼說來著：他們是不同世界的人，結婚什麼的要慎重啊。

君臨天下：「嗯，不過結婚一輩子就一次，我們就鋪張一次，以後妳管帳，我要用錢就到妳那兒拿，這樣行嗎？」

「咳咳咳咳！」電腦前的某人咳紅了臉。

君臨天下：「對了，他們讓妳進ＹＹ。」

剛平息咳嗽，就看到「進ＹＹ」，又是驚了驚，進ＹＹ？就是說能聽到聲音……太「現實」了！

剛要拒絕，水上仙來了條私聊：「進ＹＹ，頻道是××××××！」

後一刻，姚遠無語了，她怎麼就那麼傻呢？她怎麼會以為這是自己幫派的ＹＹ呢？

溫如玉：「哎呀，幫主夫人總算進來了！大家歡迎！」Ｎ多人跟著一起問好，可以聽得出都挺激動的。

雄鷹一號：「大嫂吱一聲吧，大夥兒都盼著這一刻呢！」

水上仙：「我妹害羞，大家不要把人嚇跑了，我好不容易才糊弄進來的。」

姚遠：「……」

阿彌：「君姊姊就算在自己幫派的ＹＹ裡也是很少開口講話的。」

總算有一個不是白眼狼了，姚遠甚是欣慰。

阿彌：「所以好期待啊，今天君姊姊大婚，不知道可不可以在ＹＹ裡獻唱一首，以前幫主說君姊姊妳唱歌很好聽的，真心期待！」

她家堂姊還有什麼沒說過的嗎？再說，她唱歌哪裡好聽了？堂姊還說她嗓音壓不過伴奏音呢。

傲視蒼穹：「真的嗎？那真的很期待啊，是不是啊，某人？」

眾人都很有默契地清了音訊，靜默著等了幾秒鐘，但君臨幫主未置一詞。

反倒是一道輕柔的女音帶著微笑說：「原來你真的不是女的。」

「……」

「……」

Ｎ多省略號打上來，默然無語不是因為那句話，而是那聲音以及說話的人。

雄鷹一號：「是大嫂嗎？剛才！」

傲視蒼穹：「是的，然後萬分榮幸嫂子開口的第一句話是對我說的！」
溫如玉：「你真不怕死。」
傲視蒼穹：「我說的是事實啊，不過，那話……」
花開：「呵呵，小君一如既往的很萌啊。」
走哪是哪：「我就說吧，嫂子的聲音很好聽吧？」
寶貝乖：「嫂子再多說點吧。」
亞細亞：「估計君姊姊害羞了，嘿嘿。」
姚遠確實……挺不好意思，被聚焦，壓力總是大的。
而某人也總是出場精準，包括出聲。君臨天下：「吉時到了，我們去主婚臺那邊吧。」
很低沉的聲音，從容不迫，呃，姚遠心說，總體來說……還不錯，然後不情不願地回：
「哦。」
傲視蒼穹：「呵呵，終於得償所願了啊！某人。」
十秒後，溫如玉：「小蒼，對不住，你口中的某人、我們偉大的幫主，讓我和諧你的聲音。」
「……」
婚禮終於開始了，若為君故跟著君臨天下走到主婚臺前，一路過去祝福的對話泡泡看得姚遠眼花。
婚禮模式是君臨幫主親自選的，而大神選擇模式的要求只有一個：速度。
所以那天在場的人見證了一場《盛世》有史以來最快速禮成的婚禮。

君臨天下，你願意娶若為君故為妻嗎？

願意。

若為君故，妳願意嫁給君臨天下嗎？

……願意。

禮成，送入洞房。

半分鐘的靜默，然後，場子沸騰了。

「怎麼？好了！」

「不是吧，那麼快？我還沒反應過來啊！」

「不是吧，老大已經禮成了，我剛進來，啊啊啊啊啊！」

「人呢人呢！老大和大嫂呢，被卡到斷線了嗎！」

溫如玉：「白痴，傳送到洞房裡了！」

這場《盛世》最盛大、最迅速的婚禮，被後人傳誦成一段佳話：「當年，有一場婚禮，新郎君臨天下是當時《盛世》某服裡的No.1，嘖嘖，那場婚禮，N多高手齊聚一堂，可謂盛大，可謂隆重！花費一萬金幣，包下天禧宮整整一週，可整場婚禮全程不到兩分鐘，新郎就拉著新娘禮成進洞房了，這才是高人中的高人啊！」

「是浪費中的浪費。」這是一位旁聽的蘿莉小號發表的評論。

蘿莉小號曾經問過那新郎，幹麼要包天禧宮整整一週？

新郎回答：「怕妳跑了，但我確信一週之內能將妳找出來。」

蘿莉：「……」

這是後話，現在蘿莉小號還是若為君故，還在洞房裡。

姚遠已經拿下了耳麥，因為裡面已經炸開了鍋，耳朵不能承受。

此刻，姚遠看著這廂紅通通的洞房，呃，系統大神還滿敬業的，喜帳、紅燭、檀香桌……

然後，俊美喜慶的新郎走近她，拉住了她的手，姚遠下意識地心一跳，最後心想不會真滾床單吧？系統沒那麼……無恥吧？

系統確實沒那麼無恥，但跟前的人很無恥：「害怕嗎？」

姚遠：「……」

君臨天下：「凡事都有第一次。」

姚遠：「……」

君臨天下：「那夫人，我們上床吧？」

不曉得為什麼，姚遠感覺君臨天下背後的真身在笑。

姚遠：「你在笑？」

君臨天下：「嗯。」

君臨天下：「開心。」

然後姚遠又不曉得為什麼，猶如被奪去了心魂，若為君故像傳說中的提線木偶一般被君臨天下帶到了床邊，撩開喜帳，相對而坐，擁抱，螢幕暗下。

姚遠最後只覺得，系統其實也挺無恥的。

第六章

Meet right person at right time.

大神的美照

婚後姚遠問大神的第一個問題是：「如果，我是說如果，如果結婚那天我逃婚，會不會死無全屍？」

君臨天下：「不會。」

剛想鬆一口氣，對方馬上接了後半句：「會被守屍。」

姚遠至此確定這人……絕對不是什麼正人君子，有比「守屍」更殘忍的手段嗎？有嗎？豈止死無全屍啊，復活一次就要被殺死一次，簡直萬劫不復啊！

姚遠那時想，幸好結婚了。

單純的姚美人一點都沒有意識到，這就是人家要的結果啊，讓她「心甘情願」地嫁給他。

姚遠，不，若為君故嫁給君臨天下後，頭上多了一個稱呼——君臨天下的夫人，這稱呼讓她走在路上總是會引得一些人回頭看，然後感嘆一句「原來她就是天下幫幫主的老婆啊」之類的。

姚遠覺得由於某人的氣場太強，導致她的自我存在感越來越弱了，就好比達官貴人家的孩子，總被說成是誰誰誰的兒子一樣，沒有自我。姚遠終於有幸體會到了作為貴人家……家人的感受，有種深深的此消彼長的感覺。

她也算是滿級的高手玩家好吧？

雖然比起某人來說，技術差點，裝備差很多，錢……算了，跟人攀比什麼的是最沒意義的事！

姚遠閉了閉眼，繼續操作著若為君故……做跑商任務賺錢中。因為所得聘禮都捐獻給了幫派。

亞細亞：「君姊姊妳在跑商嗎？不是傳說姊夫將所有錢都轉給妳管了嗎？怎麼還會缺錢呢！」

姚遠嘆息，花別人的錢手軟。「這是兩回事，我只是幫他管錢而已。」

亞細亞：「君姊，妳不是一直想找個有錢人的嗎？怎麼找到了卻不花啊？」

姚遠再次嘆息，這錢太多了，多的太有心理負擔了，而且主要是，那人絕對不是善類啊，總覺得如果自己邁錯了一步，就是條不歸路，由儉入奢易，由奢入儉難啊。

沒一會兒，幫裡又有人來問她怎麼在跑商。姚遠也懶得多解說了。

君臨天下：「在跑商？」

姚遠：「嗯……跑著玩。」

君臨天下：「玩膩的話，要不要去打副本？」

姚遠：「……好。」

確實膩了，她向來對一成不變的跑商任務興致缺缺。

結婚後最大的好處就是，夫妻之間的傳送技能，無須座標，無須趕路，只需點擊「傳送到老公／老婆身邊」即可瞬間移動到另一半身邊。

若為君故傳送到君臨天下那兒時，已有好些人在了，包括堂姊的號水上仙，還有花開。

還有一件事有必要提一下，就是她跟君臨天下結婚後，天下幫又跟他們百花堂結成了同盟。百花堂的人自然都開心瘋了，除了姚遠。滲透得太徹底了啊！

花開：「小君來啦？嘿，我作夢也沒想到可以跟排行榜上的這些大高手一起打副本，真激動！會不會如傳說中一樣一路秒殺過去，直到將最終 boss 秒掉？」

姚遠：「不會。」

如果那些高級副本裡的最終 boss 都能被玩家分分鐘給秒了，那說明這遊戲也可以打烊了。

花開：「ＹＹ一下也好嘛！」

姚遠：「唔，好吧。」ＹＹ是無所不能的。

隊伍成立，百花堂三人加上君臨天下、傲視蒼穹、雄鷹一號、落霞滿天。

落霞滿天：「這位就是君臨的夫人嗎？」

傲視蒼穹：「嫂子，給妳介紹下，落霞是我們一個老朋友，雲海幫的幫主夫人。」

雲海幫姚遠聽說過，也是一大幫派。

姚遠：「妳好。」

落霞滿天：「妳好，我一直以為君臨不會結婚的，沒想到……總之，挺高興見到妳，聽說妳現實中也是大美女，哎，美女總是比較吃香啊。」

姚遠聽到後面下意識地皺了皺眉。

水上仙：「我妹心靈也很美的好不？」

雄鷹一號：「嫂子技術也很ＯＫ。」

落霞滿天：「你們幹麼啊？我又沒說小若不好。」

君臨天下：「進副本吧。」

領頭人發話，其餘人都不敢再多聊，進了副本。剛進去姚遠就收到了領頭人的私聊：「落霞滿天是蒼穹帶來的。」

一句沒頭沒腦的話，像陳述又像解釋，跟他沒關係，姚遠看著突然就笑了。

他很敏感啊！她沒亂想什麼，就是別人一上來就叫她大美女什麼的，她有些排斥，畢竟，人總是不希望別人只關注自己外表的。

內心什麼的比較重要嘛。

姚遠起初確實沒亂想，後來打副本的時候，還是亂想了，不得不亂想啊，那落霞滿天是牧師，負責給大家治療的，可她一路過去，幾乎都只照顧君臨天下了……血最牢靠的那個人。最先叫出來的自然不是姚遠，而是血條告急的姚欣然：「我說大姊，妳也幫我加加血啊！」

落霞滿天：「Sorry，剛沒注意到，馬上加。」

後來類似事又發生一次，不過喊的是雄鷹一號。

姚遠心想，幸好她技術也真的算ＯＫ，沒有丟臉喊救命，在進到最後一關ＰＫ終極boss前，君臨天下喊了停。

君臨天下：「落霞滿天，妳要麼認真配合，要麼現在就退出去。」

頻道上靜默了一會兒。

落霞滿天：「對不起，君臨，後面我會注意的。」

堂姊私聊堂妹：「妳有沒有覺得這女的喜歡君臨天下啊？」

姚遠心想是人都感覺出來了吧？不過她不習慣談人是非，所以沒搭腔，姚欣然又發來：「不過這君臨天下真心酷啊！要麼配合，要麼滾！哈哈，開心吧？我看著都覺得爽，我跟花開在說，這落霞滿天再這麼不識好歹，妳讓君臨天下直接秒了她，死於愛慕之人手下什麼的最虐了。」

姚遠汗。

下一秒，君臨天下的私聊也進來了：「別多想。」

她沒怎麼多想啊，不就是有人喜歡你，你喜歡……別的人，那別的人總不能……去計較所有喜歡你的人吧？那樣太小心眼了。所以姚遠大方地回了一句，甚至還帶著點安慰的性質：「受歡迎，挺好的。」

沒一會兒，傲視蒼穹來了：「嫂子，抱歉啊！我以為落霞已經對君臨死心了，所以才答應讓她來打這副本的。其實落霞以前是我們幫的，後來，呃，反正幫主大人除了妳，沒在其他女的身上花過一點心思！」

姚遠：「你別這麼激動。」

傲視蒼穹：「嫂子，我不激動妳男人會將我碎屍萬段的，後果很嚴重！」

姚遠汗：「好了好了，我相信的。」

君臨天下私聊她：「刷完這最後的 boss，帶妳去無暇山上走走？」

無暇山？

大神，你對《盛世》的約會勝地是有多偏愛啊。

雖然《盛世》裡的場景是做得美輪美奐，她平時也很喜歡騎著她的棗紅馬在裡面東逛西逛，但是……

姚遠：「可不可以不去，我等會兒想看部電影。」

君臨天下：「哦，那等會兒一起看電影？」

姚遠驚了，對方繼而說：「妳告訴我妳看什麼電影，我也去看，一起看。」

姚遠：「……」

剛想鬆口氣，下一波更犀利的就又來了。君臨天下：「等會兒，要不要跟我視訊？」

姚遠：「啊？」

君臨天下：「開玩笑的。」

還沒等姚遠在這接二連三的浪潮裡回神，傲視蒼穹發來對話：「對了嫂子，我有沒有跟妳說過老大很帥？真的，非常帥！」

最後這一句話，姚遠分析不出來是某人授意的，還是傲視蒼穹真的是突然想到的。

總而言之，跟高貴冷豔的大神「網戀」，很傷神啊。

她潛意識裡認定這是在談戀愛了——網戀也是戀。

最後 boss 倒下後，「金牌摸金手」傲視蒼穹上去摸了屍體，這次 boss 掉的東西不好不壞，三方分了掉落物，也可以說是兩方，因為天下幫的所得都送給了幫主夫人所在的百花堂，傲視蒼穹將東西傳給若為君故時，還補了句：「大嫂，我將我們上次沒來得及送給妳的結婚禮物也打包在裡面了，祝妳跟我們幫主新婚愉快哈。」

還有這種事？

姚遠：「沒關係的，不送也沒事的。」

君臨天下：「收了吧，禮輕情義重。」

傲視蒼穹瞪著的是「禮輕」二字，哪裡輕了！

姚遠盯著的是「情義重」三字，某幫主你一定要這麼……積極重申、確鑿再三嗎？

這才是真正的秒殺啊，還是一箭雙雕。
隊伍系統提示：落霞滿天退出了隊伍。
呃，一箭三雕？
打完副本，已經晚上九點了，等看完電影估計要十一點了，姚遠跟隊伍裡的人說要下了，其餘人紛紛表示：怎麼那麼早？夜才剛開始！
姚遠：「明天早上有課要早起。」
雄鷹一號：「大嫂真的是大學老師啊？我剛升大二，感覺有點……嘿嘿，還從來沒跟老師玩過遊戲呢。」
花開：「小君是老師嗎？還是大學老師？汗，我也才知道呢！話說，仙仙妳不是說妳才二七一枝花嗎？那妳妹幾歲啊？」
水上仙：「我妹比我小兩歲。」
傲視蒼穹：「二十五啊，嗯嗯，那比我們幫主小了三歲。」
水上仙：「咦？君臨幫主二十八啊，那正值壯年嘛。」
雄鷹一號：「噗！」
傲視蒼穹：「呵呵，是啊，正值那啥。」
姚遠：「我準備下了，你們慢聊。」
有點臉熱啊，這樣的話題實在是……而某幫主剛才竟然都沒有出來滅音，不是一向順吾意則生，逆吾心則死的嗎？下一秒傲視蒼穹的私聊進來：「嫂子，我被妳男人砍殺掉了，求安慰。」

「……」

君臨天下：「妳明天要早起，那看完電影就睡吧。」

殺完人後轉身溫柔地對妳說早點睡什麼的……姚遠突然就有點萌了起來，哎，原來她其實也是邪惡之人嗎？

姚遠：「哦。你也是。」

君臨天下：「我下週會去江濘市出差。」

姚遠眨了眨眼，再眨了眨眼，沒有看錯，江濘市，不就是她所在的城市……輕易地就又心跳加快了。

君臨天下：「會住一晚。要見面嗎？」

忽然就想到了前面的人「正值壯年」，姚遠果斷回：「我是傳統的人！」

君臨天下：「……」

第一次看到君臨天下的省略號，然後，姚遠反應過來，羞愧欲死！這時旁邊的手機響了，她沒細看來電顯示就接起了。「你好。」

「妳好。」

磁性的男音，有點耳熟，看螢幕，姚遠腦子再度當機。

那頭的人帶著點笑說：「我之前在想，妳第一句話會跟我說什麼。『你好』，挺好的。」

「……」

「接到我的電話很意外嗎？」性感的嗓音不緊不慢。

「咳，還好。」

「還好就好。」慢慢騰騰的……像在勾人？

姚遠輕聲問：「你有什麼事嗎？」

「沒什麼事。」他說。「只不過想打妳電話，我想這樣做挺久了。還有，下週我去江濘市，要不要見我，妳做主。」

「……」

「好了，妳去看電影吧。」

這樣讓她還怎麼看得進去電影？

他說了再見，她嗯了一聲，電話掛斷。N久，姚遠在電腦前的表情都是呆呆的。

第二天，姚遠去上班，坐公車，頂著黑眼圈，剛坐下，旁邊的阿姨看了她一眼，說：「妹妹，妳外套穿反了。」

姚遠將開襟衫重新穿好後，後座有人碰了碰她的肩膀，姚遠回頭，那人就說：「姚遠，真的是妳啊。」長相斯文的男人笑著說：「我剛還不敢認，妳頭髮剪短了，看上去……變了不少。」

「啊，是。」她從去國外讀書開始就一直留著短髮了，打理起來方便。

那人問：「妳什麼時候回國的？現在在哪裡上班？」

姚遠說了，那人笑道：「回母校了啊，挺好的。」

「嗯，還好。」姚遠突然想到昨天某人說的那句「還好就好」，不由搖了搖頭，昨晚都想了一晚上了，這會兒還想，要死了。

那人又說：「妳一直是坐這路公車上班的嗎？怎麼都沒碰到過妳？」

姚遠其實不怎麼喜歡在公車上跟人聊天，但碰到了老同學，置之不理說不過去，便有一句沒一句地回著，至於以前怎麼沒在車上碰到過，那是因為她第一次坐這路車，平日裡都是走去學校的，反正走走也就二十來分鐘，當是鍛鍊身體。

姚遠先到目的地，下車前那人跟她要了手機號碼，她出國後換了號碼，回國又換了，現在能聯絡到她的，就只有她的親人和大學時期的那幫室友，以及……君臨天下。

姚遠下車後，還看到老同學陳冬陽在窗口朝她揮了下手，她走進校門的時候猛然想到，這人好像曾經跟她傳過「緋聞」！據說，以前她常常坐在籃球場旁邊看著場上最耀眼、最活躍的男生運球上籃，那個男生就是陳冬陽。

再次感嘆ＹＹ無所不能，她只是在盯著那顆籃球看而已，看籃球賽，眼珠子不都是跟著籃球走的嗎？怎麼偏偏傳言她而不傳另外圍觀的人呢？

其實細數起來，從小到大姚遠被當話題人物傳八卦的段子還真不算少，美女總是非多。

姚遠卻覺得，她分明是「躺著也中槍」啊。

走在校園裡的時候，接到了堂妹的電話，姚遠先開口問：「我說我沒談過戀愛是不是都沒人信？」

「我信。」敷衍完一直以來不曾愁過沒人要的堂妹，姚欣然開始說她的事：「昨天晚上，我們幫跟天下幫的人在同盟頻道裡聊得熱火朝天，妳昨晚睡得早太可惜了。」

她昨晚幾乎一整晚都沒睡好不好？

姚欣然接著說：「妳在江濘市，天下幫的人都知道了，後來在同盟頻道裡聊得熱鬧，聊到不少人在我們大江濘，就有人提議下週在這邊搞場網友聚會，是不是很激動啊？」

先不說姚遠一點都不激動，這「江濘市」、「下週」、「網友聚會」跟之前某人的「江濘市」、「下週」、「見面」是不謀而合呢，還是黑箱操作？這太需要深入思考了。

「這聚會誰提議的？」

「網友啊。」

「網友裡的誰？」

「走哪是哪，小夥子熱情高漲，江濘市一日遊的行程表都排好了，先是在萬達廣場的噴泉處集合，接著去吃飯，然後去逛植物園，再去海邊看燈塔，就是我們小時候常去撿貝殼的地方，晚上吃完飯去唱歌，最後逛逛夜市。」

「……」

「不過他們幫主，也就是妳夫君君臨天下好像不參加。」

「他不去？」

莫非真的是她想多了？姚遠有點慚愧了，人家可能真的只是來出差而已。

某幫主是否清白，那只有他知天知了。

所以這天晚上，沒上帝視角的姚遠懷著補償之心在上遊戲後，主動聯絡了君臨天下。

姚遠：「在忙嗎？」

君臨天下：「不忙，在等妳。」

姚遠：「……要去無暇山嗎？」

君臨天下：「好。」

然後兩人會合，共騎白虎。在賞風景途中，姚遠心想，他送她的那隻靈獸她都沒放出來過，下次放出來吧，與他並肩而騎，恣意天地間。姚遠想著也將想法說了出來，得到的回覆卻是——「不好。」

賞風景？恣意天地間？Ｎｏ，ｎｏ，ｎｏ，這位爺要的只不過是「共騎」而已。

姚遠看著眼前螢幕上的畫面，覺得跟君臨天下的關係發展得真的是太快了，雖然只是在網遊裡，但還是覺得「感情升溫」快得跟坐火箭似的，嗖，就手牽手闖天涯了。

約會完，姚遠又被堂姊叫進了同盟頻道。

溫如玉：「嫂子來了啊。」

寶貝乖：「大嫂大嫂，求照片！」

花開：「對哪，我也沒見過小君的照片。」

寶貝乖：「話說，花開姊姊妳真的長得好清純啊，頭髮好長，好羨慕。」

花開：「清純這玩意離我已經很遙遠了，至於頭髮，養了好多年了啊。」

雄鷹一號：「今天真爽，看到了不少美女！」

姚欣然讓姚遠去翻紀錄，姚遠就拉上去看了看，發現花開還有另外兩名天下幫的女孩子放了照片。

水上仙：「做好心理準備吧，他們對妳求知若渴！」

姚遠：「……」

不過說真的，花開的樣子比想像中要淑女得多，姚遠一直以為她是很幹練的那種女生，畢竟平時講話都是「你欠打啊」這種。

雄鷹一號：「弱弱地再次求嫂子玉照！」

寶貝乖：「求大嫂照片！」

後面一堆人同求，包括自己幫派裡的。

水調歌謠：「好熱鬧啊，在聊什麼呢？」

寶貝乖：「水調姊姊來啦？妳好久沒上線了呢。」

水調歌謠：「是呀，最近比較忙。」

水調歌謠的出現總算讓「求大嫂照片」的話題轉移了，姚遠鬆一口氣，然後看到水調歌謠說「你們在發照片啊」，接著天下第一美人也發了幾張自己的照片上來，無一不嬌美動人。

姚遠跟著圍觀群眾一起欣賞了一番，作為圍觀黨總是幸福而無壓力的，在無數的讚美聲中，姚遠卻看到有人逆襲而來，走哪是哪：「其實，我想說，還是大嫂好看……」

姚遠差點拍案而起！

花開：「看來第一美人要讓位了。」

落水：「強勢求嫂子玉照！」

N多人附和，連水調歌謠也說：「呵呵，同求。」

水調歌謠的話裡有些微的挑釁，但姚遠實在覺得「比美」什麼的萬分無聊，又不是選環球小姐，贏了還有二十萬美金。

花開私聊姚遠：「她還真有自信，有本事就別拿P過的照片出來，雖然姊姊我如今只是在開花店，但好歹當年也是Information Technology出身，有沒有P過隨便掃一眼就瞄出來了，還真以為誰都看不出她那些照片處理過啊？搞笑！」

花開：「小君，妳照片要不要我幫妳稍微P一下？拿出去將她喀嚓掉，坐上下一任天下第一美人的寶座！」

姚遠：「右護法，淡定。」

花開：「……」

姚遠看著同盟頻道上那些人還在孜孜不倦地求照片，好像還真敷衍不過去了，怎麼辦呢？

突然，姚遠看到了一句讓她靈感一現的話——寶貝乖：「我能不能說弱弱求老大玉照啊？」

姚遠：「咳，同求你們老大玉照。」

頻道裡在慣性地刷了兩、三秒後，取而代之的是滿屏的驚嘆號。

寶貝乖：「哇哇哇！」

雄鷹一號：「嫂子威武！」

溫如玉：「嫂子威武，絕對的！」

花開：「小君又賣萌啊，噗！」

不是賣萌，是賣……夫。

而一直沒有開口的君臨天下終於開了金口：「要我照片？」

寶貝乖：「是是是！」

君臨天下：「我沒問你們。」

姚遠汗了，之前只是想高效地轉移火力，沒想後果，現在……她是不是在找死啊？

姚遠：「也不強求。」

寶貝乖：「一定要強求啊！嫂子。」

花開：「同強求。」

寶貝乖：「機不可失時不再來啊，嫂子強上吧，求妳了！」

雄鷹一號：「求上！」

為什麼感覺有點不對了？

君臨天下：「要嗎？」

你一定要這麼配合嗎？

眾人：「嫂子要的！」

壓力太大，君臨天下終於手抖地打了：「好。」

這是歷史性的一刻啊！

在眾人屏息的等待中，君臨天下發了照片，照片慢慢地刷出，眾人齊齊呆掉。一張小寶寶的玉照，還是未滿半週歲的寶寶，裹在紅色的襁褓裡，襁褓上繡著精細的圖案，像花又像某一種符號，而寶寶睜著眼對著鏡頭，稍稍咧著嘴在笑，眉目清晰，鼻梁已經依稀可看得出來很正很挺，肌膚像雪一樣白，脣像血一樣紅，頭髮像窗框檀木一般黑……咳，總之這孩子看上去要多漂亮就有多漂亮！

寶貝乖：「這是幫主小時候嗎？哇哇哇，好萌啊！我不行了！」

在一片「可愛」、「萌」的洗版中，一群人已經完全忘了他們討的應該是某幫主長大後的照片，而不是連正太照都算不上的嬰兒照。

溫如玉真的很想提醒他們一句：「你們的原則呢！」

姚遠也在深深感嘆好可愛，下一瞬就收到了某人的消息：「我犧牲了我的色相，妳要不要補償我點什麼？」

性格一點都不可愛。

求照片的風波就這樣過去了，姚遠將那張嬰兒照存到了電腦裡，一度想以後自己生的孩子不知道會不會有那麼可愛。

答案是，有過之而無不及。

當然這是後話了。

進入十二月，天氣轉冷不少，但遊戲裡依然是熱情如火。這些天他們一直在說的就是江濘市網聚的事情，對於這次的網聚，起初姚遠是決定不參加的，但後來得知某幫主過來的時間跟網聚是同一天，她果斷去報了名！不用再想藉口去推託他的約，二選一，簡單明瞭。

姚遠去報名後，溫如玉、雄鷹一號、水調歌謠這些離江濘市天南地北的人也都去報了名，於是又帶動了不少不是江濘市的人，最後敲定的網聚人數是三十三人，規模算得上龐大。

其實這裡面好多人姚遠壓根不熟，都是天下幫的，天下幫裡除了那幾位元老她接觸得多以外，其他人幾乎都沒怎麼說過話，基本是她「被說」得多。

不過不熟也沒事，百花堂的人總是熟的，再說，她主要是為了逃避某人才去的，目的達成就行。

要說姚美人為什麼那麼怕跟江幫主見面？戰鬥值問題。在姚遠心中，她寧願一挑百也不要單挑他。

可是，姚遠同學，妳不覺得「同一天那麼巧」什麼的，很值得深入思考一下、推敲一下嗎？真相簡直呼之欲出啊。

跟著姚遠報名的溫如玉搖頭再搖頭。「江天，你強！」

姚遠再次見到陳冬陽，是在學校的教師辦公大樓下，挺意外的，所以她上去打了招呼：「好巧，又碰面了。」

陳冬陽一笑。「我是特地來找妳的，在這兒都等半天了。」

姚遠訝然。「找我？那怎麼不打電話給我？」號碼不是要去了嗎？

對方說：「妳給我的號碼是錯的。」

姚遠尷尬啊，說是意外不知有沒有可信度？

陳冬陽說：「找地方坐坐吧？想跟妳談點事。」

姚遠心想，她跟陳冬陽不怎麼熟，談什麼？不過基於同學情誼，對方都邀請了，拒絕也不大好，便點頭道：「我現在要去吃飯，你吃了嗎？」

「沒。」

兩人就這樣去了學校餐廳邊上的一家特色小餐館，點了兩份燴飯、兩杯飲料後便交談了起來，不過多是陳冬陽在說，姚遠聽著。主要也是餓了，飯一上來，姚遠就在那兒吃，偶爾點點頭。說起來，姚遠其實挺莫名其妙的，這老同學找她究竟所為何事？就是來跟她聊多倫多的天氣的嗎？

吃完飯，姚遠正要叫服務生過來結帳，陳冬陽先拿出了錢說他請，姚遠看他那麼有誠意也就不爭了，說了謝謝。

陳冬陽說：「不客氣。姚遠，妳有男朋友了嗎？」

「嗯？」

「我想，如果妳沒男朋友的話……妳看我怎麼樣？」

原來重點都是放最後的？姚遠愣愣地說：「我剛結婚了。」

陳冬陽一怔，慢慢皺起眉頭，張口欲言了幾次，最後笑了笑。「是這樣啊。」

而姚遠說那話是嘴巴快過腦子，回過頭去心裡也是一驚，看來這「結婚」對她造成的陰影果然不小，潛意識裡都把自己當成已婚婦女了？

陳冬陽起身說：「不好意思，打擾妳了。」然後跟她說了再見，就轉身走了。好像有點生氣了？姚遠看著那背影，原本想解釋一下那口誤的，但是，這樣算不算無巧不成書？或者說順水推舟，善意的謊言？

這時，手機響了響，是簡訊，但沒有任何字句，只有簡潔的一個問號。

號碼是陌生的，但是本地號碼。姚遠想起吃飯前陳冬陽剛要走她「正確」的電話，就先入為主地認定了是他。

她想了想，回覆：「真的很抱歉，我有交往的人了，你人很好，籃球也打得好，我相信你一定會找到比我更好的人。」

那邊半晌沒回，姚遠想，即使不信之前「結婚」那套說辭，現在大概也明白了吧？當她走出餐館時，電話響了，是之前那陌生號碼。她接起，對方說：「有人跟妳表白？」

聲音明顯不是陳冬陽的，陳冬陽的聲音沒那麼低沉，倒是有點像……「君臨天下？」
「嗯。」
姚遠望天。
「有人跟妳表白了？」對方雲淡風輕地又重複了一次。
姚遠挺窘迫的。「也不算是。」
「他做什麼的？」
「不清楚。」
「幾歲？」
「跟我同齡。」
「長得有我好看嗎？」
這位大哥，我沒見過你吧？她想像力再怎麼豐富，也無法從一張嬰兒照上幻想出他如今的風姿啊！「那啥，可能又是我多想了，你……是不是吃醋了？」
那邊停了停，然後嗯了一聲，清晰乾脆，直擊姚美人的大腦神經。她就算有疑惑，放心裡想想就好了，問出來幹麼呢？尷尬了吧？臉紅了吧？
對方問：「妳晚上有空嗎？」
「做什麼？」
「視訊。」
怎麼又繞到視訊上了？
電話那端性感的聲音說：「免得夜長夢多，因為看過我之後妳就不會再想多看其他人一眼了。」

該說這幫主目中無人呢？還是目無四海呢？還是目空一切呢？

「太自傲了吧。」作為心靈的辛勤園丁，姚遠嚴肅地批評對方。

「不，我是膽小。」

「……」

掛斷電話前，姚遠想到一點，他怎麼換電話號碼了？否則也不會出這麼一齣烏龍。

君臨天下說：「為長久打算。」

不就是遊戲裡結婚嗎？又不是現實生活，那麼大驚小怪幹麼？當初這想法如今想來真是太膚淺了！

姚遠覺得自己壓力是越來越大了，從遊戲到現實，那人過渡得怎麼就那麼自然、那麼順暢、那麼毫不猶豫的？

一想到晚上要視訊，她就有點心驚肉跳的。

然而那天晚上沒有視訊成功，姚遠收到對方私訊，說他有一個推不掉的應酬，要弄到很晚，讓她別等了。

姚遠滿面笑容地惋惜道：「沒事沒事，還有機會的。」

對於她語氣裡掩都掩不住的如釋重負，電話那頭的男人只笑了下。「那妳早點休息吧。」

看得見摸不著的，不看也罷了，他想要的是——既能看得見又能摸得著的。

第七章

Meet right person at right time.

第一次網聚

網聚的時間安排在了週六，週末嘛，大家都比較好抽出時間。網聚前一天，也就是週五那天晚上，同盟頻道裡異常熱鬧。

落水：「老大不來，大嫂來了，夫人外交嗎？」

傲視蒼穹：「還真說不定呢，以後嫂子嫁過來的話……」

走哪是哪：「嫂子不是已經嫁了嗎？」

傲視蒼穹：「你小孩子還不懂。」

走哪是哪：「誰小孩子了！小爺我二十了，二十了！」

傲視蒼穹：「誰家的孩子？笨成這樣也不來管管啊？」

走哪是哪：「……」

血紗：「老大不是明天也去江濘的嗎？幹麼不來跟我們一起聚聚呢？」

傲視蒼穹：「他忙嘛。」

我是路人：「說真的，小蒼哥，你跟幫主大人到底是做什麼工作的？我們真的很好奇啊，你們平時也沒怎麼花時間玩遊戲，神龍見首不見尾，可排名卻一直沒下來過，尤其幫主，一直是榜首啊！太威了！蒼爺你就老實說了吧，其實你跟幫主是遊戲公司的高層吧？老大是遊戲公司的老闆或者小開？」

傲視蒼穹：「你不知道在你睡著的時候，還有代打這玩意在默默耕耘嗎？」

眾人：「……」

傲視蒼穹：「至於為什麼要永保第一，因為那很顯眼嘛，悶騷的男人就是這樣子的。」攤手的表情。

血紗：「幫主今天不在吧？」

傲視蒼穹：「紗紗妳怎麼知道？」

溫如玉：「你的嘴臉出賣了你的心。」

傲視蒼穹：「嘖，彼此彼此！」

落水：「看來幫主真的很霸氣外露哪，如玉跟蒼穹是唯一在現實中接觸過老大的人，一隻隻都跟老鼠見到貓似的，搞得我對老大更加好奇了！蒼哥，你能不能跟幫主說說，讓他無論如何抽出點時間過來跟咱們聚聚啊？」

傲視蒼穹：「你都說我見到他是老鼠見到貓了，我可不敢去隨便撩撥龍鬚，你讓嫂子問嘛，肯定一問他就去了！」

姚遠剛去整理了下若為君故身上的包裹，返回頻道時就看到了這麼兩句話，大驚失色。

姚遠：「我也不敢啊。」

溫如玉：「呵呵，我們幫主又被冷落了啊。」

這是冷落嗎？

水上仙：「各位天下幫的父老鄉親們，要不要進YY來唱歌啊？YY號是××××××！」

姚遠鬆一口氣：「謝了，姊。」

水上仙：「啊？什麼？」

姚遠：「……」

之後在YY裡，有天賦沒天賦的都上去吼了一嗓子，直到一道劃破天的高音響起……

哆啦A夢：「我終於搞定我的期中考回來啦！我也要唱歌！我也要唱歌！」

花開：「小A！你是男的！」

人妖、妖人什麼的就像一盒巧克力，沒剝開那層糖衣之前，你永遠無法知道你遇到的是人妖還是妖人，或者是人妖中的妖人、妖人中的人妖，這就是遊戲人生哪。

終於到了週六，這天早上，姚遠早早地就醒了，然後收到走哪是哪的簡訊。昨天晚上一夥人互相留了號碼。

「大嫂，溫哥他們已經上飛機了，大概兩小時後到這邊的機場，我還在學校，妳呢？」

「我在家。」

「哦哦，大嫂妳家到廣場大概要多長時間？」

姚遠想了想，回：「半小時左右吧。」

「哦，那妳跟我差不多，我們就九點左右過去吧？我穿了一套紅衣服，無敵好認！嫂子妳穿什麼？不過大嫂妳穿什麼都很好認的，美女啊！老大不來真是太可惜了！」

「那我九點左右出發，先這樣了。」

「不要這樣嘛，大姊頭，陪我聊聊天嘛，我今天真的很激動啊！」

可我一點都不激動啊！姚遠心道。

她總覺得這兩天太過平靜了，這份詭異的寧靜也不知道是黎明前的黑暗還是暴風雨前的平靜，總覺得有事要發生。

她默默地希望今天一天順利。

九點不到，姚欣然就開了車來接她，一看見她就叫：「妳就穿這身衣服？」

姚遠穿的是牛仔褲和厚毛衣，都不是新衣服，而且還全是黑色系，不過好在她身形高䠷，氣質好，穿得再普通暗沉，也有股特別韻味在，就像人常說的，美女嘛，披塊麻布也好看。可真當披麻布時，還是會被人說的。姚欣然搖頭。「我說妳就不能稍微打扮打扮，化點妝，穿得鮮豔一點？一定要這麼糟蹋自己嗎？」

姚遠汗。「我平時不都是這麼穿的嗎？」

姚欣然痛心疾首。「所以說妳暴殄天物啊。」

那天她們去得算是比較早的，約定的時間是九點半，她們到的時候才九點一刻，姚欣然去停車的時候，姚遠說要去買兩杯咖啡。廣場上有很多餐廳、咖啡廳，她就挑了最近的一家進去。

她排在一個外國男人後面，給姚欣然發簡訊，告訴她自己在哪裡。

等輪到姚遠的時候，姚欣然打來電話，挺興奮地說，她已經跟花開和天下幫的雄鷹一號會面了。

「哦，他們也好早啊，妳問問花開他們要不要飲料？」

對面傳來雄鷹一號的豪爽聲：「大嫂要請喝飲料？那必須要的啊！」

姚遠掛電話時，後面有人湊上來。「嫂子，也請我吧？」

姚遠一驚，側頭就看到一張笑得明朗的臉。「你……」

高瘦的男人，穿著一身深色西服，文質彬彬。

「你好，傲視蒼穹。」對方伸出手。

姚遠慢一拍地回握了下，對方又笑道：「很高興見到妳，呵呵，嫂子，我叫李翺。」

中國唐代偉大的思想家和文學家啊！「你好，姚遠。」她自我介紹道。

「我知道。」

「……」

之後她買單，在買單的過程中，李翱接了一通電話：「是，是，是，是。」

掛斷後，李翱朝一旁拿著東西在等他的姚遠笑道：「我老闆要我代他向妳問好。」

姚遠手一抖，李翱接了她手上的東西。「他今天很忙。」

「哦。」

「他前兩天也忙得沒怎麼休息，在今早飛江濘的飛機上他還在看資料，而一到這邊，就跟客戶馬不停蹄地開了兩小時的會，然後客戶又約他午餐後去打網球，雖然boss網球技術一流，不過在缺乏睡眠的情況下就不一定了，會累倒也說不定。哎，做人難，做boss更難啊。」

如果是在網聊，估計這傲視蒼穹又會打出那個攤手的表情。

走出咖啡廳的時候，姚遠終於說了一句：「哦，確實要多注意身體啊。」身體是革命的本錢。

李翱停下步子，說：「嫂子，妳介不介意再說一遍剛才那話？」

「啊？」

李翱拿出手機，說：「我錄下音，這話很值錢。」

姚遠很汗。

李翱笑說：「要是聽到妳關心他，一貫走冷豔路線的江少會瞬間溫暖如春也說不定哈。」

「……」

接著，姚遠又聽到身邊的男人突然像想起了什麼般慘叫了一聲：「嫂子，我少要了一杯咖啡！」

「嗯？」順著他的視線看去，距離咖啡館門口五公尺之外的地方停著一輛黑色轎車，一塵不染的車身清晰地映照出過路人的身影……姚遠突然莫名地心跳加速，她望著車後座處的那扇車窗，看不清裡面，卻感覺那裡坐著人，正看著她的方向，那人……

旁邊李翱咳了一聲。「嫂子，我剛才那句『老闆很忙』還沒說完，本來我們以為跟那大客戶要磨一天的，結果提早結束，boss 他貴人事多，但凡出門辦完事之後的娛樂活動是一概不參加的，所以就勉強有了點時間……」

百忙之中抽出時間來網聚？

這暴風雨來得也太快了吧？

姚遠內心掀起千層浪。

她對此做出的第一反應，是對身邊的人丟了句：「少要了一杯咖啡是吧？我去買。」說著，她轉身跑回了咖啡館。

真的是「跑」回，李翱目瞪口呆，然後回頭去看那轎車的後座，最後一咬牙慢慢地走到車邊。車窗搖下來，李翱笑說：「老闆，嫂子給您去買咖啡了。」

「我看到了。」磁性的嗓音慢慢吐字，讓人聽不出他是生氣還是開心。

而姚遠這廂，一跑回咖啡館，就反應過來自己這舉動有多傻了。不禁掩面呻吟，沒道理啊，她又沒跟他在現實中接觸過，怎麼也跟老鼠見到貓似的？

心還狂跳！

只不過是見「網友」而已，就緊張得落荒而逃，這一點都不像她，她可是一貫被人誇「早獨立、早懂事、少年老成」的啊。

不應該，太不應該了。

「老成」的姚遠深呼吸了兩下，然後走到櫃檯前又要了一杯咖啡，再三告訴自己，不就是見光死嗎？早死早超生！

當姚遠再次走出咖啡廳時，李翺已經不見蹤影，但那輛車還停在那裡，而車邊靠著一人。姚遠愣愣地看著這個「陌生人」，半天後心裡啊了一聲，這聲「啊」依然有兩層涵義：剛剛竟然又看呆了，以及被那陌生人的犀利視線射到身上，產生了一種刺痛感。

車邊的男人一身西裝，身材挺拔，加上突出的五官、矜貴的氣質，以及那站姿、那眼神昭然若揭的冷豔風範，讓姚遠不禁感慨：「跟那張嬰兒照一點都不像啊！」

在姚遠這麼胡思亂想的時候，對方已經走到了她面前，比她高了近二十公分。他微微低頭看著面前的人，又偏頭看了眼她手裡的咖啡，慢騰騰地問：「買給我的？」

「……是。」

「謝謝。」他有禮貌地道了謝，拿過她手裡的咖啡，指甲修剪乾淨的修長手指輕輕滑過她的虎口處。姚遠一驚，抬頭就對上了他的視線，對方慢慢地揚起了笑。「妳要喝？」

「……不是。」

「姚遠，我叫江天，也叫江安瀾，安好的安，波瀾的瀾。」

姚遠呆呆地伸出手握了握他抬起來的手。

而當姚美人腦子裡如電光石火般想起「江安瀾」這名字時，徹底呆住了！

「嘿，這人我知道，是大四的學長！姚遠，我們要不要告訴他，他走錯教室了？」
「算了吧，反正我們不認識他，就當不知道吧。」
「姚遠，妳不認識他嗎？他可是江安瀾啊！」
姚遠之後再聽到這名字，是她同寢室的一個女生慷慨激昂地說：「我在路上碰到商學院的江安瀾江學長了，我們文學院怎麼就沒有這樣才貌雙全的人呢？不是長得難看，就是沒深度，還李白再世呢，他們要是李白，那江學長就是有著隋煬帝的相貌、南唐後主李煜的才情、秦始皇嬴政的魄力的綜合體。」
三帝王綜合體？姚遠那時聽後是搖頭不已，哪有這麼誇張的人？
如今看來，確實還是誇張了的，但是，從某種程度上來說，某人確實豔冠群芳。
而現在這豔冠群芳的江學長，正站在她跟前跟她自我介紹呢，姚遠凌亂了。
但姚遠又想到，會不會是同名同姓呢？
因為她已經完全不記得當時對她說「妳怎麼那麼缺德」的人長什麼樣了。
「你……」
「我曾經與妳同校。」
江安瀾微微歪著頭看她，他的頭髮特別柔軟，所以當他歪頭的時候，一絲一縷的頭髮滑落下來，姚遠看著，竟然如同被繁花迷眼，被吸引去了所有注意力。
是的，他們曾經同校。她大一的時候，他大四。她大二的時候，他已經畢業走人了。
他最開始知道她，或者說接觸到她，是在他大四第二學期選論文課題那段時間。
第一次見面，她救了他；第二次見面，她說：「反正我們不認識他。」壓根就沒記住他呢。

江安瀾看了她一會兒，挑起嘴角似乎又要笑了。他說：「李翱先過去了，我們也去那兒，還是去私會？」

「噗！咳咳咳！」姚遠噴了又咳，然後舉手指了一下廣場的噴泉處——約定網聚的地方。「去那兒。」

江安瀾笑著點頭。「也行。」

江安瀾讓司機將車開走了，大概是去停哪兒待命。在朝五十多公尺外的噴泉走去前，他又問：「夫人要不將就一下，我們牽下手當共騎？」

君臨幫主你對共騎是有多愛啊！「不用，謝謝，我們正常走吧。」

「還是牽一下吧。」

姚遠暗暗做了次深呼吸。「君臨幫主，不是，江安瀾學長，可能又是我誤會了，你是不是……對我一見鍾情啊？」一上來就牽手？

江安瀾說：「沒誤會，不過，鍾情得比妳認知裡要早一點。」

「……」

姚遠就這樣失魂落魄地被牽住了手，朝目的地走去，所以也就沒有注意到這一路過去，他們兩人回頭率有多高，俊男美女總是抓人眼球。

姚欣然等了半天沒等到堂妹回來，目前已經到了十個人，天下幫到的人有傲視蒼穹、雄鷹一號、血紗、走哪是哪以及路人甲、乙、丙，百花堂到的人除了姚欣然，還有花開和亞細亞。

姚欣然正想打電話催堂妹呢，身邊的亞細亞就推了推她，讓她朝身後看，然後輕聲問：「我說幫主，妳堂妹有過來的那女的亮眼嗎？」然後又推推另一側從到了之後就一直在打電話的李翱，輕聲問：「我說天下幫副幫主，你們幫主有過來的那男的亮眼嗎？」

最先叫出來的是走哪是哪：「大嫂！」

終於結束了通話的李翱跟著眾人望去，然後深深折服。「老大永遠這麼有效率。」

姚遠一走到噴泉邊，就感覺到氣氛的不尋常，她後知後覺地抽出了手，不曉得臉上有沒有紅。應該沒有吧，因為她覺得自己一路都在出冷汗，不管是額頭上，還是手心裡。

雄鷹一號是個微胖的二十歲出頭的小夥子，此刻張大著嘴在姚遠和江安瀾之間看來看去。

「老大和大嫂？」

一身幹練長風衣、頭髮在腦後紮成髻、明顯ＯＬ裝扮的血紗笑著說：「早知道幫主那麼帥，我一早就拉下老臉去追了。」

花開是花店老闆，二十七、八歲，長相秀氣，性情豪爽。「小君跟我想像中如出一轍哪。」

亞細亞是個眉目清秀的研究生。「嗚嗚，早知道我就不來了，這對情侶完全是來打擊人的嘛。」

姚遠發自肺腑地跟著嘆氣。「早知道我也不來了。」

花開皺眉。「喂，小君，難道妳不想見到我們嗎？」

「不是，只不過……」

亞細亞也笑道：「就是啊，我是自慚形穢，君姊姊妳幹麼呢？還傲嬌哪？」

姚遠有苦說不出啊！而她身邊的某男微微笑了笑，看到李翱在那兒暗示他過去，就偏頭跟她說了句：「妳跟他們聊吧，沒事的，我去那邊一會兒。」

「……」大神你這語氣怎麼那麼像是圈養人授意家養 boss 可以稍微出去放放風的感覺呢？

江安瀾走到了李翱那兒，李翱馬上給他介紹了一番在場的天下幫成員，然後問：「老大，還有一部分人沒到，你要不要先跟到的人講幾句？」

江安瀾瞥了他一眼，李翱垂首。然後江安瀾說：「去前面的那間飯店訂一間包廂，一起過去那邊等，這邊人來人往的太雜。」聲音雜，人也雜，江大爺不喜歡，最主要是今天溫度偏低，而她穿得有點少。

李翱笑咪咪地說：「遵命！」

為什麼那麼多人面對江安瀾都那麼的「畢恭畢敬，唯命是從」呢？一部分人是起鬨，比如溫如玉，比如李翱，一部分人是真的崇拜他，玩網遊玩到如江安瀾那樣大氣的真的算少，他進《盛世》才半年時間，君臨天下是他買的滿級號，一買到手就組幫派，然後沒兩天江湖上就傳開了一句話，跟著君臨老大有肉吃！所以N多人為了肉，咳，為了江湖正義，加入了天下幫，果然待遇非常好，有那麼好的待遇，他們自然願意為幫派崛起出更多力，所以僅半年時間，天下幫就一躍成了他們服人員不算最多，但實力絕對頂尖的幫派。

這次終於見到了幫主大人真身的天下幫成員，又飛速地將那份崇拜轉成了膜拜。因為老大一上來就要帶他們到高級大氣、富麗堂皇的五星級飯店去歇腳。

而去飯店那短短一百多公尺的路上，姚遠跟堂姊走一起，江安瀾並沒有去打擾，他走在離她兩公尺遠的後面，帶著點微笑看她。

到了飯店那五十人的大包廂時，江安瀾終於走到了姚遠身邊，李翱很有眼力地馬上去招呼大夥兒就座。擺著五張豪華大圓桌的敞亮大包廂裡，確切地說，應該是小宴會廳裡，十幾個人就只坐了兩桌，還沒坐滿。

而姚遠被江安瀾似有若無地扶著後腰，坐在了他右手邊，兩名服務生遞來菜單，李翱說還有人沒到，等會兒再點，先上茶。

服務生出去後，李翱道：「還有半數人沒到，各位打電話去催一下，順便告訴他們我們換地方了。」

不一會兒，走哪是哪掛斷電話說：「溫哥快到了！還說給咱們帶特產了。」

李翱笑說：「這家飯店不可以自帶外食的，那就讓他蹲外面吧。」

眾人說笑，姚遠卻是渾身彆扭著，左邊那個很有存在感的男人一隻手擱在她的椅背上，身子微傾向她，雖然他是看著別人在聊天，但是，她周身全是他的男性氣息，細聞有一股淡淡的說不上來的清香，大概是香水吧，非常淡，也很好聞，挺配他這人的……姚遠思緒已被攪得毫無重點，只覺得這香味好聞，最後竟還問了聲：「你擦的是什麼牌子的香水？」

江安瀾偏頭看她，然後笑了一笑。「我不擦香水。」

姚遠不信，江安瀾說：「我真的沒有擦，妳再仔細聞聞？」

姚遠下意識地靠過去，然後她聽到有人猛咳了一聲，她側頭就見那些人都不說話了，都望著他們這邊。姚遠反應過來，剎那窘得要命！

江安瀾這時淡淡開口，是對旁觀者說的：「非禮勿視不懂嗎？」

「……」

「……」

走哪是哪大笑。「這種感覺好像回到了遊戲裡，老大一句話，眾人就都跪了。」

花開道：「小君倒是比在遊戲裡要更恬靜一點呢，是因為有老公在的原因嗎？」

姚欣然說：「她沒談過戀愛，你們要體諒她。」

姚遠狂汗，就聽李翱說：「是嗎？我們老大也是第一次。」

血紗一副不可置信的表情。「不是吧！」

走哪是哪叫：「哇，那兩人初吻都還在嘍！」

如果是在遊戲裡，走哪是哪大概又要被踢出幫派了。

姚遠尷尬不已。「我去下洗手間，你們慢慢聊。」她走得快，花開從後面追上來。「等等我，我也去。」

兩人去洗手間的路上，花開笑道：「君君，第一次見妳『退縮』呢，那君臨天下幫主氣場不得了啊。」

姚遠無言，不過確實有被說中的感覺，面對那人總讓她不能全然自在，心裡頭亂糟糟的。

此時迎面過來一個男的，身材瘦削、高眺，戴著副黑框眼鏡，氣質文雅，他錯身而過後又退回來，伸手攔住了姚遠她們，對著姚遠笑咪咪地叫了聲：「大嫂？」

姚遠一愣，下意識地問：「你是？」

他提了提雙肩背包，伸出一隻手，笑容真誠。「遊戲ＩＤ溫如玉，真名溫澄，久仰了，大嫂。」

姚遠回握之後，他又跟花開握手問了好，花開見他還要跟姚遠說話，出聲阻止了：「哥們，我們要上洗手間，有話回頭再說吧。」

溫澄笑。「那行，我先過去，回頭見。」

到洗手間後，花開就捂住胸口說了聲「我操」。「剛那是誰誰誰吧！」

姚遠聽得莫名。「誰？」

「就是一個訪談節目的主持人，很有名的啊！」

姚遠很少看電視。「不清楚。」

「他那節目還挺有名的……」花開激動完了，笑說：「這次網聚還真是含金量十足，溫澄，名人，妳老公也一看就知不是省油的燈，不知道接下去還會有什麼驚悚的人物冒出來？」

最後證明還真有，哆啦A夢，十八歲小男生，竟是國內知名漫畫家。以及最後到場的水調歌謠，雖不是名人，但至少是美女，還是《盛世》第一美人，一頭大捲髮，皮膚白皙，身材嬌小，說話溫柔。

有男同胞就嫉妒副幫主了。「便宜咱們副幫主了，娶到水調美人！」

李翱笑著拱手。「好說好說。」

人到齊之後，所有人做自我介紹，其中最簡略、最偷懶的當屬天下幫的幫主，只頷首說了名字：「江天。」別人對此有何感慨撇開不說，就姚遠來講，她非常好奇這人在何種情況下是用「江天」這名字，又是在何種情況下用「江安瀾」？

雖然當天出現了不少「名人」，但是大家激動過後，還是該玩的玩，該鬧的鬧，該欺負的就欺負。花開攬著哆啦A夢的脖子說：「好小子，一直玩人妖號糊弄人啊。」

哆啦A夢嗷嗷叫：「我又從來沒說過自己是女生。」

花開瞇眼。「小小年紀還敢頂嘴？」

哆啦A夢大哭。「不敢啦，大姊頭！」

之後，一夥人分坐了三桌吃飯。冷盤上來後，李翱起身舉杯說：「今天，咱們有緣千里來相會……」

溫澄笑罵：「你官方發言發多了吧，老兄，直接喝酒吃肉吧。」

姚欣然也拍桌子。「兄弟，我們都餓得前胸貼後背了，廢話就省了吧！」

李翺，當年的名校大才子，如今江大少公司的官方發言人兼江大少助理，自尊心被狠狠地剮了一下，最後咬牙看向boss。結果後者卻巧妙地拉起身邊的夫人，向著在場所有人微微舉了下酒杯，聲音清清淡淡，但所有人都聽得一清二楚：「大家都隨意吧。」然後飲完自己杯裡的酒，引得眾人歡呼，還有人號叫：「祝幫主、幫主夫人百年好合！」

溫澄內心無限佩服老同學。「從沒見過比你江少爺還有手段的，兩三下就能把場面搞得跟自己結婚似的。」

而姚遠對此的感慨是：認真就輸了。所以，她繼續裝鴕鳥。

飯菜很豐盛，大夥兒都吃得心情舒暢，其間姚欣然發現跟她同桌的走哪是哪和雄鷹一號兩人，都在一臉嚴肅地擺弄手機。

姚欣然好奇地問他們：「你們在幹麼？」

走哪是哪頭也不抬。「拍今天的午餐，把照片上傳微博@雄鷹。」

雄鷹一號也是拇指如飛。「回走哪的微博。」

「你們倆就坐在彼此旁邊吧……我說，宅男都這樣？」姚欣然轉頭問一旁的溫澄。

溫澄只是笑笑。他不會說，他剛到飯店大門口就拍了張照片發微博。

午餐結束，飯後的活動也是豐富多彩的，隨著走哪是哪的腳步，一夥人逛遍了江濘市所有好玩的點，說是走，其實出了飯店後就有一輛遊覽車在等著他們了，遊覽車自然是江安瀾讓李大才子安排的，然後循著景點一路過去，在臨近傍晚時遊覽車開到了海灘邊。
一夥人爭先恐後地下車往海灘上衝，即使是那幾個早已看慣了這條海岸線的江濘人，也因陪著新朋友來，而又生出了不同的樂趣。
姚遠「陪」著江安瀾走在最後面，後者走得慢悠悠的，甚至是有些故意的慢，姚美人不由內心黑暗地想，會不會有陰謀呢？雖然之前玩的那些地方都是風平浪靜的，但她隱約覺得在這裡會發生點什麼。
果然，姚遠覺得自己應該改行去做預言家或者算命師。
當兩人走到一塊大石頭旁，這一側幾乎擋住了所有同伴的視線，江安瀾開口：「妳是不是有點怕我？」
姚遠矢口否認：「沒啊。」
江安瀾笑道：「那妳怎麼一直不敢看著我說話？」
姚遠抬頭，然後，鬱悶了，真緊張，最後垂頭，氣餒。
江安瀾看著她，眼裡都是笑，當他輕輕擁抱住她的時候，她完全呆住了。過了半晌，江安瀾淡淡地說了句：「夫人，要不今天我們把初吻解決了吧？」
那天，姚遠的初吻沒了，在傻了的情況下。
她只記得他將她拉進了懷裡。
然後他勾起她的下巴，說：「乖，妳閉上眼睛。否則，我也會緊張。」
再然後，真正緊張到已經分不清楚東南西北的她閉上了眼。
一片黑暗中，她感覺有溫潤的氣息靠近自己，然後他的嘴脣貼上了她的。她覺得自己的心臟都快要跳出來了，怦怦怦，怦怦怦。

他攬著她後背的手滑到她的腰上，抱緊了她一些。但嘴上還是很溫柔，沒有深入，只是輕輕地摩挲了一下，然後又一下，最後輕咬了一下她的下嘴唇，氣息才漸漸離去。

在大排檔吃完消夜之後，當天的行程徹底結束，不過海灘之後，姚遠就屬於腦癱狀態了，後來在KTV時，姚欣然跑過來問她：「怎麼有氣無力的？」

姚遠搖頭。「頭昏。」

那會兒江幫主被他們幫派的人拉去打撲克牌了，花開、血紗她們在唱歌，她窩在角落裡，一直默默地望著江幫主的背影，導致姚欣然忍不住打趣她：「妳這遊戲老公真心有型，背影也美得可以，我說，妳是不是真動心了？哎，理解理解，說真的，如果你們能發展到現實中，也不錯啊！不過，這得慢慢來，現實不比遊戲，上來就能結婚什麼的……」

姚遠心說，今天這速度絕對趕得上遊戲裡了啊。

網聚活動結束之後，一夥人去了早先預訂好的飯店，李翱招呼大家去飯店的時候說：「江濘本市人也都一起去吧，咱們難得聚一次，晚上還能聊聊，明早起來也還能再一塊兒活動活動，是吧？」除了姚遠，其他確實意猶未盡的人再次叩謝出錢的江幫主！姚遠是被意猶未盡的堂姊硬拉著去的。

之後在飯店裡，大家分房間，姚遠自然和堂姊一間。江安瀾站在遠一點的地方看著姚遠，不過姚遠今天累了一天，正靠著堂姊的肩在打盹呢，沒有注意到江安瀾的注視，直到後來無意間抬頭，對上那道視線，他微微一笑，姚遠只覺得腦袋裡嗡的一聲，臉上就又起臊意了。

之後無話，大家各自進了房間。不過姚遠這邊，在堂姊進浴室洗澡時，有客服送來了兩杯溫牛奶，她剛要問是不是送錯地方了，對方已微笑地遞上一張紙。

漂亮大氣的字體：「It is graceful grief and sweet sadness to think of you, but in my heart, there is a kind of soft warmth that can't be expressed with any choice of words.」

可憐的姚遠在國外奮鬥過兩年，瞬間就懂了。「想妳，是一種美麗的憂傷和甜蜜的惆悵，而心裡面，卻是一種用任何語言也無法表達的溫馨。」

後一秒，又有人來按門鈴，她腦子裡瞬間閃出江安瀾的臉，猶豫了一番去開門，外面站著的是溫澄，他笑容親和地說：「大嫂，能否跟妳聊兩句？」

溫澄見她面色不大好。「嫂子，不好意思，這麼晚還來打擾妳，但是我怕之後沒機會跟妳說了，我是說面對面。我一直想請妳老公上我的節目，但是他總不樂意，所以我想請大嫂幫我跟他說說。」

「我？」

溫澄微笑點頭。「對，妳。」

「我跟他……」

「別說不熟啊，嫂子。」

還沒等姚遠汗，就發生了件驚天地泣鬼神的事，迅速秒飛了要她「吹耳旁風」這件事，即姚欣然忘記拿自己的洗面乳，中途圍著大毛巾從浴室出來，看到門開著，而門外站著一男的，她驚叫一聲，手一抖，毛巾從胸口滑下……就是這晚，姚欣然和溫澄結上了大仇！

真的是狀況頻出的一夜啊！姚遠覺得自己的心臟都要不能負荷了。

好在之後總算再無事端。

第二天早餐後、散場前，心裡無負擔的人都表示有機會一定要再聚。姚遠心說，她下次是鐵定不參加了，身心俱疲，甚至最後還「麻煩」江學長送她回家。姚遠很奇怪，怎麼一向跟在他左右的李翱這下竟消失無蹤了，堂姊也是……所以那時那刻在那輛寬敞的轎車裡，除了司機，就只有她跟江安瀾了。

江安瀾說：「昨晚原本想過去找妳。」

姚遠問：「那紙條是你寫的？」

「嗯。」

「咳，你下次別寫了。」

「不喜歡？」

這要她怎麼說啊？姚遠覺得此人外形雖然走的是冷豔風，但行為處事絕對是犀利派。

江安瀾看著她，淡聲道：「我不知道怎麼去追人，如果妳喜歡慢慢來，那我就再放緩點速度。」

姚遠張口欲言，幾次均以失敗告終，大神不會問妳願不願意，他直接就問妳什麼樣的追求速度妳比較喜歡……

江安瀾又說：「說起來，我還欠妳筆錢沒還，姚學妹。」

「啊？」

第八章

Meet right person at right time.

美女救英雄

五年前。

高等教學園區，月明星稀夜，姚遠酒足飯飽後，慢悠悠地走回江濘大學。她大一第一學期拿到了特等獎學金，所以這學期一拿到錢，就請從去年便吵著要她請吃大餐的室友們吃了晚餐，原本還要去唱歌的，但是她實在太累了，昨晚來「大姨媽」了，整宿都沒怎麼睡，就向寢室的女生們賠了罪，拿了錢出來讓她們自己去玩，多退少補，她就先回寢室補覺了。

吃飯的小飯館離江大不遠，姚遠跟室友們告別後，花了十分鐘走到江大後門的那條馬路上。這條路歷史悠久，路兩旁的樹木高大陰森，天氣好的時候，在這路上散步約會的學生還挺多，但現在是三月，且還是晚上，溫度還是很低的，所以路上幾乎沒什麼人走動。

在快走到江大後門時，姚遠看到前方路邊停著一輛車，而車旁站著的一道身影正抬腳用力踢了車，她不由嚇了一跳，這不會是……那種不良分子吧？

姚遠看前後都沒人，心想還是別管閒事了，萬一被 game over 就不划算了，正想要繞遠一點走，就見那人又狠踹了下車門，她還是忍不住出了聲：「喂，你別做壞事了，這裡安裝了攝影機。」據說以前確實有攝影機，只不過後來拆除了，但不管怎樣，先誆誆再說。

那人側過身來，路燈是隔了好遠才立一盞，光線又被樹枝樹葉遮去大半，所以姚遠看不清他的樣子，只知道人挺修長，然後聽到他冷冷出聲：「滾。」

姚遠心說，如果言語能用溫度來衡量，這聲估計得在零度以下。下一刻，姚遠就見他一手按著額頭，一手扶著車身滑坐到了地上，這意外發生得太突然，姚遠沒來得及多想就跑了過去。「喂，喂，你沒事吧！」

他好像很痛苦，吃力地喘息，姚遠遲疑地蹲下去，伸手過去想要查看他的情況，卻被他推開了手。「別碰我，我還死不了。」

姚遠頭一次碰到這種事情，有點六神無主，而沒一會兒，那人卻沒了動靜，靠著車好似昏死了過去。

「喂！喂！」

沒有回應。

姚遠急了，無論如何，無論他是否是「不良分子」，先將人送醫院吧？那天也算幸運，姚遠剛起身，身後就有計程車經過，她馬上招手叫住了。但她自認以一人之力將那人從地上攙進車裡不現實，於是就過去叫了司機幫忙。司機倒也好說話，下來幫著將人弄進了車裡。其間那人睜了睜眼，也沒再多說什麼。

一上車，姚遠立刻道：「先生，麻煩去最近的醫院，快一點，他快不行了。」

已經恢復了點意識，占了三分之二後座的男人冰冷而吃力地開口：「誰快不行了？」

姚遠轉頭看他，車子開動了，外面時不時有光照進來，忽明忽暗，姚遠此刻總算隱約看清了些這人的長相，挺出眾的，不過講話倒是顯而易見的「難聽」。姚遠沒答覆他，心想，今天就當給自己積陰德了吧。

男人在跳動的光線裡也看了她一會兒，最後閉上了眼。

到了醫院，姚遠先下了車，繞到另外一側，剛開了車門要扶那男人下來，就聽他緩慢地說：「我走不了，去叫人推輪椅出來，還有——我沒錢，錢都放在車上。」

於是，姚遠又跑去叫人來推這位脾氣不太好的陌生人，之後又幫他辦了住院手續，身上的獎學金一下子用得只剩不到五百了。等到事情都搞定時，姚遠已疲倦萬分，自然沒有精力再等他出來，在醫院的椅子上休息了一會兒，就叫計程車回了學校。

在宿舍躺下的時候，姚遠才迷迷糊糊地想到，這會不會是什麼新的詐騙形式？然而事已至此，多想也無濟於事了，她就乾脆抱著熱水袋睡了。

江安瀾在醫院住了一晚，第二天就回了學校，一回宿舍，脫了外套倒床就睡。在研究論文選題的溫澄回頭看他。「回來了，瀾爺，昨晚去哪兒玩了？」另外兩個在打遊戲的室友也附和問道：「是啊，瀾爺，去哪兒逍遙了啊？」

江安瀾沒回答，閉著眼睛躺了一會兒後，突然坐了起來朝溫澄說：「我們學校的校花、系花有哪些？找出來看看。」

其中在打遊戲的胖一點的那哥們驚呆了。「哇，安瀾你終於也要對我們學校的花花草草出手了嗎？」

江安瀾高貴冷豔地白了小胖一眼，起身走到溫澄身後。「找出來，給我看下照片。」

溫澄笑著說：「那麼急不可待啊。」說著，便很迅速地打開了江大論壇，校花、院花、系花、班花的美女集合帖想都不用多想，一定穩穩地被頂在首頁，所以一下就找到了。溫澄點進去。

江安瀾看了一眼刷出來的第一張照片，搖頭說：「不是她。拉下來。」

然後溫澄往下拉，照片一張張地刷出，江安瀾一次次地否定：「不是。」

看到最後一張照片的時候，江安瀾不由皺眉。「沒了？」

「是啊，都在這兒了。」溫澄實在好奇。「你到底想找誰啊？」

江安瀾道：「找個人。」頓了下，又說：「債務問題。」

溫澄在心裡吐槽：我當然知道你是在找『人』啊，問題就是什麼人？不過聽到債務問題，溫澄就有點感到不可思議了。「誰又欠你錢？現在不光男的跟你借錢，莫非還有美女厚著臉皮來跟你借錢了嗎？」

江安瀾皺眉。「是我欠她錢。」

江安瀾再次遇到姚遠，是在他搞定論文選題的那天。他計畫那天下午飛北京，早上，他從論文導師那兒出來，在回宿舍的路上，就看到了跟人有說有笑地走進旁邊一幢教學大樓裡的姚遠。

江安瀾只想了兩秒就跟了過去，看到她走進底層的階梯教室，猶豫了一會兒，也走了進去。

他這段時間身體狀況一直不大好，在她旁邊坐下後，正閉目想怎麼開口還她錢，就聽到她說了那句話，因為她那句不認識他，他有些著惱，一氣之下錢也沒還就出來了。

而事後每次想起這幕，他都不免咬牙切齒。

當晚回到北京，他就把那本來要還的錢扔進了床頭櫃裡，在之後五年多的時間裡，都沒再去動它一下。

而這五年裡，他跟他從國外生活了七、八年回來的ABC表弟趙子傑創辦了一家經貿公司，業績不錯。除了本身身體差這點，他江安瀾可以說是風光無限——出身名門，聰明過人，加上長相著實也出色，身邊對他有想法的女性兩隻手數不過來。他在外面吃飯，都有女孩子大著膽子上來跟他要電話。可他活到二十八歲，卻未曾交過一任女友。

前兩年江家家族裡就有人心焦地問過他好幾次，他到底喜歡什麼樣的女孩，江安瀾的回答每次都是：「見過一次，讓我念念不忘的就行。」

讓他念念不忘？家裡的伯母、堂姊們無不頭大，他讓人家見一面念念不忘倒是簡單，反過來，怎麼想怎麼無望。

只有江安瀾自己知道，他這幾年一直沒忘記過一道身影。

江安瀾二十五歲那年，再次遇到姚遠，是在北京一家名聲在外的餐館裡。他跟李翱吃完午餐後走出餐廳，門口有不少人在排隊等叫號，他皺著眉擠過人群，正要出大門時，不由停下了腳步，偏頭看向右手邊。

你說巧不巧，昨晚上他剛想起過這人，雖然他一年也就想起兩、三次，因為一想到這人，他就皺眉頭。沒想到第二天，他出來吃頓飯，就遇上了她，活生生的。且不說兩人是在不同的城市，就算是在同一座城市，這種相遇的概率都是少之又少的。

江安瀾當時嘖了一聲，回身對李翱說：「我先出去，你去裡邊跟經理說一聲，先給那邊的那兩位安排下位子。」

李翱循著老闆的視線望過去，看到是兩個低頭說笑的女生後，訝異了下，隨即馬上回身去辦事了。江安瀾背景頗深，人家一聽是這位大少的請求，馬上就讓服務生去安排了。李翱出來報告結果，坐車後座的江安瀾聽後嗯了聲。李翱又忍不住笑著問：「老大，那兩位美女是誰啊？」

江安瀾自然沒回答李翱的八卦，兀自沉思著。

最終，江安瀾下了車，讓李翱先行回公司。

此刻，江安瀾正看著車裡近在咫尺的人。她不知道，那次北京相遇，她後來吃完飯跟堂姊去一處茶館喝茶聽戲，他就坐在她們後面那桌，慢條斯理地剝著瓜子，從容不迫地看著她。那次他咀嚼出來一種感覺，原來，看著她比想起她，要舒服得多。

這會兒，江大少也從容不迫地看著她，然後開口：「說起來，我還欠妳一筆錢沒還，姚學妹。」

「啊？」

「但我不打算還了。」

「……」

「是不是很好奇是怎麼一回事？」

姚遠連連點頭。結果大神說：「我偏不告訴妳。不過如果妳今晚失眠了，可以打我電話，我陪妳解悶。」

「……」

車子終於到了姚遠的住處，江安瀾很平常地與她道了別，姚遠卻連說再見都無力了。

而那天下午，江安瀾坐飛機走之前又發了簡訊給她：「睡不著就打電話給我。」

你說這人是有多壞啊！

以前沒見面前，這大神給她的印象可是從裡到外的大方、體貼、無敵。

現在，「大方」和「體貼」的味道變得有點詭異了，至於無敵，自然還是無敵。

傳說中江學長的形象在姚美人心目中已然倒塌，然後重新構建，而第一塊砌起來的磚上面就寫著：「此boss很腹黑，PK要當心。」

而這次網聚所產生的後續影響也挺大的，同盟頻道裡沒日沒夜地洗版了整整兩天：江濘市怎麼好玩啦；幫主怎麼慷慨英俊無敵啦；副幫主辦事怎麼面面俱到、囉裡囉嗦啦；溫長老每次笑都讓人如沐春風，但又覺得有殺氣，關鍵他是名人啊是名人；美女N多，尤其是大嫂，不過大嫂已經是老大的啦，等等。

不過，那兩天姚遠因為失眠而沒有精力上遊戲，所以躲過了這場群侃，不知該說是幸還是不幸。直到第三天姚遠才被堂姊拉上了線，因為傲視蒼穹在找人打二十人副本的仙女峰，姚欣然對仙女峰很感興趣，所以就拉著姚遠來報名了。

一進同盟，溫如玉就好客地先打了招呼：「大嫂好啊，水幫主好。」

水上仙：「滾。」

溫如玉：「呵呵。」

雄鷹一號：「我說水上仙幫主，妳跟我們溫長老結什麼仇了啊？講話這麼衝。」

水上仙：「看不順眼而已。」

傲視蒼穹：「理解，我們都看他不順眼。」

溫如玉：「哈哈，以後我依然會不負眾望的。」

傲視蒼穹：「好了，人員到齊了，今天我們刷仙女峰，這兩天老大身體有些抱恙，所以這次就由我來指揮吧。」

大家在指定座標集合後，傲視蒼穹組了隊伍，君臨天下自然沒在其中，因為他都沒上線。

進副本前，姚遠去QQ上找到了他，QQ是上次要視訊的時候加的。姚遠想問問他身體怎麼樣，畢竟……咳，也算是相識一場。她發過去的時候，他的頭像正顯示著「忙碌」。

後來，姚遠告誡自己，人家忙的時候千萬不要去打擾啊。

姚遠：「你身體沒事吧？」

JAL：「〔自動回覆〕我愛妳。」

JAL：「沒大礙。」

姚遠：「啥？」

JAL：「〔自動回覆〕我愛妳。」

JAL：「我說沒事，不用擔心。」

姚遠：「不，我是說你的自動回覆……」

JAL：「〔自動回覆〕我愛妳。」

JAL：「哦，特別設置。」

姚遠：「……」

JAL：「〔自動回覆〕我愛妳。」

這「特別」設置是什麼概念啊？

依照江安瀾的為人，應該不至於能容忍對此刻所有在QQ上找他的人都自動回覆「我愛妳」吧？

如果真的只針對她，QQ有這項設置嗎？

所以你一定是手動在發吧？

大神你一天不讓我好過就不痛快是吧？

想到沒上遊戲的前兩天，兩人也有過「交流」：早上八點整，姚遠會收到江安瀾的一條訊息，「早」。中午十二點整，「午餐吃了嗎」。晚上六點整，「記得吃晚餐」。

對方這麼一個大忙人，竟然不忘每天來關心她的三餐，實在是讓她受寵若驚，著重點在「驚」字。

而此刻姚遠則是腦海裡迴蕩著「我愛妳」進入了副本。

你說這大神，我不就是欠了他錢，不對，讓他欠了我錢我給忘記了嘛，用得著這樣百般折磨我嗎？難道真如那老話說的，欠錢的才是大爺嗎？可當初我欠他金幣的時候，大爺還是他好不好……果然態度什麼的是分人的。

而之後刷仙女峰，沒到一刻鐘就團滅了，原因不是魂不守舍的姚遠，她的操作水準還是沒話說的，就算思緒不太集中，也不至於拖累到大家團滅。原因是溫如玉跟水上仙內鬥……

團滅前，水上仙：「溫如玉治療啊！你白痴啊！」

溫如玉：「沒妳白，手殘就別衝前面！」

水上仙：「手殘？你有資格說我嗎？你一個牧師你連手都沒有吧！」

溫如玉：「妳再說我不給妳治療了哦。」

總之，最後團滅了。
眾人出了副本後，紛紛跑去同盟頻道上吐槽，不外乎是鄙視那兩人的。
姚遠看了一會兒，然後，看到君臨天下上線了：「再刷次仙女峰。」
落水：「老大你來啦！蒼穹帶我們刷仙女峰，十五分鐘就 game over 死出來了，好丟臉。」
傲視蒼穹：「我剛跟幫主匯報過啦，這次慘敗又不是因為我領導無方，ＯＫ？是有兩人打情罵俏壞了步驟好不好！」
溫如玉：「誰打情罵俏？」
水上仙：「誰打情罵俏！」
雄鷹一號：「快點再來一次吧，老大，我剛完全沒發揮出實力。」
走哪是哪：「仙女峰一天只能刷兩次，我早上跟人刷過一次，今天沒機會跟老大再刷了。」
隊伍再次組成，人員跟之前相比，只是將走哪是哪替換成了君臨天下。
進副本前，江安瀾私聊姚遠：「我們語音打情罵俏吧。」
姚遠趴倒在了鍵盤上，打出了一行亂碼，還按到了 Enter 鍵。
江安瀾：「開心得說不出話來了？」
姚遠：「……」
進入副本後，眾人聽從君臨天下的指示一路前行，比前一次不知道順多少。
落水：「果然跟著幫主刷最痛快！」
寶貝乖：「幫主威武，崇拜幫主！」
傲視蒼穹：「咳，據我對我們幫主他老人家的瞭解，他此刻一定是一邊在喝紅茶，一邊在跟大嫂甜言蜜語，你們信不信？」

姚遠哭笑不得，被猜對了。

寶貝乖：「真的嗎？好想知道幫主大人在跟嫂子聊什麼啊，為什麼我老覺得幫主的八卦比副本更吸引人呢？」

落水：「哎，我也是同樣的心理，尤其是在網聚之後，知道老大是那麼高等大氣有格調，以及目睹了大嫂是這等令人驚豔的美女之後……」

此刻正披頭散髮、不修邊幅地盤腿坐在椅子上的姚遠，有點不忍直視螢幕，而關於江安瀾在跟她聊天這事兒……

姚遠：「他剛才就推薦了一部電影過來，其他沒說什麼。」

傲視蒼穹：「電影？老闆會看電影？他什麼時候有文藝細胞了？」

【系統】傲視蒼穹被禁止發言。

傲視蒼穹私聊姚遠：「大嫂！」

眾人毫不意外。

姚遠：「……」

傲視蒼穹：「嫂子，麼麼噠。」

姚遠：「咳，副幫主有何貴幹？」

傲視蒼穹：「……」

傲視蒼穹：「嫂子妳要不要老闆的玉照啊？以後我們可以暗渡陳倉，我給妳妳要的，妳幫我說好話，如何？」

姚遠：「我不用……」

傲視蒼穹：「我知道，人妳都見過了，人也都是妳的了，照片看不上眼我也理解，可現在你們遠距離談戀愛，偶爾看看照片慰藉下也好嘛。」

姚遠還是忍不住笑了出來，這人講話還真有趣。可是，她跟他在談戀愛了嗎？她怎麼不知道？然後她脫口問出了一句讓自己終身受「益」的話：「我們在談戀愛啊？」

耳麥裡傳過來一本正經的輕問：「親都親了，夫人妳以為呢？」

「……」

水調歌謠：「認真打副本吧。」是的，第一美人也在隊伍裡。

姚遠看了，忍不住附和：「是啊，都認真點吧。」這話其實有點針對說話「輕佻」的某大神。

眾人：「……」

君臨天下：「前面路段有埋伏機關，我跟若先過去破除，其他人待命。」

水調歌謠：「君臨，還是我跟你過去吧，要是出狀況，我可以幫你補血。」

落水：「嗯，老大，這邊帶牧師確實可靠點。」

水調歌謠：「走吧，君臨。」

君臨天下：「不好意思，我做事對人不對事。」

「……」

寶貝乖：「我不行了，我果然只是為了看幫主夫婦的愛情故事來的，副本什麼的都是浮雲啊！」

傲視蒼穹私聊君臨天下：「太殘忍了，人家水調歌謠雖然現在是我的老婆，但她自始至終愛的都是你啊你啊你啊……」

這晚第二次刷仙女峰，君臨天下帶領著一幫八卦黨，竟然還能把副本給打穿了，雖然打了近一小時，成績不算好，但掉出來的東西卻都不差。這種人品，姚遠想，系統是看上大神了嗎？

溫如玉拾取物品後，雄鷹一號說：「如玉，出副本時注意別被人越貨。」臉紅撒嬌的表情。

落水：「人死沒事，東西別掉出來就行。」扭捏的表情。

溫如玉：「現在我們幫是被副幫主的惡意賣萌傳染了嗎？」

傳出副本的傲視蒼穹在附近頻道上說：「溫長老，什麼叫惡意賣萌？嗯？」

溫如玉又發了一個他慣用的微笑表情。

君臨天下：「好了，今天到這兒吧，都散了，早點休息吧。」他老人家只是來對比下打副本有他在和沒他在的差別的……

眾人：「啊！」

姚遠看時間，晚十點，雖然自己確實有點睏了，不過對於很多遊戲玩家來說，洗洗睡什麼的似乎還太早了點。

只見君臨天下大人複製了一條遊戲宣傳語上來：「適度遊戲益腦，沉迷遊戲傷身。合理安排時間，享受健康人生。」

溫如玉私聊副幫主：「你有沒有覺得安瀾溫和很多？」

傲視蒼穹：「你私聊人家就是為了談別的男人嗎？」

溫如玉：「別發浪，好好說話。」

傲視蒼穹：「性格差不多吧，就那樣，不過心情好多了，你懂的。」

溫如玉：「他身體最近如何？你剛前面說又抱恙了？」

傲視蒼穹：「是啊，這段時間忙的嘍。」

溫如玉：「說起來，不知道大嫂知不知這事兒，會不會介意？」

傲視蒼穹：「不曉得，安瀾自己心裡有數的吧，再說嫂子這人……我覺得她應該不會在意的。」

溫如玉：「嗯。」

溫澄跟李翱嘮嗑了一通，在同盟頻道上說：「辛苦各位今天給各自的幫會做出的貢獻！有機會讓我們幫主 sama 請你們再吃大餐。」

寶貝乖：「真的！」

傲視蒼穹：「呵呵，要不下次網聚來我們這邊吧？在老大的地盤上更讓你們玩得爽歪歪，來嘛來嘛。」

落水：「副幫主，你讓我覺得有點噁心……」

傲視蒼穹：「懷上了？」

落水：「去你的！」

寶貝乖：「咦？老大真下線了啊？」

君臨天下下了線，但YY上還掛著呢。他對姚遠說：「妳也下遊戲吧。然後，再陪我聊一會兒。」

這算「特殊待遇」嗎？

姚遠看著同盟頻道裡頻頻發著「幫主下了，嫂子肯定也要下了」、「夫妻又要雙雙離線什麼的最討厭了」諸如此類的言論，她淡定地下了遊戲，然後鼓起勇氣在YY裡說了句：「明天上午我有課，要早起。我要先下了，晚安。」

那邊停了兩秒。「嗯，好，晚安。」

姚遠關了語音，過了半晌，江安瀾這邊淡淡地說了句：「氣死我了。」

他想起幾年前她來北京旅行的那次，他在茶館裡坐了一刻鐘，最後忍不住拿了兩顆瓜子朝前面丟過去。她回過頭來，看了他一眼，轉頭又去聽她的戲。雖然是在意料之中，他卻也不由凝眉。

後來聽完戲，他跟著她們出來，聽到她說爭取到了江大的保送名額，明年就要去加拿大讀兩年書；聽到她說，要奮鬥，要努力，不能給天上的父母丟臉；聽到她關照她姊姊照顧好奶奶；聽到她說，還不想談戀愛，至少學業完成前不想。

有人說過，在對的時間，遇見對的人，是一種幸福；在對的時間，遇見錯的人，是一種悲傷；在錯的時間，遇見對的人，是一聲嘆息；在錯的時間，遇見錯的人，是一種無奈。

他不想要悲傷、嘆息、無奈。

同盟頻道裡還在聊著。

寶貝乖：「我看到有人在《盛世》論壇上說我們幫主大人很難看，還貼出了張照片。」

雄鷹一號：「幫主我都見過了，ＯＫ？那種叫難看？明明是高富帥的代表好吧。」

傲視蒼穹：「寶貝，位址連結發來我看看。」

寶貝乖：「好的，等等。那人還說他聽過幫主大人的聲音，說是跟職業玩家大漠的聲音是一樣的。然後，呃，那張照片好像就是大漠的？他說大漠就是君臨天下？好複雜。」

傲視蒼穹：「我看到了，嗯，咳咳，事到如今我就跟自家人都說了吧，真相是，其實大型活動，老大都是請職業玩家在打的，一是他很懶嘛，二是別說這些活動大嫂不參加，他也沒興趣，就算大嫂在，上百人對上百人的團隊賽，人那麼多，在那種環境裡談戀愛太擠了，懂不？」

於是，既要讓「君臨天下」這號站在頂端，本人又懶得親自操刀刷威名，直接就用錢去解決了？

寶貝乖：「為什麼我覺得更萌幫主 sama 了？」

眼下被大家默默萌著的大神，正高貴冷豔地琢磨著，怎麼在夫人面前刷一下存在感。

隔天，江濘大學的校園裡，姚遠上完課，捧著書往辦公樓走去。這天，天氣晴朗，雖然是冬季，但這陽光照下來，倒也不覺得冷了，暖洋洋的，還挺適合出來散步的。

一路過去，認識她的同學都跟她打了招呼，姚遠皆回以一笑。雖然路上學生跟老師打招呼很正常，但姚遠總覺得今天跟她打招呼的人似乎多了點。

後面有人拍了下她的肩膀，姚遠回頭就看到是她對門辦公室的同事劉老師，對方笑著說：

「姚老師，今天穿得真漂亮。」

啊？姚遠馬上低頭一看，從下到上，小皮靴、牛仔褲、羊毛衫，外面套了件有三年歷史的紅色牛角大衣。「妳說笑的吧？劉姊。」

那女同事跟她並肩走著。「難得看妳穿顏色鮮豔的，這件紅大衣挺好看的。」

姚遠笑說：「舊衣服了。」

正在這時，姚遠看到對面走來的人，有點面熟……一身暗色系的裝束，卻絲毫掩蓋不住那份英姿勃發。姚遠放慢腳步，同時嘴巴慢慢張大，最後腦子當機，而當機前腦中僅存的意識是——「不是吧！」

那風采卓越的男人走到離她還有一公尺的地方停了下來，很紳士地一笑。「又見面了。」

時隔三天。

姚遠身側的劉老師雖已結婚生子，但見到這麼一個帥哥還是不免有些動搖，不過見對方是目不轉睛地看著姚遠說的，就笑著推了推已經呆掉的人，低聲道：「姚老師，人家在跟妳說話呢。」

姚遠後來回憶起那天，覺得自己真是死了，在眾目睽睽之下像傻瓜一樣被帶走了。

出了校門後，姚遠才反應過來，半晌憋出一句：「你怎麼來了？」

對方回道：「昨天想讓妳陪我聊一會兒，妳不樂意，我只好親自過來了。」然後說：「先吃飯吧？」

「……」

江安瀾見她面色多變，淡笑著問：「怎麼了？」

姚遠終於說出了句：「萬般滋味在心頭。」

江安瀾那張冰山臉上的笑容更加明顯了。「那等會兒吃飯時，妳可以吃點清淡的中和一下。」

姚遠至此可以完全確定，外界流傳的關於他冷豔無雙的傳言，那純屬造謠！她都聽到旁邊路過的一個大媽在笑了。

還有，雖然她很好說話，可也是很有原則的，你說走就走啊？姚遠決定擺出強硬的態度。「我現在還不想吃飯……」才十點而已。

江安瀾轉過臉來看她，面上表情平和，但眼裡卻有一種特別的……能蕩漾人的神情在裡面。姚遠再度被擊倒，微微偏開頭，嘀咕了兩聲：「色即是空，色即是空。」

江安瀾平時確實屬於不動如山型的，話也少，很沉默寡言的那種人，也極少跟人交心，唯獨對著姚遠時，有種冰山化成水的感覺……

兩人站得近，江安瀾自然聽到了那句無意識的自言自語，他溫和地說道：「夫人，有花堪折直須折。」

這人，「夫人」叫上癮了嗎？

「江學長，我能不能說一句，你現在給我的感覺……好顛覆。」

「哦？」

姚遠挺認真地回：「不說網遊裡，現實中我也曾聽過幾次你的大名，喔，他們可都是說你很正經的。」

「現在我很不正經嗎？」

姚遠很想說，你這句話就有點不正經了好吧？她抿嘴一笑，說：「不過，這樣比較真實，以前聽你那些傳說的時候感覺很飄渺、虛幻。」什麼三皇綜合體……

不知道是不是她錯覺，面前的人聽到她說這話時表情微微滯了滯，隨後他說：「可能是因為以前妳沒見過我的緣故。」

他的語氣未變，姚遠卻聽出了一絲異樣感來，但來不及細想，他又問：「午餐有特別想吃的嗎？」

「大神，你是沒吃早餐嗎？」

「是。」

於是，這天，姚遠早早地就去吃了午餐，吃的是藥膳。姚遠是第一次吃這種加入了中藥的食物，口味清淡，也有點藥味，但吃著並不討厭。

而她吃的菜跟他吃的是分開的，姚遠以為是這人有潔癖，要是知道真相是——她那份是滋陰的，他那份是補陽的，不知又要臉紅成什麼樣了。

江安瀾看著她。「以後約會時可能要妳常陪我吃這種，原本還擔心妳吃不習慣，現在放心了。」

姚遠不禁問：「你常常吃藥膳嗎？」以至於忽略了「約會」二字。

「差不多。」他點到即止，她也就不再多打探，但她挺好奇一點。「那如果我不想吃呢？」

「那麼，我就得強迫妳了。」

姚遠汗，這人外形挺斯文的，怎麼講話一句比一句勁爆？「咳，我挺喜歡吃的。」節操似乎正在慢慢碎去。

「那就好。」江安瀾笑著點頭。他是完全稱得上帥哥的，但他那種帥是偏於氣質上的……高貴冷豔，所以他一笑就特別讓人覺得「難能可貴」，姚遠卻深覺壓力大。

「話說，你來江濘真的只是來找我聊天的嗎？」

「妳說呢？」

我說你就是來驚我、嚇我、逗我的吧？當然姚遠不敢說出來，她在面對他時，已然成了一株小小牆頭草。

吃完飯，姚遠說她下午兩點前要回學校，江安瀾說：「行。」然後拉著她去散步了。他們坐計程車過來吃飯的地方在市中心一帶，所以兩人沒走一會兒就到了前段時間他們網聚時、集合的那個廣場上了。

大中午的，不少家長帶著孩子在晒太陽、玩耍，姚遠剛想感嘆一聲「真是祥和而安樂的午後」時，就有一個還穿著開襠棉褲的小男孩屁顛顛地跑過來，繞著他們跑了兩圈，然後站定在姚美人面前，扯開嗓門就喊：「媽媽出軌了！媽媽出軌了！」

姚遠瞬間就被秒了！

廣場上N多人望過來，眼神各異，而那小男孩早跑掉了，旁邊卓爾不群的江少爺這時悠悠地道：「原來我是小三嗎？」

姚遠徹底囧了……

之後姚遠被萬般無奈地帶著去了飯店，沒錯，飯店！

他說：「只是去睡會兒午覺而已。對於妳聽到『飯店』時腦海裡閃現出的不和諧畫面，我只說一句，夫人，請自重。」

他說：「其實還想做點別的。」

他說：「比方，打點遊戲。」

他說：「妳膽子不會那麼小吧？」

此時，江濘市臨近海邊的一家五星級飯店內，膽大的姚遠站在一間敞亮的大床房的落地窗邊欣賞了一會兒海景，最後緩緩吐出一口氣，因為說要玩遊戲的那個人在洗澡了……

姚遠強裝無壓力地走到床邊，拿起他在進浴室前從他包裡拿出來的超薄筆記型電腦，到書桌前坐定，開了機，打算堅決貫徹落實「來飯店玩網遊」這一點。電腦沒設置密碼，很快就進去了，桌面上很乾淨，乾淨到除了我的電腦、瀏覽器以及資源回收桶之外，就是《盛世》的快速鍵了，似乎這臺機子就是專門用來打遊戲的。

姚遠感慨了聲奢侈後，就登錄了遊戲，一上線就有人來打招呼。

傲視蒼穹：「Hello，嫂子！」

姚遠：「你好。」

傲視蒼穹：「老闆今天沒來公司，不知道幹麼去了，估計上不了遊戲，要不要我帶妳玩兒啊，大嫂？」

姚遠：「不用了……謝謝你。」

傲視蒼穹：「不要這麼客氣嘛，大家都是自己人。」

姚遠笑著想，這人以前肯定是玩女號的吧？這時有人從她身後環住她，然後伸手過去打字：「滾。」

姚遠眨眼，側頭就看到江安瀾近在咫尺的側臉，同時，聞到他身上剛洗完澡的淡淡清香……姚遠退開一點，咳了兩聲。「你洗好了啊？」

江安瀾略微直了直身子，對上她的視線，他穿著一件柔軟厚實的白色浴衣，姚遠看著他不由心說，穿浴衣都能穿出一種「皎如玉樹臨風前」的感覺，這是要怎樣？

「我外出回來後習慣洗個澡，妳要不要去洗一下？」

姚遠忙搖頭。「不用不用，我沒那麼講究。」

江安瀾也沒再說什麼，拉了一張椅子坐在她旁邊，看向螢幕。「那玩點遊戲吧，我看妳玩。」姚遠都快有些跟不上這大神的節奏了，慢一拍地轉頭看向電腦螢幕。

「滾」字下面是傲視蒼穹的洗版。

傲視蒼穹：「淚奔！」

傲視蒼穹：「大嫂，我是蒼穹啊，妳不認識我了嗎？」

傲視蒼穹：「話說，這說話方式怎麼有點耳熟？乾脆、冷酷、果斷什麼的……」

傲視蒼穹：「我突然有種不祥的預感！」

傲視蒼穹：「哦 no，不會老闆在妳那兒吧，大嫂？」

傲視蒼穹：「哦 fuck，不會剛才發『滾』的就是 boss 吧！」

江安瀾面不改色地說：「夫人，要為夫替妳玩嗎？」

姚遠滿頭黑線地敲了字過去：「咳，恭喜你，你猜對了。」

傲視蒼穹：「大哭奔走！」

雖然局面始終挺「糾結」的，但姚遠得承認，她心裡是挺開心的，不管是突然見到他，還是現在跟他在一起……玩著一款當初只為打發閒置時間的網遊。

說不清具體是什麼樣的感受，但她覺得這樣挺好的。

亞細亞：「君姊姊，難得見妳大白天就上來了啊。」

姚遠：「只是上來逛逛。」

亞細亞又叫她進了幫聊。

阿彌：「君姊，妳自從結婚後就不理人家了，人家真的好傷心，沒有妳在的日子裡，我的天空都彷彿失去了光彩有沒有！」

亞細亞：「是沒有小君陪妳做任務，你不能『打醬油』了吧？」

哆啦A夢：「美麗的姊姊，求撫摸求投餵求包養。」

花開：「小A弟弟，小心這話被天下幫的幫主看到秒了你。」

姚遠汗，又見阿彌說：「如果君姊姊願意改嫁給我，就算被君臨天下滅一百次我也願意的！」

花開：「噗，小君要二婚嗎？」

姚遠覺得這話題越來越危險了，正想打字轉移，旁邊的人說：「夫人要不要打一句『破壞此婚姻者殺無赦』上去？」

姚遠默了，隨即又笑了，好像漸漸地也有點習慣與他的這種相處模式。她端正了表情對他說：「別鬧。」然後上幫聊說了句：「我要下了，你們玩吧。」頓了頓，打出一句耳熟能詳的話：「適度遊戲益腦，沉迷遊戲傷身。合理安排時間，享受健康人生。」

阿彌：「君姊姊好有愛。」
花開：「小君又賣萌！」
姚遠想，同一句話由不同的人說出來，產生的效果還真是大不同啊。
她下線後，剛想讓開讓他上，江安瀾卻直接合上了電腦。「其實，我說來打遊戲只是藉口。」
「……」
「遊戲玩得差不多了，我也有點睏了。」
「才剛開始玩吧？」姚遠覺得腦子有點不靈光了。「你睏的話就去睡覺吧，我自己會打發時間的……」看看電影什麼的，一、兩個小時應該很快就過去了。
江安瀾用帶著笑的語調慢慢道：「夫人很緊張？」
「沒。」
「那麼，陪我睡會兒午覺吧？」
「……」
「我身體不大好，要夫人多多包涵了。」
騙同情什麼的，太不厚道了啊！腹誹歸腹誹，最終，竟還是陪睡了。
好像對他讓步成了自然而然的事，姚遠自己都覺得不可思議。父母去世後，她對感情一向很拘謹，然而對他，卻是很容易就放下了心裡的那層防備。
江安瀾躺上床後，靠著她，沒一會兒就睡著了，她看了他好久，最後閉上了眼睛。
莫非，她跟這位大神學長真的是在談戀愛了？

仔細想想，他們從網遊裡接觸，到「睡」在一起，歷時才一個多月。

她是不是太輕易就被搞定了？

對此疑問，後來姚遠問堂姊，堂姊表示：「跟去菜場買棵菜的速度沒差別了，還是沒有任何討價還價最乾脆的那種。」

「……」

午覺過後，江安瀾風度翩翩地送了姚遠回學校。

心情還相當複雜的姚遠依然恍惚著呢，江安瀾便在大庭廣眾之下輕輕鬆鬆地吻了下她的額頭，然後說：「那我們下次再見。」很有點不捨，但今天他還有事在身，父親今日從海外回來，他不得不回去。然後在路人的注視下，帥哥離了場，美人回味過來那個吻，紅了臉。

也就是從這天起，學校開始又有傳言，之前說要結婚的姚老師，其結婚對象終於出現了，標準的長腿大帥哥一枚。

後來姚遠問江 boss：「年紀輕輕，幹麼那麼早結婚？咳，你不知道婚姻是愛情的墳墓嗎？」

這裡的早結婚，已不是指網遊裡了。

江 boss 答曰：「墳墓裡不會有第三者來打擾。」

姚遠：「咳，有盜墓的。」

江 boss 沉默了。

第九章

Meet right person at right time.

我只強迫過若為君故

江安瀾走後的第一天晚上，姚遠還沒開始被瓊瑤阿姨的角色附體，實行「想他」，江學長就發來了訊息說：「一起打遊戲。」

好吧，業餘時間沒其他娛樂活動的姚美人只能上了遊戲。

她上線後，用夫妻技能傳送到了他身邊。君臨天下的號站在那兒，但是好半晌都沒動靜。

姚遠：「人呢？」

她等了一會兒沒見回應，膽子就大起來了，主要是等著無所事事，或者說，也想冷他一回。

姚遠：「親愛的夫君，出來吧。」

一分鐘後，君臨天下：「剛我爸坐在電腦前。」

姚遠：「……」

秒殺什麼的，向來是大神的絕招啊。

姚遠在腦海裡迴圈播放了好幾遍「我爸坐在電腦前」，下意識地又問出了這麼一句：「你爸也玩網遊？」

君臨天下：「……」

君臨天下：「他到書房來跟我談點事。」

一再出糗，姚遠捂著臉站起來在書房裡走了一圈，回來鬱悶地打字。「你怎麼就不提醒我一下呢？」

「沒事。」君臨天下回覆。「我爸剛說妳挺開朗活潑的。」

姚遠終於承認自己完敗了。

君臨天下：「ＹＹ聊吧，打字太不給力。」
大神，你夠給力的了。
兩人剛上ＹＹ，世界頻道上就跳出一條消息——美人依舊：「不管怎麼樣，我今天都要把事實說出來，是君臨天下信口雌黃、反覆無常！君臨天下，曾經是你逼迫我當你女朋友的不是嗎？到頭來又裝沒有發生過！」
天天：「哇！真的嗎！天下幫幫主還逼迫過人當他女朋友？」
做鬼也風流：「感覺不會再愛了。」
美麗人生：「怎麼可能？美人依舊，妳在世界上胡說八道，妳那保鑣爺最帥他知道嗎？」
花開：「腦殘不解釋。」
走哪是哪：「火大！我們老大？妳在說笑嗎？大姊！」
香草冰淇淋：「挺美人依舊！」
在一片是是非非裡，世界上爆出了據說是《盛世》開放以來最大的……用一些玩家的話來說，就是「最大萌點」。
君臨天下：「逼迫人當我女朋友這種事，我只對若為君故做過。」
眾人：「……」
姚遠：「……」
同盟頻道裡——
水上仙：「那女的看起來不像沒事找事啊？你們幫主不會真那啥過吧？」

傲視蒼穹：「怎麼可能呢？是幫主買下『君臨天下』這號前，之前使用『君臨天下』的那人遺落的爛攤子啦。」

溫如玉：「不過江少玩這個號之後，也有什麼『眉目如畫』、『落霞滿天』等對他暗送秋波，其中我最不欣賞的就是現在已經不玩了的那什麼『眉目如畫』，驕縱跋扈、死纏爛打，嫂子甩她一百條街都不止。」

落水：「據蒼穹說，如玉你討厭那眉目如畫，是因為她欠了你一百遊戲金幣沒還是吧？」

溫如玉：「我是這麼斤斤計較的人嗎？」

一群人同時毫不猶豫地發了「是」上來，溫長老表示：「謝謝誇獎。」

姚遠忍不住喃喃自語：「某幫主其實也應該自我檢討一下吧，為何如此招蜂引蝶……」

姚美人一時忘了她跟某人是開著YY的。

江安瀾悠悠地道：「所以妳要早點給我名分。」

「咳咳！」姚遠止住了咳嗽，說：「不是已經結婚了嗎？」

江安瀾帶著點笑意說：「夫人，現實裡的競爭可比網遊裡還要激烈，所以，妳要加油了。」

傲嬌成這樣的人，真的算少有了吧？

姚遠：「呃，你受歡迎，可我也不差啊……」從小到大，她的追求者還是夠數一隻手的。

江安瀾：「是嗎？」

同一時間的同盟頻道裡——

水上仙：「說實在的，溫如玉，像你這樣擅長鑽營投機的人，也會被人家A去金幣？你是不是看上人家小女生了，以至於一時不慎被人坑了？」

溫如玉：「暈，我看上妳也不會看上她呀。」

水上仙：「溫如玉你無恥！」

溫如玉：「我這是誇妳呢。」

水上仙：「誰要你誇！滾滾滾！」

落水：「嘖，一天到晚相愛相殺，你們倆感情還真好啊。」

溫如玉：「誰跟她有感情了？」

水上仙：「誰跟他有感情了！」

傲視蒼穹：「就衝你們倆這份默契，沒感情也有姦情了。」

花開：「噗，贊同。」

寶貝乖：「幫主跟大嫂怎麼不說話啊？是不是又私下恩愛去了？」

江安瀾這邊說完「是嗎」，去同盟裡接了一句話：「今晚做完任務後，讓你們大嫂給你們唱歌吧。」

暈倒！

大神你還真是一般不記仇、有仇當場就報了的人啊！

因為幫主大人的一句話，這天大家做任務的積極性那叫一個高啊，沒一小時就全部搞定收工，然後興高采烈地去開了YY房間，姚遠自然也被拖了進去。

大家嗷嗷待哺般地要聽幫主夫人唱歌，這可是幫主親自說的！姚遠心說，是他承諾的，那就讓他唱嘛，然後也真的將這話說了出來。主要是她自認自己唱歌真心不行，上次網聚時在K

TV裡她也沒上去唱。

「聽到沒?江少,你老婆讓你唱呢,要不您老先來獻唱一曲?嗯嗯?」說的人是抖M李翱。

溫澄笑道:「是啊,好久沒聽你唱歌了,大學那會兒你不是還常在寢室裡哼幾句什麼『生生世世在無聲無息中夢你』、『路邊的野花你不要採』嗎?」

YY裡沉寂了好幾秒,直到姚遠笑出來。「對不起,哈哈哈,他唱『路邊的野花不要採』?」

「千真萬確,我還錄了音呢,嫂子要聽不?」

N多人喊要,江安瀾淡聲道:「膽子倒都挺大。」

YY頻道再度消音,包括溫長老,不過還是有人大膽開了口。姚欣然說:「君臨幫主,你之前說做好任務就讓我堂妹唱歌是吧?現在我妹要你唱,那到底是我妹唱呢,還是你來唱啊?情侶組團糊弄人什麼的最討厭了。」

姚遠有種後院被人放火的感覺,然後聽到江安瀾道:「那妳問妳妹妹,是她唱還是要我代她唱?」

姚遠隱隱覺得哪裡有點不對,可又一時說不上來。而聽眾們普遍偏向於最好是幫主和幫主夫人能合唱一曲,他們就圓滿了。姚遠終於苦著臉說:「我唱歌不行的,就讓他唱吧。」然後她看到私聊裡跳出來一條:「夫人要我賣藝,那拿什麼來獎賞我?」

姚遠無可奈何地慢悠悠地敲字:「你要什麼?」

「妳。」

「我說……你就不能婉轉一點嗎？」姚遠臉紅心跳。

「那麼，夫人，從此以後，除了我之外，路邊的野花妳就不要採了。」

你說這人，有什麼話就直說好了啊，非得繞那麼大一圈兒來告訴你。「就算有人追妳，妳也別去給我理睬。」

說真的，她活這麼大沒採過一朵花，結果一上來就採獲了一朵高嶺之花！

而真正「採」下這朵花兒，是在後來的某一天，她起來，迷迷糊糊地睜開眼，看到身邊躺著的人，正帶著笑看著她，神思慢慢清晰，然後看到凌亂的床，以及察覺到被單下未著寸縷的身子，和眼前光裸著上半身的性感男人……杏眼逐漸撐大。

他說：「妳喝醉了。」

她顫抖地問：「然後呢？」

「亂了性。」

「……」

當然啦，這些又都是後話了。

此刻，姚遠正聽著傳說中有才有貌的江學長在ＹＹ裡唱著《江湖笑》，低沉微啞的男音，一詞一句唱出了那股豪情和憂愁，姚遠漸漸地聽入了迷。

江湖笑，恩怨了，人過招，笑藏刀。
紅塵笑，笑寂寥，心太高，到不了。
明月照，路迢迢，人會老，心不老。

愛不到，放不掉，忘不了，你的好……

一曲完畢，眾人還沉浸在幫主的歌聲裡，好久才有人喊出一句「再來一首」，然後馬上就引得很多人附議！姚遠正笑著也想附和一聲「安可」，電腦旁的手機響了，她拿下耳麥，一看來電顯示是陌生號，猶豫了一下才接起：「喂？」

「是師娘嗎？」

「……」

「師娘師娘，我是傑克，師娘妳可以叫我小傑。」

「哦，你好，小傑。」

「我翻哥的手機翻到妳號碼的，然後用我手機打了電話給妳。」

姚遠聽那頭的聲音……果然是男生啊。「你找我有什麼事情嗎？」

「我就想聽聽師娘的聲音，哦，哥說我可以叫妳姊姊的，姊姊妳什麼時候再帶我玩遊戲？我每次找哥他都不理我，堂哥他們又很忙，而堂姊她們都不玩遊戲的，還有……」姚遠聽了十來分鐘，覺得這江家上上下下裡裡外外她都「被迫」瞭解全了，估計去他們家行騙撈錢都不成問題。

姚遠插話問：「小傑啊，你不用上學嗎？」

「要啊，學校已經放假了。」

什麼學校這麼早放假？姚遠不知道這孩子是在國外讀書，人家耶誕節前就放假了。

這時，對面傳來一陣窸窣聲。「死了死了，哥哥過來了，我要掛電話了。姊姊妳如果上遊戲就找我啊，我要升級！」

姚遠聽著手機裡的忙音，搖頭失笑。

她再次戴上耳麥，YY裡正吵吵嚷嚷地說著「嫂子不見了，老大也遁了，太過分了」。她默默地又取下了耳機，起身去客廳加水，在飲水機旁倒水時看到窗外竟然在下雪了，雖然不是很大，但是挺密集的，在瑩白的路燈映照下，煞是漂亮。她看了好一會兒，才捧著冒熱氣的杯子，躲回了開著暖氣的小書房裡，一坐定，就看到電腦螢幕上有好幾條消息在閃動。

水上仙：「妹，幫我揍溫如玉吧！請妳吃一學期飯！」

水調歌謠：「若為君故，我們談談。」

傲視蒼穹：「大嫂，妳慫恿老闆再搞次網聚吧，豪華版的那種，我先前都放話出去了，現在好多人來問我，我問老闆他都不理人家！」

正想著該先回誰，又有一條消息進來，東子：「君臨天下玩過那麼多女人，妳不介意嗎？」

姚遠微微皺眉，這東子是百花堂不久前剛加進來的，她沒有回覆這人，只是跟堂姊和君臨天下各發了消息就下線了。

十一點，差不多可以洗洗睡了。姚遠躺上床，關手機前收到江安瀾的簡訊：「晚安。」

一夜無夢，第二天一早起來，外面竟已鋪上了一層厚厚的雪，放眼過去，銀白一片。這天，姚遠走到學校差點遲到，一到辦公室就接到了堂姊的電話：「妳昨天要我踢了東子，怎麼了？他得罪妳了？」

「沒。」姚遠說。「我只是覺得他是壞人。」

姚欣然無語。

姚遠這一整天都很忙，直到吃午餐時才得以空下來，正準備跟同事去吃飯呢，有人進了他們辦公室。來人一身警服，戴著墨鏡，看到姚遠後就直直地走了過來，說：「妳好，我叫江安呈。」姚遠自然不認識。

對方拿下墨鏡，無視姚遠同事好奇的眼神，直接對姚遠又道：「我是江安瀾的二堂哥，他讓我帶樣東西給妳。」說著，從衣袋裡拿出一個小盒子遞給姚遠。姚遠呆呆地接過，又聽面前跟江安瀾確實有那麼三分像的男人開口說：「我這段時間在江濘出差，有事情可以找我。」說完，拿起旁邊桌上的一張白紙寫了電話號碼給姚遠，然後微一頷首，轉身走了……

她能有什麼事情需要找員警啊？

姚遠目瞪口呆，不知這短短三分鐘發生了什麼。

同事們卻已經從詫異中緩過來，有人先出了聲：「要不要這麼酷？」見姚遠還沒反應，旁邊的一個女同事忍不住推了推她。「姚老師，盒子裡裝的是什麼？趕緊看看，是不是上次送妳來學校的那位帥哥男朋友送的？他堂哥也好酷啊，有對象沒？」

「呃，我不清楚。」姚遠打開精緻的盒子，只見裡面放著幾張照片，以及一條白金項鍊……

女同事驚嘆：「這項鍊真精緻啊！咦，這些照片就是妳那男朋友的吧？好清秀啊，十七、八歲的時候吧？我說妳這男友也太有意思了！」

是江安瀾的玉照沒錯，項鍊很漂亮沒錯，可好端端的，他幹麼特地讓人送來這些啊？姚遠深深地呆了。

當天下午，姚遠就發了訊息給他：「你幹麼送我東西？」

「見面禮。」
「啊？」
「上次見面時忘了給妳。喜歡嗎？」
「你說項鍊還是照片？」
「照片。」
「……嗯。」
「項鍊呢？」
說到這項鍊，還鑲鑽石的呢。姚遠很無奈。「你錢多嗎？如果錢多的話，直接給我現金好了。」
「好，我讓人轉帳給妳，卡號多少？」
「……」
「夫人，劫完財要不要再劫點色？」
「……」
「小遠，這學期結束後，妳來見我吧。」
聽到小遠什麼的，姚遠再度臉紅耳熱。

第十章

Meet right person at right time.

我想接吻

等大雪化去，已是一月中旬，這段時間姚遠都沒怎麼上遊戲，只偶爾上一下線帶帶小傑克。而跟江安瀾的聯絡倒是漸漸轉移到了網下，簡訊、電話每天都有，姚遠本來以為跟江安瀾這人聊天，鐵定會如遊戲裡那樣時不時地冷場，好吧，跟他通電話有時的確會無言一下，但那種感覺並不是太糟糕，還挺……曖昧叢生的，當然，有些時候又很讓人想哭。總之，跟這大神「談戀愛」，不是一般的勞神費心。

這不，寒假第一天，清早五點多，姚遠放在床頭櫃上的手機就響了，她迷迷糊糊地拿過來看，是簡訊：「我在妳家樓下等妳，我們去登記吧。」

撲通一聲悶響，連人帶被就掉到了床下。

下一條簡訊又馬上進來了。「清醒了嗎？」

姚遠怒了，起床氣和被摔痛的氣一起冒上來。「學長，你知道現在幾點嗎？」

「抱歉，我這邊是下午四點，等會兒坐五點的航班回去，夫人什麼時候來見我？」

姚遠敗下陣來，裹著被子坐在地板上，一咬牙就發了一句：「乖，等著我什麼時候有心情了召見你吧。」發出去後才緊張兮兮地想，不知道會不會被「報復」，然而對方久久沒回覆。姚遠鬆了一口氣，不過回床上後卻是再也睡不著了，鬱悶不已。

中午，姚遠跟堂姊吃午餐。姚欣然在國有的事業單位上班，中午有將近三個小時的休息時間，每次空得不知道怎麼打發，就約堂妹吃飯。姚遠這天因為睡眠不足，精神不大好。

姚欣然看著她，不解道：「妳不是放假了嗎？怎麼還一副沒睡飽的樣子？」

姚遠搖頭，懶得多說，跟服務生要了杯溫水，姚欣然也就不多問了，翻著菜單，眼珠有些飄忽。「對了，等會兒還有人過來。」
「嗯？」
「一個男的，我舅媽介紹的，我媽非讓我來見一下，我再說『NO』，我媽，也就是妳大伯母，估計要把我滅了。」
姚遠汗。「妳自己有活動，還叫我出來？」
「姊妹要有難同當嘛！」
「……」
沒多久，姚欣然的手機響起，她接起說了句：「來了啊，我們在靠窗的位子……」不一會兒，有兩個男的走了過來，原來對方也叫了朋友一道。姚欣然招呼他們坐下，四方桌，四人各坐一邊，那兩男人也不拘束，坐下後就笑著向她們做了自我介紹。跟姚欣然相親的A男屬於高大威猛型，一年前剛從部隊下來，現在在交警隊裡當個小官，A帶來的朋友B男屬於端正書生型，是公務員。
點完菜後，姚欣然跟他們聊著天，姚遠則安靜地喝著水，主要是真沒什麼話好講，她跟陌生人一向不大能交談。不過姚遠長得出色，自然不會因為沉默而被人忽視。B男在喝了一口茶後，就時不時地問她一些問題，好比在哪兒上班，平時喜歡做點什麼。相比姚欣然那邊的「部隊帥哥很多吧，哈哈」、「姚小姐，妳跟我一個兄弟的性格挺像的，哈哈」……姚遠覺得她這邊怎麼更像相親……
姚遠盡量不失禮貌又有分寸地回覆，在B男問及「後天是否有空，有一部不錯的新片上映，要不要一起去看看」時，她手邊的手機響了，她不禁暗暗吁了口氣，可當看到寄件者時，氣就憋住了。

「在哪兒？」

心思幾乎是一下子全集中在了手機上，姚遠垂首打字。「在外面吃飯。」

「跟誰？」

「……我堂姊。」

「嗯。」過了會兒，對方又發來一條：「還有呢？」

姚遠下意識地抬頭四處望了望，確定沒看到江安瀾。不能怪她多想，在此刻這種情況下被問及，她不免有點心虛，以至於疑神疑鬼了。該怎麼回答呢？照實說？雖然不是相親卻勝似相親，又不能撒謊，於是她含糊其辭地回：「什麼？」

「那兩個男的是誰？」

姚遠直接就從位子上站起來了，引得姚欣然訝然地問：「怎麼了？」

B男也看著她，關心道：「姚小姐，沒事吧？」

姚遠勉強笑笑。「我去打通電話。」說著就往外走，邊向四周瞄，邊撥了號出去。「你在哪兒呢？」

那頭帶著笑柔和地說：「美國這邊下大雪，航班推遲，所以還在飯店裡，夫人不用擔心……我沒有看到什麼。」

「咳，那你怎麼知道？」

「幫裡有人看到了，跟我說的。夫人在相親？」

姚遠此時已站在餐廳外面，望著眼前的冬日殘景，緩緩地吐出一口氣，深深地感慨他們幫派到底是有多厲害啊，這都到現實裡了，還能到哪都遇上他們的人。

「其實是我堂姊在相親，我只是單純來吃飯的。」姚遠雖然覺得無語，還是解釋了一下，不得不承認，自己好像真的不想讓他誤會了。

對面嗯了一聲。「我真想在妳身上設層結界，一勞永逸。」

「……」

相親最終以姚遠胃痛而提早結束，姚欣然開車送她回去時，問：「妳是真胃痛還是被妳遊戲裡的老公抓姦了才『胃痛』？我之前點菜的時候，看到一個上回也參加了網聚的天下幫成員了，就坐在我們不遠處一桌吃飯。」

姚遠靠著窗玻璃，愁悶道：「那妳怎麼也不提醒我一下？」

「讓妳殺人滅口嗎？」姚欣然大笑。「好了，能讓君臨天下來查勤是多少女生夢寐以求的事，妳就別得了便宜還賣乖了。」

姚遠真是有苦說不出。

之後姚欣然問堂妹，今天跟她相親的A男如何？

「妳不是一直喜歡健壯型的嗎？」

「是啊，明明是我的理想型，可不知道為什麼，沒感覺，總覺得少了點什麼。」

這時，車上的電臺正巧播到《名人有話說》，溫和的男音說出開場白：「大家好，這裡是《名人有話說》，我是大家的老朋友溫澄。」姚欣然當即「靠」了一聲，伸手就換了臺，姚遠慢一拍反應過來。「這是溫如玉的電視節目？」

姚欣然作嘔吐狀。「廣播電臺怎麼轉播起電視節目來了？我要去投訴，嚴重影響我開車的心情！」

於是，姚遠聽了一路姚欣然對溫澄的吐槽，而那時，在化妝室裡的溫澄連番打著噴嚏，化妝師都不知該如何下手了。「澄哥，看來今天有人很想你哪。」

溫澄聳肩：「也許吧。」

太平洋的另一邊，江安瀾正站在飯店套房的窗前看著外面漫天飛雪，淡淡地吐了一句：「這天氣真是讓人不爽。」

他身後站著的趙子傑小心翼翼地開口說：「明早天氣會有所好轉，飛機應該可以起飛，多在這邊留一天沒關係的吧，安瀾？」

江安瀾轉頭：「如果我說有關係呢？」

趙子傑討好笑道：「十一點大都會歌劇院有一場午夜場的音樂演出，要不要去打發下時間？我去弄票。」

「沒心情。」江安瀾說完，往浴室走去。「我去泡澡，這期間別來煩我。」

趙子傑無異議地應了聲，等到江安瀾走進浴室關上門，方才苦惱地抓了抓頭髮，要說他堂堂趙大少，為什麼那麼忌憚他表哥呢？因為小時候被虐怕了，不光他，但凡比江安瀾年紀小的堂弟、表弟，都怕江安瀾。不是說被打被罵什麼的，而是兒童時代大家都笨，可江安瀾就已經特別聰明了，所以跟著他出去玩，常常動不動就會被他說「能再蠢點不」、「別在我面前犯傻」等，而他們都不知道錯在哪兒。長大點明白後，他們就越發覺得江安瀾厲害，也越發忌憚他，總覺得一不小心就會被他抓住把柄，然後又會被鄙視得體無完膚。

趙子傑頭痛地想，昨天這位高傲難伺候的表哥還好好的，可這會兒很明顯是在發飆了，目前理由斷定為航班延遲，可是以前也不是沒遇到過這種事，也沒見表哥他老人家為此而發脾氣啊。所以怕表哥又吃飽了沒事幹的趙子傑，最後忍不住跟李翱打國際長途探討，結果無人接聽，他又想到之前李翱給過他的一個電話號碼，說是以後但凡老大不爽了、你不知道怎麼辦了，請撥打此號碼求助，保證幫你輕鬆解決。

趙子傑半信半疑地翻出那號碼撥了過去，好一會兒對面才接起，是一個女聲，挺好聽的。

「你好。」

「妳好，我叫趙子傑，我表哥有點鬧脾氣，該怎麼辦？」趙子傑說完，覺得自己怎麼那麼像白痴？

「你打錯電話了吧？」

「等等，妳是不是認識李翱？」

「李翱？」

趙子傑說：「是的，還有，我表哥叫江安瀾。」

「啊！」

北京首都國際機場，趙子傑跟在表哥後面，苦悶地拖著兩只行李箱，走出機場，外面已經有公司的車在等著了。趙子傑上前問他表哥：「安瀾，你是先回家休息，還是先去哪裡吃午餐呢？」他說著，示意司機把東西放到後車廂，他則跟著江安瀾坐了後座，後者坐定才開口：「不吃飯，先把我送回去，回祖宅。這車等會兒你用吧。」

趙子傑聽他說話的語氣，估計著表哥大人心情應該還算不錯。想起昨天晚上那通電話，他在說出了表哥名字後，對方停了一會兒才說：「江安瀾啊……那你讓他接電話吧。」他嚇了一跳，不由心說這女孩真是有魄力。「我能不能先問下，您是？」

「哦，他的朋友吧，算是，也可以說是他學妹。」

朋友？學妹？Whatever，死馬當活馬醫吧。「是這樣的，學妹，我表哥江安瀾的脾氣不大好，基本上他沉默不說話又拒絕任何人接近的時候是他最不痛快的時候，而現在他就是這狀態，我想諮詢下，怎麼處理這問題？李翱跟我說可以找妳……怎麼說呢？solve（解決）。」

「他脾氣不好？他脾氣不是挺好的嗎？」

「挺好？不不，學妹，我表哥脾氣一向差，可差了。」

這次對方沉默很久。「其實，你們是不是在玩類似真心話大冒險的遊戲？」

「遊戲？當然不，沒有人敢亂開我表哥的玩笑，我們沒有在玩遊戲。」

「哦……等等，呃，你口中的脾氣很不好的表哥打我電話了，要不，我們先這樣吧？」

趙子傑這時忍不住偏頭，看了眼旁邊在閉目養神的表哥。「安瀾，你交女朋友了嗎？」

江安瀾睜開眼，側頭看趙子傑。「怎麼？」

趙子傑看他並不介意被問及這話題，笑答：「就是好奇！」

江安瀾又坐回了舒服的姿勢，閉了眼休息。「那就繼續好奇著吧。」

「……」

姚遠此刻如果在這兒，估計要感慨下——「果然不管是誰，面對大神時，如鯁在喉的無言都是家常便飯啊。」

姚遠如今坐在江濘機場的候機室裡等待飛北京的航班，也挺無言的，雖然面對大神已是早晚的事，但想起昨晚他那通電話，姚遠還是有點哭笑不得。他一上來就說：「來找我吧，或早或晚總要來的，為免夜長夢多，我讓人給妳訂明天的機票吧？」她剛開口說：「啊？這麼急——」不是早上剛說過，咳，等她有心情了再見嗎？他就溫和地打斷了她：「是啊，急死我了。」

「……」

到底是誰 solve 誰？那就只有天知道了。

兩小時後，姚遠下了飛機，外面陽光普照，但溫度比她的城市要低得多，她不由裹緊了大衣和圍巾。她上飛機前收到他的簡訊，說是會派人來接她。姚遠其實還是有點迷茫的，來這裡，見他……都是挺「玄」的，可又有種水到渠成的味道。

旁邊有人過來問她去哪裡，要不要坐車？姚遠剛要回說「不用，謝謝」，身後就有人過來先幫她把人擋下了，幫她的中年男人身穿黑色大衣，一派威風凜凜，他跟她說：「姚小姐是吧，瀾少讓我們來接妳，這邊走。」

姚遠一下有點抓不住重點，一是這大叔好霸氣，二是他怎麼知道她是「姚小姐」？

大叔似乎看出她的疑惑，解釋：「瀾少說姚小姐身材好，長得好，氣質好，很好認。」

其實，事實沒那麼戲劇化，江安瀾是拿了張照片出來，然後才跟司機大叔淡淡地說了那一句。

姚遠無言地上了車，當她坐上車看到另一邊坐著的人時，直接就驚了。「你怎麼……」

江安瀾之前回家換了衣服，現在裡面穿的是一套鐵灰色的英式貼身西裝，外面一件長款毛呢大衣，衣領有一圈黑色的貂毛，平時就挺高貴冷豔的，這會兒更加的……冷豔高貴了，姚遠恍然有種看到古代王爺的錯覺，直到那少爺說：「夫人不是來見我的嗎？怎麼，看到我很驚訝嗎？」

「沒……有段時間沒見你了，學長您又……妖孽了點。」

江安瀾笑了。「夫人過獎了。」

那大叔也已上車，並開動了車子，聽到這番話，不禁面露訝異。瀾少會這樣的好言好語，還會與人開玩笑，還真是少見。

姚遠沒察覺到前面大叔的多番留意，主要是江安瀾在的時候，她的神思很容易就被他牽過去，本來嘛，她就不是複雜的人，何況面對的還是江安瀾這種從小修煉的 boss 級妖孽。

車裡開足了暖氣，江安瀾幫她把圍巾解了，溫柔道：「先跟我去吃點飯，再回祖宅。」

姚遠一聽祖宅，又有些懵了，這詞現在平民百姓都不會用了吧？而「回祖宅」什麼的，代表的是去見家族成員了吧？

「帶妳去跟爺爺奶奶問聲好。」

果然，姚遠弱弱地道：「見家長……不用了吧？」

江安瀾悠悠地道：「怎麼，夫人只是想玩地下情嗎？」

姚遠舉手投降了。「我餓了，先吃飯吧，英雄。」

江安瀾看著她，隱約笑了笑。

江安瀾帶姚遠去了一家私房菜館，一座兩層小樓，裝潢古樸，後來姚遠才知這餐館的老闆還是某清朝大官的後代，而這餐館的位子是出了名的難預訂。但他們兩人進去時，服務生看到江安瀾，沒有多問，便畢恭畢敬地領著他們朝裡走了。

到一間「梅香」的包廂門口時，有一男一女從走廊另一頭走來，見到江安瀾，笑著打了招呼：「瀾少，真巧，今兒也來這邊用餐？」

江安瀾微點頭。「你們吃好了？」

「對，正要走。」男人說著，終於看向站在江安瀾身邊的姚遠。「這位是？」

江安瀾道：「我女友。」

如此直接的回答讓其他三人俱是一愣，姚遠偷偷地在後面用手指在江安瀾的背上戳了戳，那兩人之後並沒多打擾，寒暄了兩句就告辭了，出餐館後男人對身旁女伴說：「江安瀾身邊從未帶過女人，原來他喜歡這種類型。」

女伴低頭笑。「這江少的口味一向挑剔你又不是不知道，那女的眉清目秀、氣質乾淨，倒也算得上出眾。就不知道背景如何，進不進得了江家門。」

男人呵了聲。「江家對江安瀾是什麼態度？只要他點頭的，他爺爺九成九不會反對，那麼自然沒人會搖頭、敢搖頭了。」

女人看他。「怪不得你們追著趕著都要去攀附江安瀾。」

男人不介意地一笑，直到走到車邊才低頭惡狠狠地吻了女人。

包廂裡，從來都是被人伺候的江安瀾，正給女友斟著茶。「先喝點普洱，暖暖胃。」

「謝謝。」姚遠接過抿了一口，確實挺香的。「剛才那兩人是你朋友？」

江安瀾微微笑了一下。「我朋友不多。」言下之意就是這兩人還不算。

「哦。」姚遠也不知道這種話該怎麼接。「我朋友滿多的。」
「那以後我要跟著夫人混了。」
姚遠又被他惹笑了。「學長，你能不能別叫我『夫人』了，感覺怪……」
「害羞？」
江幫主，你贏了。

飯後按照「行程」是要去江家祖宅的，但中途江安瀾接到一通電話，改道去了別處，即江安瀾的公司。那是一家頗具規模的公司，在市區的一幢高層大廈裡占了三層樓面，姚遠進去的時候，就聯想到了那些職場電視劇裡的場景。說起來姚小姐還真沒來過這種地方，她甚至就沒踏入過社會，一直在學校那圈子裡……用江幫主的話來說，就是混。姚遠四處打量的時候，哪裡知道自己才是被圍觀的重點。

老闆帶美女來了？這太稀有了！不，應該說絕無僅有！

李翺從茶水間出來，看到姚遠時也是愣了愣，隨即喊了聲「大嫂」，惹得姚遠心臟一抽。

江安瀾帶著姚遠進了自己辦公室，外面人才開始肆無忌憚地討論起「大嫂」來。沒多久，李翺去找老闆。「boss，你帶著嫂子過來怎麼也不事先說一聲？你看，我這一激動沒控制住情緒就給表露了，估計現在你有老婆的消息已傳遍我們十六、十七、十八樓，並且有向上下樓層蔓延的趨勢。」

姚遠無語了。

江安瀾面不改色，正按著內線電話讓外面的祕書給姚遠泡茶，交代完要普洱茶、別太濃之後，才抬頭問李翱：「美國那邊還有什麼問題？不都過去解決了嗎？」

「子傑在會議室跟他們用視訊聊，但他們說要再跟你談談。」

江安瀾默了下，想說什麼忍住了。他讓姚遠坐在他的辦公椅上，笑著說：「那我去忙下，妳自己玩電腦。」

「好。」

李翱朝姚遠眨眨眼跟了出去，然後門一關上就聽老大淡然地說：「沒用的東西。」

李翱表示，能享受到老大溫柔微笑的，這星球上大概也就只有嫂子 sama 了。

姚遠開了江安瀾桌上的電腦，她空暇時間玩電腦基本就是為了三樣，看新聞、看電影和玩遊戲。這臺電腦上倒是沒裝《盛世》，她掃了會兒新聞，有點無聊就上了ＱＱ。不一會兒，堂姊就發訊息來了：「一早上都在忙，到現在才空下來！看到妳簡訊了，妳怎麼又去北京啊？幾年前咱們不是已經去玩過了嗎？」

姚遠也實在不知道該怎麼解釋，正想著該如何說恰當點，對面已發來新消息：「我記得君臨天下就是在那裡的，妳不會是去見他吧？你們真在一起啦！」

呃，這要怎麼說呢？

「姊，我好像真的……有點喜歡他。」

那邊頓了兩秒，發過來：「那便宜他了！」

姚遠愣了一下後，笑了出來，心裡暖暖的，又跟堂姊聊了兩句，電腦下方先前一開機就自動登錄的ＱＱ上有訊息方塊彈出，這帳號自然是江安瀾的，而發來消息的人還是姚遠認識的。

溫澄：「據說您把大嫂勾引到您那兒了？」

姚遠嘴角一抽。

一分鐘後，溫澄：「又不在？不會在你儂我儂著吧？」

姚遠忍不住打了一串省略號過去。

溫澄：「在啊，接觸到幾壘了？」

溫澄：「要不要老同學我幫你策劃策劃？對了，剛讓我助理 John 往你郵箱裡發了好東西，知道您老就算是第一次也會做得……不是太差，但是，學習一下總是有利無害的，哈哈。」

姚遠手抖著又發了一串更長的省略號上去。

溫澄：「別告訴我你想了她……多久來著，還沒想過這種事啊！嫂子長那麼標致。」

「我是姚遠。」

姚小姐用江安瀾的號發完，就漲紅著臉回到自己的QQ上給堂姊發了一條：「我幫妳揍溫如玉，免費。」

一小時後，江安瀾回來，就見姚遠在看一部外國喜劇片，一臉嚴謹。他走到她旁邊，靠坐在椅子扶手上，想去摸她的臉，但忍住了，笑著問她：「我忙完了，回家吧？」

姚遠不吭聲，盯著螢幕一副聚精會神的樣子。江安瀾就陪著她看了五分鐘電影，之後他將手輕輕地搭在了她肩膀上，姚遠這時轉過頭來，認真地說：「學長，不要耍流氓。」

總算是輪到江幫主無言以對了，不只無言以對，還微微瞇了瞇眼，若有所思，隨後又馬上恢復從容柔情，可手沒有收回，甚至直接伸向了她的脖頸，姚遠被冷得一瑟縮，輕叫了一聲，江安瀾這才緩緩道：「那就性騷擾。」

姚小姐啼笑皆非地抓住了他的手，兩人貼得很近，手還纏著，姚遠不得不退而求其次地起身。「你剛說要回家了是吧？那我們走吧。」

江安瀾跟著站起來。「行吧，都聽妳的。」

姚遠覺得自己躺得夠低了，結果又中了一槍，怎麼說得像是她非要去他家似的？

趙子傑整理完資料從會議室出來時，就看到他表哥帶著個美女走出公司，當下張大了嘴，拉住一邊的李翱問：「安瀾旁邊那女的是誰啊？」

李翱淡定道：「他女朋友啊，我不是給過你她電話嗎？老闆情緒不好時，你可以找她，保你生命無憂、身體健康、長命百歲。」

「Oh fuck！」趙子傑當下激動地罵了出來。

李翱還幽幽地道：「Fuck 誰啊？」

半個小時後，姚遠坐的車子開到了江家祖宅，姚遠下車後第一件事是回身去看剛才車開進來的那大門口，果然有兩人在站崗，心裡更加沒底了，這學長的家族到底是什麼來頭啊？

另一側下車的江安瀾看到她表情複雜，走過來，不動聲色地攬住了她的腰身。「進去吧。」

兩層別墅的正門玄關處已經有人在等著了，一個三十幾歲端莊親切的女人幫他們拿了拖鞋，笑著對江安瀾說：「小五，來了。爺爺在後面小院子裡跟你大伯下棋呢，剛還問起你怎麼還沒來呢。」

江安瀾頷首說：「我知道了。大堂嫂，她叫姚遠。」

被江安瀾叫大堂嫂的女人微笑地看著姚遠。「好，我就叫妳小遠吧。」

姚遠忙回道：「好的。」

江安瀾又問：「奶奶呢？」

「奶奶剛睡下，就先別去打擾了，等晚點她醒了，你再帶著小遠去問好吧。」

「好。」江安瀾應了聲，拉著姚遠往後院走去。姚遠見大堂嫂沒跟著來，便輕聲問身邊的人：「江學長，我這樣冒昧來打擾會不會很不合適？」她承認，她喜歡他，但他們目前最多也就是男女朋友的初級階段吧？怎麼一上來就被他弄成見家長了呢？她還真的就來了。

江安瀾一本正經地答：「不是說過了嗎？早晚要來的，妳早點來就可以早點跟我名正言順地雙宿雙飛。」

姚遠沒有從他的語氣裡聽出一絲開玩笑的成分，不由默默伸出了大拇指。「你厲害。」

到了後面的小院，江安瀾跟正在下棋的兩位長輩打了招呼：「爺爺，大伯。」

「哦，安瀾，把人接來了啊？」先開口的是大伯。

江家老爺子看著他們，平緩開口道：「這就是你之前跟我說的要帶來給我看的女朋友？」

「是。」江安瀾說。「爺爺，她叫姚遠。」姚遠都有點跟不上他們的節奏了，但起碼的禮貌她還是懂的，馬上頷首說了聲：「您好。」

江老爺子點點頭。「小遠是吧，好的，晚上就留下來吃飯吧。」

這以光速發展的劇情讓姚遠很有些不知所措，這爺爺接受起來還真快。「哦，好。」

江安瀾又讓她跟大伯問了好，然後說：「奶奶在睡覺，就先不帶她上去了。我帶她去周圍逛逛，晚餐前回來。」

老爺子笑著說：「去吧，注意安全。」

在出院子前，姚遠聽到江家老爺子對大伯說了句：「挺好的。」

回到客廳裡的姚遠也由衷地對江安瀾說：「你爺爺挺慈祥的啊。」

江安瀾扭頭看她，然後笑了，伸手摸了摸她的頭髮，姚遠當下被這寵溺的動作弄得一僵，然後聽到他說：「要不我們趁熱打鐵，今天就去公證了吧？」

暈倒！

兩人去跟廚房裡的大堂嫂說了聲後就出了別墅，剛出來，姚遠突然想起什麼，低頭從包裡翻出了一樣東西遞給他。江安瀾看清是什麼，並沒有接，而是微微揚起嘴角說：「妳要把我送妳的定情之物還給我？妳不覺得這樣做有一點殘忍嗎，夫人？」

如果她沒失憶的話，這應該只是見面禮吧？究竟誰更殘忍啊？老是被刺激得啞口無言的姚遠對身邊的英雄說：「對我好點。」

她抬手將東西往他口袋裡一塞，轉身就走。而轉身前那似嗔似怪的一眼，讓江安瀾心情頗好地笑著跟了上去。他想，心上人害臊，那就暫時由他替她保管著吧。

之後，江安瀾帶著姚遠去觀賞了北國風光。姚遠幾年前來北京時正值夏天，自然跟現在大冬天的風景大相逕庭了，也不知道最後他帶她到的是哪裡，正值夕照，滿山籠罩著一種朦朧的金色。兩人站定，欣賞了會兒風景，江安瀾說：「我想接吻。」

姚遠剛開始沒聽明白，明白後一整個驚得臉都白了，慌忙左右看了看。「這裡人挺多……你別玩了。」

江安瀾悠悠地道：「我不管。」

姚遠終於相信，他性格是真不好！不，是很無恥！

純潔的初戀不帶這樣的啊！

「上次我沒吻得很深，好幾次回味總覺得不太夠。」

姚遠傻呆呆地望著他。

江安瀾趁她出神的時候拉她到了一處幽僻的位置，周圍都有樹木擋著，他背著光靠近她，低聲說了句：「入骨相思啊……」

江安瀾吻上來的時候，姚遠的背貼在了後面的那棵樹上，他一手抓住了她的一隻手，一手輕捧住她的臉，嘴脣相碰的時候，她終於張皇失措地閉上了眼。江安瀾慢慢地撬開她的脣，舌頭探入她的脣內，姚遠發出輕微的嗚聲，他投入地吻她，舌頭在她嘴裡勾住她的舌尖繾綣交纏。

姚遠的腦子早已空白一片，耳邊只聽得到自己慌亂的心跳聲，身子也輕飄飄的，她不由得回吻了一下，換來對方更加迫切的索取，熾烈纏綿的吻漸漸轉為淺嘗輒止，最後他沉笑著說：「這樣才勉強差不多。」

姚美人的臉已跟夕陽一般紅了。

「要不再來一次？」

姚遠氣喘吁吁地看著他。「你這些……是從哪兒學來的？」

江安瀾微愣，笑了。「自學成才。」

姚遠靠著樹，火紅的光線照在她嬌豔欲滴的脣上，她滿臉通紅地說：「那你挺有天分的。」

江安瀾笑出了聲，抱住她，親了親她的髮頂。「那就謝謝夫人的賞識了。」

兩人隨後又逛了會兒，走下山的時候，姚遠忍不住問：「你到底喜歡我什麼？」

江安瀾懶懶地敷衍道：「外形。」

姚遠咬牙。「真膚淺。」

「那夫人喜歡我什麼？」

姚遠也學他答：「外形。」然而她沒有等到失望的語氣，江安瀾道：「那我就放心了，妳身邊應該找不出比我更養眼的人了。」

老大你能再傲嬌點嗎？

「我們現在真是男女朋友了？」姚遠繼續弱弱地問。

「妳說呢？」

姚遠窘迫。「江學長，你會不會覺得我們發展得太快了點呢？」

江大神淡定地說：「不是連三壘都還沒到嗎？」

「……」姚遠深呼吸了下，說：「對了，你到底什麼時候才肯跟我說『我救了你』的那件事？我真不記得我有救過你啊。」

江安瀾終於呵了聲。「看妳表現。」

大神，你這樣欠扁你家裡人都知道嗎？

江家晚宴，姚遠又多見到了幾位江安瀾的家人，江安瀾的奶奶，還有他的大堂哥江安宏，以及他的弟弟江安傑——活潑懂事的男孩子一得知她就是遊戲裡多番帶他的「師娘」，就馬上一點都不生疏地上來膩著她了。後來姚遠才知道江安傑是江安瀾同父異母的弟弟，而江安瀾的生母在他出生沒多久就去世了，至於江安瀾的父親，姚遠那天倒是沒見到，不過總體來說這頓飯吃得還是挺融洽的。

飯後，江奶奶還拉著姚遠去她房裡聊了家常，雖沒聊多少，聊的也是些無關緊要的事，甚至沒有問到她的家庭情況和工作這類大凡「見家長」都會被提及的話題，只問了些她幾歲了，平時愛做些什麼，喜歡吃什麼，姚遠也就很輕鬆地一一回答了。

姚遠從樓上下來，客廳裡不見江安瀾，倒是看到江安宏和江老先生正坐在沙發上看《新聞聯播》。江安宏先看到她，起身說：「過來一起坐吧，安瀾帶小傑去書房裡督促他做作業去了，應該很快就下來。」

老先生也朝她招了手，姚遠過去的時候心想，單獨面對男友家人什麼的，真心有點慌。姚遠坐下後，江老先生把茶几上那盤切好的水果推到她面前，說：「小遠，吃點水果。」

姚遠乖乖地點頭，吃水果。

江安瀾下樓的時候，被大堂嫂告知人都在健身室內打乒乓球呢，他嗯了聲，走往健身室，一進去就看到爺爺笑容滿面地在說：「身手不錯，很難得。」

姚遠挺尷尬地笑答：「我中學時是學校乒乓球隊的。」

大堂哥江安宏也在那兒開起了玩笑：「能跟爺爺打得不相上下，那應該是乒乓球隊裡的頂尖選手了？」

江老先生心情不錯地放下球拍，抬頭看到江安瀾。「安瀾，你要來跟小姐打一局嗎？」

「不了。」

江老先生點頭說：「今晚跟小姐住這裡吧？」

第一天來就住人家家裡？姚遠求助地看向江安瀾，他朝她微微笑了下，然後說：「她還不敢住這邊，怕我一下將她定下來了，今天就先到我那兒住。」

姚遠瞪眼。

老先生笑道：「那隨你們。」

江安瀾帶姚遠跟爺爺奶奶道別後離開了江家祖宅，車子剛開出江家大門，姚遠就對身旁人說：「我要回家。」

同樣坐在後座的江安瀾伸手撫了撫她的背。「乖。」

姚遠終於淚奔了。

要說江安瀾為什麼出門總是得由司機開車呢，不是裝厲害裝有錢，而是因為他大學時暈在自己車邊的那次經歷，想起來就火大，就再也不自己開車了。

於是，司機大叔載著「恩愛」的小倆口回了江安瀾的私人地盤。

江安瀾的公寓不算大，但整潔大方，色調是簡單的藍白灰。姚遠看了一圈後，在客廳那張奶白色的沙發上坐下，還是不放棄地問：「要不我還是去住賓館吧？」

江安瀾倒了杯溫水給她。「北京飯店很貴。」

大哥你還差這點錢？再說也沒讓你出呀，一想到白天溫澄發的那些話，她就覺得兩人獨處什麼的很讓人糾結。江安瀾沒去理她的「多愁善感」，將茶几上的筆記型電腦打開了。「要玩遊戲嗎？」

哦，對，上去警告一下溫如玉，有些話不能亂說的。「好的。」姚遠還是不死心。「那玩好遊戲，你帶我去賓館吧？」

「不去。」江少頭也不回地說。

「……」

江安瀾直接登錄了他的號，然後把電腦給了姚遠。「揍人的話，我這號更好用。我去洗澡。」

姚遠驚呆了。「你怎麼知道的！」

「我手機上QQ一直掛著。」江少爺解釋完就去了浴室。「我理解妳的心情。」

姚遠抓狂了，蒼天哪！所以說，她跟溫澄那些話他全部看到了？

走哪是哪：「哎呀，老大上來了！」

傲視蒼穹：「他今天竟然還有空上遊戲來，奇了怪了。」

走哪是哪：「為什麼老大今天不能上遊戲？」

傲視蒼穹：「不告訴你，啦啦啦……」

落水：「小蒼你越來越扭曲了。」

溫如玉：「大嫂晚上好。」

寶貝乖：「咦咦？大嫂？大嫂在哪裡？」

落水：「難道……」

走哪是哪：「莫非……」

傲視蒼穹：「別說了，真讓人害羞。」

落水：「副幫主你敢正常一點嗎？敢嗎？」

姚遠也看得啼笑皆非，她給溫如玉發消息：「讓我殺你一次吧。」

溫如玉：「咳，嫂子，看到妳用這號來跟我說話，真心有點受不了。大嫂您就不能饒我一次嘛？我保證再也不會出餿主意了！」

這人也被李翺傳染了嗎？姚遠屏住笑，端正態度。「不行。」

溫如玉：「……」

溫如玉：「好吧，那我們去決鬥場吧，我脫光了讓嫂子砍。」

姚遠想了想，回道：「我突然又沒興趣了，讓我姊來砍吧，砍到她滿意為止。」

溫如玉：「……」

溫如玉：「嫂子，麻煩轉告瀾少，為了他，我犧牲了什麼！」

姚遠：「行，記得脫光。」

姚遠笑著去跟姚欣然說了這事，姚欣然一聽，立刻興致勃勃地操刀跑去決鬥場了。事情解決後，姚遠剛想退出江安瀾的帳號登入自己的帳號，就有私聊進來。

傲視蒼穹：「嫂子是妳吧？那啥，老大他絕對是第一次，所以，您溫柔點哈！」

他身邊都是些什麼人嘛？

她也是第一次好不好？

呃，不對，她今天還沒打算要貢獻出她的第一次呢！

江安瀾出來的時候，姚遠啪的一聲合上了電腦。

江安瀾問：「怎麼了？」

「我想睡了。」

江安瀾微微揚眉，帶她到了另一個房間。「妳今晚睡這間。」

雖然萬千惆悵，但她還是感慨了一句：「你家客房真大。」

「這是主臥室。」

「……」

江安瀾在姚遠震驚時，手搭上了她的肩膀，然後慢慢地移到她頸項上摩挲了一會兒，吃夠了豆腐才說：「等會兒我睡客房。」

姚遠無話可說：「還是我睡客房吧。」

「要麼一起睡主臥，要麼委屈夫人一下，獨自睡主臥。」

姚遠義正詞嚴地說：「我睡主臥，謝謝。」

姚遠簡單刷牙洗臉完，躺在主臥那張有他氣息的大床上的時候，不由仔細琢磨起江大神這個人來。她剛認識君臨天下的時候，覺著這人挺冷酷的，惜字如金什麼的，畢竟是一幫之主嘛。後來兩人在遊戲裡結了婚，他就常常語出驚人，讓她深刻體會到了「腹黑」一詞。然後，從別人口中，又常聽說他「脾氣很不好」，以及，如今他在她面前動不動就使點壞什麼的。

姚遠想了一圈下來，忍不住想要給江少跪了，這完全就是寡言、腹黑、脾氣糟糕、有點小壞的多重性格男嘛。

而自己究竟是何時惹到，哦不，救到這麼一尊大佛的呢？以至於他來「報恩」，最後，讓她對他上了心。

姚遠朦朦朧朧睡著前，記憶中有些東西隱約冒了出來。

第二天醒來後，姚遠盯著天花板好半天才反應過來自己身在何處，拿手機看時間已將近十點，隨後想起自己昨晚想到的事情，馬上爬起來穿好衣服。搞定後走到房門口，她聽到外面有些聲響，以為是大神開了電視機，但當她打開房門的時候，卻看到客廳裡坐著不少人，當下就傻了眼！

「大嫂，哈哈，我們又來聚會了！」

姚遠呆呆地站著門口，及肩的頭髮亂糟糟地披著，趿著拖鞋，儼然一副剛起的模樣。姚遠心道，一定是自己還沒睡醒所以出現幻覺了，但下一秒就有人走過來打破了她的自我催眠。

「先去餐廳吃點早餐，給妳買了粥和豆漿，還熱著。」說這話的人自然是江安瀾。

姚遠看了他一眼，他穿著一套舒適的家居服，精神奕奕，再轉頭去看客廳裡的人，有眼熟的，有眼生的，雖然只有五、六個人，但也足夠讓她無語凝噎了。

她朝那些人匆匆點了下頭，就往廚房走去，想去喝點水鎮定一下，就聽到有女生輕聲說：「老大跟大嫂已經同居了咩？」男聲：「昨天晚上上老大號的果真是嫂子哪，我就說嘛，雖然只上了一會兒，難道說後來……所以才那麼晚起來……」

後來什麼都沒有發生，我們是分房睡的，之所以那麼晚起來是因為想太多睡得晚的緣故！這種解釋連自己聽著都覺得蒼白無力。

姚遠忍不住回頭去看另一名被八卦的當事人，江安瀾正用他一貫平靜無波的聲音對客廳裡的那夥人說：「等人齊了，讓李翺帶你們去玩。」然後轉頭對上她的視線，他微微一笑，朝她走來。

姚遠心一下就跳快了，扭頭走進了廚房，聽到外面李翺說：「來來來，首都豪華兩日遊，想怎麼玩跟翺爺說！」

江安瀾進來後，接過她手裡的杯子幫她從水壺裡倒了杯熱水給她。「涼涼再喝。昨晚睡得好嗎？」

姚遠接過水，很嚴肅地看著他。「學長，我們談談吧。」

江安瀾從容不迫地靠到後面的大理石臺上。「妳說，我聽著。」

「外面那些人……」

「我也是他們到了這兒才知道的，都是住北京周邊的人，估計是想來看看我們怎麼恩愛吧。」他說得輕聲細語，含著脈脈溫情。姚遠又敗了。「落差還真大，你第一次跟我說話那聲音冷得跟結冰似的。」

江安瀾睇眸。「夫人是想起什麼了嗎？」

姚遠嘆了一聲。「原來我幫你墊過醫藥費啊！還有，學長你脾氣真心不怎麼好呢。」

江安瀾看了她好一會兒，最後伸手過去順了順她的頭髮，輕聲說了一句：「不管我是怎麼樣的人，妳都得要了。」

英雄，這算是強買強賣嗎？

「不好意思老闆，打擾您跟大嫂濃情密意了，就是有人問，『剛才英俊無敵闊綽大方的老大說讓副幫主帶我們去吃喝玩樂，那如果購物呢？老大報銷嗎？當然，我們不會讓老大給我們在京城買房子的，哈哈哈哈』，關於這點boss您怎麼說？」

江幫主的回答是用冰冷的眼神回視。「滾出去。」

副幫主滾了之後，姚遠窘迫地對江安瀾說：「好了，我們也出去吧。」她喝了兩口水，放下杯子，就要往外走，卻被江安瀾拉住了手臂。「姚遠。」

姚遠回頭。

江安瀾鄭重其事地說：「除妳之外，我之前沒有喜歡過別的人。」

姚遠低下頭，低不可聞地嗯嗯了兩聲。「我知道，我、我也是。」

呃，他們這是在幹麼？

互訴心意？

江安瀾笑了，心滿意足。「好了，我們出去吧。」

兩人從廚房出來，客廳裡的人就紛紛說：「老大，大嫂，你們跟不跟我們出去玩啊？」、「是啊，是啊，靈魂人物不去那多沒勁啊！」

溫澄不知何時也來了，張嘴就起鬨：「一起去吧，我主要是來看老大和大嫂的，多養養眼，有益身心健康。」

李翱大笑。「你不是說這兩天在天津幹麼來著，忙得要死，分身乏術嗎？我看你是昨晚上被水上仙折磨得身心俱疲，才突然跑來這兒散心的吧？」

溫澄微笑。「怎麼會呢？我只是……」他深呼吸之後站起了身，走到姚遠面前拉住了她的手，真情流露道：「嫂子，妳姊的戰鬥力、耐心都太TM強了，她砍了我大半夜都不嫌累的，她還讓我以後每天凌晨起來給她砍，這太不人道了啊！求您法外開恩讓她饒了我吧。」

這話引得聽眾們哈哈大笑。「百花堂堂主好給力！」、「溫長老，大半夜起來脫光了被虐什麼的習慣了就好啦！」、「相愛相殺最虐心，哈哈哈哈！」……

「你妹！」溫長老終於爆了粗口。

第十一章

Meet right person at right time.

被糊弄了

之後的帝都遊，姚遠表示也參加，理由自然不言而喻。江安瀾嘖了聲，只能也跟著去了。這次來的人不多，李翱安排了三輛轎車，剛好坐滿。姚遠所乘這輛，副駕駛座上坐著溫澄，她身邊自然就是江安瀾了。

車沒開多遠，溫澄就開口問：「大嫂，聽說妳大學念完後就去加拿大讀書了？」

「嗯。」

「那邊還挺好玩的吧。」

「還可以。」

「去年秋天我還想去那邊旅行，後來因為工作原因沒去成。下回我要去的時候，要不嫂子妳當我嚮導吧？熟門熟路一點。」

「其實我對加拿大也不熟的。」最熟的不過是學校和周邊那一帶。

「總比我熟吧，哈哈。」

江安瀾打斷道：「能聊點別的嗎？」

溫澄舉了舉手，道歉：「不好意思，不好意思，看我，一見到嫂子就忍不住多話了，老大您說。」

江安瀾哼了聲，沒開腔，姚遠尷尬了，隱隱也覺得，他在知道她已清楚他本性後，就不再多加隱藏了。

「學長，你穿這麼點不冷嗎？」姚遠一來是想轉移話題，二來他昨天還穿帶貂毛的呢，今天套了件針織衫就完事了，完全是室內的裝束嘛。

江安瀾舒展了眉頭。「還好。」

「等會兒的室外活動估計他一律都不會參加吧。」

江安瀾看了眼說話的溫澄，後者微微一笑。「OK，龍套我閉嘴。」

後來，事實也證明了江大少確實是一路「宅」過去的。但凡別人在外面折騰，他會就近進休閒場所或咖啡廳喝東西，自然是拉著姚遠一道。可憐姚遠跟著大家出來是為了好好放鬆一下的，結果還是被某人掌控在手。至於溫澄，昨晚沒睡好也沒什麼玩樂的心情，就跟著幫主和幫主夫人閒坐過去，不過後來被男主角一句「識相點」給趕走了。

氣苦的溫澄找到李翺說：「你老闆真心是越來越惹不得了。你說，如果嫂子不要他了，他會不會變成地方一惡？我看極有可能。」

李翺好笑道：「誰讓你這麼沒眼力去當電燈泡的？」

溫澄打趣道：「我總覺得咱們幫他追嫂子，很有種助紂為虐的味道。」

李翺搖頭。「老闆有時是凶殘了點，但對大嫂那真的是……怎麼說呢？就如一首歌裡唱的『最愛你的是我，否則我怎麼可能赴湯蹈火，你說什麼都做……』。」

兩人就這樣你一言、我一語地調侃著江大少，而那廂的江大少正給最愛的夫人倒茶。「這碧螺春妳喝喝看，可能有點過香。」

姚遠喝了一口，說：「還行，還行。」然後看外面碧波蕩漾的湖面上，小夥伴們在愉快地划船。「我能不能出去玩一會兒？」

江安瀾抿了一口茶。「陪我不好嗎？」

「壓力太大。」

江少拍了拍身邊的位置。「妳坐過來就不大了。」

姚遠笑出來。「學長，有沒有人說過你講話挺讓人招架不住的？」可能連她自己都沒有察覺到，跟他之間的相處、交談，漸漸變得隨意而輕鬆了。

「沒有人說過。」江安瀾很實事求是地說：「沒人敢。」

姚遠再度舉起大拇指。

當天晚餐後，有人提議去京城的酒吧玩玩，見見世面，於是一夥人又去了酒吧。在五光十色的酒吧裡，一個坐在吧檯處有點喝多了的男人，碰了碰旁邊在隨音樂晃動腦袋的哥們。「看，那邊兒，那女的，正點不？」

那哥們隨他看過去，在閃爍的光線下看到坐在一處寬敞座位裡，正對著他們這方向的女的。「挺有氣質，怎麼，你要去追？」

站吧檯後面的調酒師靠過來提醒：「江少的客人。」說完又補了句：「江天。」

兩男人均是一愣，再回頭去看，果然那女的左手邊坐著的正是江安瀾，他靠著沙發背，之前有人站他跟前在跟他說話，擋住了，所以他們沒看到，這會兒那人走開了，可不就是江家的老五嘛。兩人面面相覷，對於剛才的話題緘口不提了。

李翱拿了一打啤酒過來，見大家都光坐著不去玩，就說：「來都來了，都乾坐著幹麼呀？趕緊去舞池裡扭一把啊。」在副幫主的慫恿下，三三兩兩的人推擠著上去了，姚遠右邊的位子空了出來，李翱跨過去就在那兒坐下了。「大嫂要不要去？」

姚遠狂汗。「我不行，你們玩吧。」

有幫眾聽到了，熱情地作勢要拉她。「去吧，大嫂，我教您！」

「我真不行。」姚遠求助地朝江安瀾看去，他卻只是附送一抹淡淡的笑，看來只能自救了。「有誰要跟我玩划拳的？」

也不會跳舞的人附和：「我！我！」

如此這般，姚遠跟人划上了拳，喝上了酒，沒辦法，文藝表演方面她一概很弱。而在她幾杯酒下肚臉蛋發熱時，江安瀾伸手過來摸了摸她的耳朵，漫不經心地說：「少喝點。」

姚遠回頭，口齒已不甚清晰：「學長，晚點你可記得把我帶回去……」

這句話是姚遠記得那天自己說過的最後一句話。

第二天，陽光從窗簾的縫隙裡照進房間，姚遠醒過來，然後，被華麗麗地告知，她酒後亂了性。她深深地震驚了，以至於裹著被子坐在床上N久都沒緩過神來，邊上的人又緩緩地說：「妳昨晚喝多了，一到家就死命扒我衣服，我不讓，妳就咬人，我只好讓妳脫了，可脫了妳還不安分，還要咬……」

姚遠把臉埋進了被子裡，脖子都紅了。「不要說了。」

「還痛嗎？」

姚遠全身都紅了。

後悔嗎？好像並沒有，就是覺得有點發展得太快了，一點心理準備都沒有，不禁長嘆息以掩涕兮，隔了一天，最終還是一起睡了主臥……

出房門時，穿得衣冠楚楚、氣色不錯的江安瀾上來給她圍上他的一條羊絨格子圍巾，說：

「我們去外面吃午餐，想吃什麼？」

「都已經中午了！」

江少抬手給她看錶，清清楚楚地顯示著十二點，姚遠淚奔了，竟然睡到了大中午。「其他人呢？」

江安瀾漠不關心地道：「他們不歸我管。」

於是，唯一歸大神他老人家管的姚遠，就又被載著出去餵食了。

姚遠原定計畫是這天要回去的，現在看來……她扭頭看旁邊的人，平復了下情緒小心說出想法，被答覆：「俗話說，始亂終棄最要不得，夫人妳覺得呢？」

姚遠有種自己上趕著找死的感覺。

飯後，江安瀾說家中沒水果和飲料了，於是姚遠又陪著他去了附近的超市。她推車，他在前面選購。看著那背影，姚遠又紅臉汗顏了，昨晚上真的跟他滾床單了？為什麼她一點印象都沒有，雖然腰直到現在都還有點痠，頭也有點痛……說到腰，好像在客廳裡站著就如火如荼地吻上了……我去！姚遠的汗真是要滴下來了。

前方人回頭看她，含著笑問：「在想什麼？」

「沒，沒什麼。」

結完帳後，又發生了件讓姚遠羞愧到想撞牆的事情。收銀員說購物滿三百元以上可以到服務臺抽獎，所以一向節儉的姚遠就拉著江安瀾去了服務臺，反正出去也是要經過那兒的，不抽白不抽，於是姚遠抽到了可獲取價值在五十元到八十元之間的物品。站在櫃檯後的大姊指著身後其中一層物品架說：「妳可以在這裡任意選擇一樣。」

姚遠望過去，洗衣粉、鐵鍋什麼的，好像這些他也不用，就指著最邊上一盒小東西說：

「就那個吧。」

風裡來雨裡去的大姊淡然問：「要什麼香味的？」

姚遠心說，這什麼啊？還分味道？旁邊有人笑出來了。姚遠莫名，大姊幫她解了惑：「保險套，有三種香味，蘋果、草莓和巧克力，妳要哪一種？」

背後那熟悉的男音響起。「我們要蘋果的，謝謝。」

姚遠的心聲——有沒有地洞讓她鑽一下？

最終在傍晚時分，姚遠還是坐上了回家的航班，江安瀾親自送她上的飛機。走前，他幫她理了理衣服領子，順了順圍巾，那修長白淨的手指在她眼前晃了好半天，然後清俊迷人、萬般美好的男人才開口：「遠距離戀愛向來比較麻煩，結婚前總是聚少離多，不是我過去，就是得讓妳過來，我們爭取在明年解決這問題吧？」

這話總結下來是明年結婚的意思！

「我說……」

「妳的航班開始安檢了，過去吧。」

「不是……」

「怎麼？捨不得我？」

「我走了……」

姚遠帶著極其沉重的包袱上了飛機，等到飛機起飛後才緩過氣來，掐指一算，距離明年也就十來天了，這關係要不要發展得那麼神速啊？她對於「酒後亂性」這事兒都還沒消化掉呢！

趙子傑開車到機場，找到站在大玻璃窗前的表哥，跑上去剛想開口，被江安瀾抬起手制止了，於是子傑兒住了嘴，立在那兒等著，半晌後，江安瀾才轉過身來，說了聲「走吧」。趙子傑接了他手上的黑色背包，亦步亦趨地跟在後頭。「安瀾，你那女友走了？」

江安瀾說：「走了。」

「怎麼不多留幾天？」

江安瀾含糊地嗯了聲。

「對了，我聽李翺說，她是江濘人，那跟我同鄉啊。話說，她是江濘哪個區的？」

江安瀾不耐煩地道：「問那麼多做什麼？」

被叫來當司機的趙子傑默默閉上了嘴。

上車後，江安瀾直接閉目睡覺，趙子傑看了眼後視鏡，安分開車。到了江安瀾住的社區，趙子傑見他表哥還閉著眼睛，也不敢去叫他，就坐車裡等著，因為不能聽電臺廣播來打發時間，想去旁邊的儲物格裡找點東西看看，就不小心碰掉了之前放在副駕駛座上的那個包包，一本灰色封面的筆記本從包裡露了出來，趙子傑彎腰撿起了包包和本子。他順手翻了一下那本子，結果就呆住了。

上面寫著滿滿的「計畫」，是的，計畫，或者說「計謀」，他翻到的那頁上就寫著什麼「先把她騙過來（最好能讓她自願過來）」、「見家長，手法自然一點」、「第一晚先別太激進」、「製造點假象……」，是安瀾的筆跡沒有錯，然後這些，都是用來追他昨日在公司裡驚鴻一瞥的那女的？好奇得不得了的趙子傑正想翻回首頁一頁一頁地看，就聽到身後一道冰冷刺骨的聲音說：「想死是不是？」
趙子傑一抖，小心地回身將手中的本子遞給後座的人，賠笑道：「哥，醒了？」
江安瀾拿過筆記本，笑了一下，然後問：「看了多少？」
趙子傑背後的冷汗都要下來了。「就一頁。」
江安瀾下車前說：「走吧，明天讓人來接我。」
趙子傑看著表哥進了公寓大門，才長長地吁了口氣。「還以為又會被罵，還好還好，看來表哥睡了一覺心情好了不少嘛。」
姚遠到家時剛好是吃晚餐的時間，就給堂姊打了個電話，堂姊說在遊戲裡，讓她也上遊戲。
姚遠無奈。「先吃飯吧。」
姚欣然掙扎了好半晌。「好吧。」兩人定了地點。相見時，姚欣然就說：「剛終於讓我逮到溫如玉上線，他當了兩天縮頭烏龜了，結果妳一通電話來我只能先放了他，妳等會兒幫我去抓他，那傢伙太狡猾了，狡兔三窟，而他完全就是狡兔中的佼佼者。」
姚遠無語。「妳還沒殺夠嗎？差不多就可以了吧？」
姚欣然擺手。「不知道為什麼，一天不殺他就不痛快。」
姚遠心中對溫澄表示了下同情，然後在等菜的時候吞吞吐吐地問：「姊，如果，我是說如果，如果一男一女發生了關係，會不會第二天起來毫無感覺？女的，哦，還喝醉了酒。」
姚欣然一拳打在了桌上。「妳喝醉了酒跟江安瀾發生了關係！」

「……」

姚遠在跟堂姊進行了一番頭皮發麻的交流後，堂姊確定他們是「兩廂情願」的，才對那問題做出了明確回覆：「不可能沒感覺，除非妳早已不是處女。可據我所知妳活到現在沒交過男朋友，所以這江安瀾絕對是在糊弄妳啊！」

姚遠揉著額頭，姚欣然伸手過去拍了拍她的肩。「晚上上遊戲去殺人發洩下吧，好比殺溫如玉什麼的。」

「妳怎麼不說去殺君臨天下？」

「我們殺得了他嗎？」

現實總是很殘酷的。

當晚，一上《盛世》，姚遠就看到不少人在熱情洋溢地討論第二次網聚，什麼出入坐的是高級轎車，吃的是五星級飯店，玩到激情四射……老大和大嫂又多次秒殺了眾人什麼的……

姚遠心說，我才是被最凶殘秒殺的好吧。

水上仙：「溫如玉，別躲躲藏藏、扭扭捏捏的，趕緊出來受死，早死早超生，ＯＫ？」

雄鷹一號：「如玉如玉，有人召喚你！別躲了！」

溫如玉：「什麼叫躲呢？我在幫我們家幫主做正經事呢。」

水上仙：「正經事？跟你家幫主談戀愛嗎？行了，快點滾過來。」

眾人：「……」

溫如玉：「水上仙，妳贏了。」

雄鷹一號：「我還是頭一次看到阿溫笑臉以外的表情。」

傲視蒼穹：「呵呵，水幫主，我們確實在忙點事兒，不是遊戲裡的。」

水上仙：「哦，還有你們副幫主啊？這三角戀夠可以的啊。」

阿彌：「仙仙，妳再說下去，我們會被追殺圍殺秒殺，指不定還要被守屍呢！」

落水：「我能不能膜拜妳一下啊？水上仙幫主，妳一次性涮了我們這邊三位大神還能如此淡定，女王陛下啊。」

水上仙：「這有什麼，他們要是敢怎麼樣，我讓我妹殺回去不就完了？」

姚遠無語，姊，妳不是說，單單君臨天下我們就殺不了嗎？幸好此時他不在線上，上面那些言論，她看著都有點慘不忍睹。想要去提醒一下堂姊別鬧了，卻先收到了一條消息，滅世神威：「給妳五萬金幣，把妳這帳號賣給我。」

姚遠：「我不賣帳號。」

滅世神威：「十萬！」

十萬金幣相當於一萬塊人民幣了。

姚遠：「我能問下你為什麼要買我帳號嗎？」

滅世神威：「報仇，君臨天下搶了我女人。」

於是你就用這種方式來搶他的女人？呃，不對，來報仇？

姚遠：「能講講來龍去脈嗎？」

滅世神威：「妳要聽這幹麼？到底賣不賣！」

這麼凶！姚遠：「不賣。」

滅世神威：「二十萬！」

姚遠：「哎，除非你給我二十萬……人民幣。」

滅世神威：「……」

滅世神威：「妳給我記著！」

咦？幹麼要她記著啊？不賣帳號不是很正常的事情嗎？你仇人是君臨天下別搞錯，可千萬別來找我麻煩啊！

姚遠沒想到的是，後來她跟這人還在現實裡結交了一下，不過很快就被江安瀾給「搞砸」了。而對於這類「破壞」，那本灰色筆記本裡是有一句話高高在上統領著的，那就是：「窺覷我愛之人不可留，切記手腳要做得隱蔽點。」

「心較比干多一竅，病如西子勝三分。」這完全可以用來形容江安瀾江少爺啊。

江安瀾是典型的含著金湯匙長大的人，從小養尊處優，穿的、用的，無一不精緻，不是好的料子絕對不上身。垃圾食品？那是什麼東西？江少爺從小到大就沒碰過。按理說經由這種成長模式過來的人，應該會長成「嬌生慣養」型，偏偏江安瀾沒半點嬌氣，反倒很是陰險。陰險的江少爺預估那酒後亂性的戲碼，她差不多也應該識破了，於是那晚他沒上遊戲，而是算準了時間，在QQ上發了消息過去：「我有點不舒服，今天不上遊戲了，妳早點睡，別玩太晚。」

距離北京一千多公里的另一座城市裡，原本終於做好了心理準備、想要去問他為什麼騙她的姚遠看著那句「我有點不舒服」，硬是忘了質問這件事。

「不舒服?沒大礙吧?那你早點休息吧,晚安。」
「沒什麼大礙,不用擔心。」
姚遠鬆了口氣,隨後隱隱覺得好像忘了什麼事。
江少爺一覺睡到自然醒,坐在床上出了一會兒神,才起來披上外套走到客廳。他慢慢地走了一圈,最後走到沙發邊又躺了下來,雙腳擱到扶手上,一隻手覆住了眼睛,喃喃地說了句:「媽的,想結婚。」
另一邊,姚遠一早就和提早休年假的堂姊出發去鄉下看奶奶,也就是回姚欣然的父母家。現在的農村都建設得很不錯,車子到郊區後一路過去基本都是小洋房,環境也好。手一直伸在窗外的姚遠對正在開車的姚欣然道:「姊,妳說我要工作幾年,才能賺足養老的錢回老家來生活呢?」
姚欣然看都不看她一眼。「妳讓那江安瀾娶妳嘍,分分鐘就能達成所有願望,包括三十歲不到就養老。」
「妳就不能不說他嗎?」
姚欣然故意問:「怎麼?一提到他妳就臉紅心跳了?」
「沒。」姚遠說。「是心驚肉跳。」
姚欣然笑噴。
那天在老家吃過午餐,兩姊妹陪著奶奶聊了會兒天,兩人隔段時間就會回來一次,而老太太每次都會無一例外地問及兩個孫女兩件事情：一是工作怎麼樣了；二是對象呢，找得怎麼樣。

姚欣然嘴巴甜：「奶奶，我跟小遠工作都在政府的事業單位，好著呢。對象嘛，這種事要看緣分的，緣分快的時候，說不定我明年就能讓您抱曾外孫了。」

姚欣然的母親從外面進來，聽到那後一句，馬上嘲笑起活到二十七歲還沒找到男朋友的女兒：「曾外孫？妳嘴裡能有一句實在話嗎？」

姚欣然挺不樂意，這完全是在質疑她人格了，馬上起身摟住她媽說：「就算我做不到，但小妹絕對可以。」

姚遠齜牙，就見她大伯母朝她看過來了。「遠遠交男朋友了？」

「可不是嘛。」答話的是姚欣然，說完還拿出手機要翻照片給她媽看，第一次網聚她拍了不少張。姚遠真心頭大，但總不能當著長輩的面，去制止堂姊那種犧牲她來換取自身安危的可恥行為，而奶奶還拉著她的手欣慰地在說：「交了好，交了好。」

不一會兒，大伯母已經拿著手機過來給姚遠看，指著五點三英吋螢幕上的人道：「遠遠，這年輕人長得好。」照片就是那天吃中飯時，他坐在她邊上，側頭跟她說著什麼時照的，姚遠下意識地就回了句：「本人還要更好看。」

大伯母對著自家侄女，語重心長地教導：「女孩子家要有點兒矜持啊。」

姚遠終於愧不能當了。

晚上姚遠從鄉下回來後就感冒了，還有點發熱，人一下像被抽去了所有力氣，真的是病來如山倒。不過她一向不喜歡去醫院，就在家裡吃藥養著，餓了爬起來煮點粥吃，這麼渾渾噩噩地過了一天半，直到第二天傍晚被電話鈴聲吵醒。姚遠伸手到床頭櫃上摸了手機，接通了貼到耳邊，電話那頭的人不急不緩地說：「怎麼這兩天發妳簡訊都不回，昨晚上打妳電話也不接？夫人這是想過河拆橋了嗎？」

姚遠聽出聲音，當下清醒了大半，吃力地翻了身，頭昏腦脹地望著天花板，不知怎麼就說了句：「學長，我感冒了，好難受。」

江安瀾頓了兩秒，說：「我過來。」姚遠還沒反應過來呢，那頭就已經掛了電話。「我剛是不是說了不得了的話？」她本來只是想抱怨下，沒想到效果驚人。確實驚人，姚遠看著自己這亂七八糟的窩以及自身的病態，深深感慨。

江安瀾到的時候，姚遠剛把家給收拾乾淨。而她去開門時不停地咳嗽，剛忙得嗆到了。等門一開，站在外面早聽到她聲音的江安瀾已然眉頭緊皺。「這麼嚴重？去過醫院了嗎？藥吃了嗎？醫生怎麼說的？」

姚遠側身讓他進來，平息了咳勁兒才說：「醫院沒去過，但我在吃藥，沒事的。你怎麼還真來了？」

江安瀾吐了一口氣，說：「我們還是早點結婚吧。」

大哥你這話題轉移得是不是有點突兀啊？

轉移話題很快的江安瀾又說道：「先帶妳去醫院看看。」讓姚遠差點下意識就接了句「那到底是先結婚還是先去醫院？」幸好理智及時出現，沒有禍從口出。

江安瀾探手到她額頭上，姚遠的皮膚白皙，五官漂亮，一雙眼睛尤其出眾，雙瞳似剪水，讓人不由會多看兩眼。江安瀾就多看了好幾眼才說：「有點溫度，還是去趟醫院保險。」

「我剛是忙熱的。」她說完又是一陣咳嗽。江安瀾馬上二話不說，去給她拿了沙發上的一件棉外套穿好，拉著她就出了門。

姚遠被拉著下樓的時候還是忍不住說：「學長，我真覺得不需要去醫院。」

「聽話。」到了樓下，江安瀾便攬住了她的腰。「冷嗎？」

「……有點熱。」

江安瀾側頭看她，總算露出了點笑容。「又沒裸裎相見，熱什麼？」

現在是不是要給這位多重性格男再加上一個「流氓」的標籤？

兩人走到社區外面，江安瀾伸手叫車，但好半天都沒有一輛車停下來，一些是因為坐著人，一些是到交接班時間了，就算空著也不樂意停了。姚遠忍不住對著他取笑了一句：「學長，您的美貌不起作用了呀。」

江安瀾瞥了她一眼，這香豔的一眼讓姚遠後悔玩笑開大了，心中警鈴大作，剛好一輛空車過來，她趕緊叫住，這次的司機很給面子，停了下來，姚遠匆忙上了車，江安瀾收了笑，從另一面坐了上去。

就算是計程車，這大少爺也跟坐高檔轎車似的，背靠椅背，腿一架，等他有條不紊地將Versace的深藍色呢大衣兩只袖口輕輕扯挺，才靠過來輕聲對她說了句：「比起對我出口調戲，我寧願妳採取實際行動。」

姚遠差點一口血就噴出來了，故作淡定地跟司機說了地點。

路上，姚遠接到一通電話，是堂姊打來的，問她感冒怎麼樣了，要來看她。姚遠說：「正要去醫院。」

「去醫院？變嚴重了？我正往妳那兒開呢，那我直接去醫院，哪家醫院？」

姚遠並不希望堂姊跑來跑去地忙活，正想著怎麼開口說明才好，手機被旁邊的人接了過去，然後聽到江安瀾道：「小遠的堂姊是吧？妳不用過來了，我會陪著她。」隱約聽到堂姊問：「你是？」

「江安瀾。」

接著堂姊說的話姚遠沒能聽清，最後江安瀾嗯了聲，結束了通話。

姚遠好奇地問：「我姊說什麼了？」

江安瀾把手機遞還給她。「她讓我好好照顧妳。」話音剛落，江少爺的手機也響了起來，但他看了眼就直接按掉了，姚遠還聽到他咕噥了句：「真他媽煩人。」

姚遠搖了搖頭，對這位大神偶爾不斯文的言行，已經有點見怪不怪了。

到目的地下了車後，江安瀾看到那醫院大門不由瞇了瞇眼，不過那表情一閃而過，所以姚遠並沒有注意到。「學長，走吧。」

進到醫院裡，江安瀾去辦了手續，人不多，所以沒多久姚遠就躺在躺椅上吊點滴了。不過那小護理師插針時有七分心思被帥哥吸引過去，這可讓姚遠遭了罪了，眼看兩次失誤後，手背上都有兩滴血了，姚遠心說要不要提醒女生一句，等忙好我這邊您再慢慢欣賞他如何？但還沒等姚遠說，江安瀾已經冷聲道：「護校沒畢業嗎？醫院怎麼找人的？不會就換人過來。」

第三回總算是弄對了，護理師小姐走的時候委屈得都紅了眼，姚遠心說，這學長的脾氣還真不是一般的差啊。

低頭幫姚遠用醫用棉花擦去手背上的血的江安瀾說：「我永遠不會對妳發脾氣的。」

大神，您是讀心神探嗎？

點滴吊到一半時，江安瀾出去了下，大概是去打電話，因為之前他手機響了好幾回了。而他回來時，旁邊跟了幾個人，都是穿著白衣的。姚遠著實愣了下，江安瀾開口跟她解釋：「遇到了認識的人。」

剛過來的這群白衣隊伍裡，站在最前面的中年醫生朝姚遠笑道：「妳是安瀾的女朋友吧？妳好，我是這家醫院呼吸內科的主治醫師，姓夏，叫我夏醫生就行。剛在外面走廊上看到安瀾，還以為看錯了，沒想到真的是。小姐感冒了是吧？體溫高嗎？」

「呃，還好，剛才量是三十八點一度。」

夏醫生點頭。「嗯，中度發熱。等會兒吊好點滴，稍微配點退燒藥、消炎藥就行了，藥不用多吃，回去多喝水，多休息。」

姚遠從小就挺怕醫生的，趕忙應道：「哦好，謝謝您。」

夏醫生跟姚遠說完，又轉而跟江安瀾說：「安瀾，這兩年你身體還好吧？我們周副院長一直很掛念你的病情。」

「就這樣。」江安瀾對此不想多說，對方也很懂得察言觀色，就說：「那行，有什麼事情，你讓護理師找我。」說完就帶著人走了，走前還特別交代旁邊的護理師多多關照姚遠。

他們一走，姚遠便問：「你以前在這裡看過病嗎？」

「小時候了。」

「到底是什麼病？」這家醫院在治療呼吸道疾病方面好像很有名。江安瀾看著她，姚遠後知後覺地想到這問題是不是不應該問？畢竟太私人了。結果江少爺伸手摸了把她的小臉，笑著說：「夫人放心好了，不影響我們今後的房事以及生兒育女。」

姚遠呆了，而附近同樣在吊點滴的病人們也都聽得笑了出來。

後來很長很長的一段時間裡，姚遠都沒再問過他這問題，管他什麼毛病呢！

花了兩個小時總算打完了點滴，其間，江安瀾出去買了兩份山藥粥回來，兩人當晚餐吃了。而出醫院的時候那名夏醫生還來送行了，姚遠不由看向身邊的江安瀾，心中暗嘆：「學長，你家水很深啊。」

夏醫生做完外交活動走後，姚遠剛要叫計程車，江安瀾拉回了她的手。「我叫了人來開車。」說著指了指路對面剛停下來的一輛車。「我二堂哥，妳見過的。」

上次給她又送照片又送項鍊的員警先生？雖然是來去匆匆，但必須說留給人的印象還是很深刻的。

走到那輛車邊後，江安瀾拉開後座門讓姚遠先坐了進去，然後自己坐進了副駕駛座。

姚遠還沒想好要怎麼跟前面的員警大哥打招呼，江安呈倒是先回頭慰問：「生病了？這幾天氣溫又降了好幾度，注意保暖。」

「哦，好。」姚遠挺不好意思的，說到底還是因為自己感冒，才會麻煩到人家。

江安瀾從後視鏡裡看了她一眼。「不用不好意思，以後都是一家人了。」

「……」

江安呈道：「咳！」他這堂弟就是這麼「能說會道」。

車子在市區裡繞，車子多，紅綠燈多，幾乎一路停過去，在一處紅燈處停下，一輛小轎車經由逆向車道超過了他們的車子，算準了綠燈亮起的時間衝出斑馬線。

江安呈在那兒輕罵了聲，坐副駕駛座的江安瀾不以為然地笑了笑。「還是公家車。」

江安呈面色一沉。「車牌你記得嗎？」江安瀾報了一串出來，江安呈撈起手機就打電話。「查一下這車牌號……」

掛斷電話後，江安呈一句「有哥在的地盤還敢違法亂紀，找死」，讓姚遠斷定他跟江安瀾果然是親兄弟。

江安呈按江安瀾的意思，直接送他們到了姚遠住處，下車前江安呈問了一句：「確定不用幫你訂飯店？」

「不用。」

果斷得讓姚遠紅臉，而後江安呈又對她說：「有事找員警。」

「……」

姚遠一到家，就對江安瀾說：「我打會兒遊戲，你自便。」

江安瀾看她精神還好，也就沒有限制她活動，反而還大方作陪。「有筆電嗎？我也玩一會兒。」

「有，不過有點老了，上《盛世》可能會有些卡。」

「沒事。」

於是，兩人移駕到小書房裡，姚遠在她的老位子上，江少爺坐後面的沙發上，雙雙開機上了線。

雄鷹一號：「咦？大嫂上線了！」

阿彌：「君姊姊，抱！」

雄鷹一號：「咦！老大也上線了？」

落水：「鑑定兩人已同居。」

姚遠：「……」

慣例地被八卦一番後，姚遠才開腔：「我有一只戒指，傷害＋50，幸運＋3，內力＋20，氣勢＋20，誰要？」這只叫「符鱗」的戒指，是前段時間帶小傑克的時候人品爆發打出來的，在裝飾品裡絕對堪稱極品。

於是瞬間螢幕上爆滿了「我！」

雄鷹一號：「給我，我跟嫂子關係好！」

阿彌：「去你的，我跟君姊姊相識相知的時候你都還不知道在哪兒呢。」

走哪是哪：「我在現實裡見過嫂子三次了，關係保證比你們都要親密！嫂子還請我吃過飯呢！」

於是，一群人爭相比誰跟若為君故關係好。

君臨天下：「呵。」

雄鷹一號：「……」

落水：「……」

姚遠啼笑皆非地回頭說：「你跟他們湊什麼熱鬧啊？」

江安瀾沒抬頭。「比這點，忍不住。」

姚遠無言一番後回歸網遊，跟同盟裡的人說要不擲骰子得了。於是最後那只戒指給了擲出最大點的走哪是哪。

走哪是哪：「哈哈哈，我真是太走運了！謝謝嫂子！」

落水：「小走，別太忘乎所以，小心又被幫主踢出幫派唷！幫主大人，去打副本不？」

君臨天下：「沒興趣。」

落水：「那嫂子，跟我們去打副本吧？」

姚遠：「好，在哪兒集合？我過來。」

君臨天下：「座標。」

寶貝乖：「這難道就是傳說中赤裸裸血淋淋的雙重標準？」

傲視蒼穹：「我來了！老闆你怎麼不接人家電話啊？人家心都快碎了。」

落水：「我說老蒼，你是剛打精神病院出來吧？」

遊戲裡正鬧的時候，江安瀾開口：「打完副本就休息吧。」

姚遠回頭，正色道：「你要睡就先去睡吧。我房間給你睡，我睡我父母的房間。」

江安瀾一笑，說：「那麼見外？」

說到這見外不見外，姚遠不由想到一件事。「你上次幹麼騙我說，我們已經那啥過啊？」

「啥？」

姚遠有點怒了。「你別給我裝無辜！」

江安瀾作勢想了想，神色自若地說：「那晚，妳抱著我強吻是事實，妳脫我衣服是事實，之後妳拉著我陪妳睡覺也是事實，除了最後一步，妳什麼都對我做了。妳是不是覺得，沒有做那最後一步，就可以不用負責了？」

這男人，耍起小心機來那真是輕車熟路，得心應手。

姚遠心驚肉跳地聽完，痛定思痛之後，發誓：「我以後再也不喝酒了！」

江安瀾這時又淺笑勸道：「人說話、做事最忌諱不留餘地，這酒偶爾喝一次，可以促進血液循環，延年益壽。」

「……」她這完全是減壽的節奏啊。

啞巴吃黃連，有苦說不出的姚遠索性不再理他，轉頭玩遊戲。

江安瀾看著那道挺直的背影，眼中的笑意漸漸淡去。

第十二章

Meet right person at right time.

天意弄人

當晚打完遊戲之後，兩人分別簡單刷牙洗臉完，姚遠就去了她父母房裡睡覺。父母的房間她經常打掃，一直保持得很整潔乾淨，所以只需鋪了床褥就能睡。

江安瀾則去了姚遠的閨房休息。房間不大，放了床和書桌，靠近窗戶的地方擺著一張淺黃色的小沙發，旁邊是書架。江安瀾站起身走過去，拂過那些她曾翻閱過的書籍，《世說新語》、《野草》、《遵生八箋》、《百年孤獨》、《初夏荷花時期的愛情》……江安瀾拿起書架最上面擺著的相框，裡面嵌著一張已有些年代的照片，三口之家，父親抱著七、八歲大的女兒，母親站在旁邊親著女兒的臉頰，一派幸福安樂。

他本來以為自己第一次跟她相遇是大四那年，他倒在車邊那次，卻原來並不是。

在她離京回江濘的那天晚上，江安呈打了一通電話給他。「我發了點東西到你郵箱裡。爺爺讓我查的，但我想有必要讓你先看看。」

爺爺查晚輩的交往對象他並不意外，真正讓他意外的是他看到的那封郵件。

資料最開始講述的是一對已在十七年前出車禍去世的夫妻，男的叫姚國華，女的叫蔡芬。他不認識什麼姚國華，也不認識蔡芬。但當他看到這對夫妻是十幾年前，因他小叔江文瀚造成的那場意外事故而去世的那對夫妻時，當他看到姚國華女兒的照片和資料時，冷汗沁溼了手心。

那年，他十一歲，在江濘治病，那段時間他爺爺奶奶多數時間都留在江濘市陪他，其他的長輩也偶爾會來探望。而小叔那段時間剛好在江濘任職，還是新官上任，他們家在地方上就屬江濘市人脈廣，所以大凡子弟下放歷練，多數是選這邊。結果小叔上任沒多久就出事了，爺爺一貫固執，好面子，餓死事小，失節事大。

後來小叔坐了牢，而出獄之後便出了國。

江安瀾不敢相信地又重新回頭仔細地去翻看一遍手上的文件。

但這世上就是有這樣湊巧的事，讓你不得不感嘆天意弄人，世事難料。

他隱約記得出事那天，他父親也到了江濘市。他起初並不知道小叔撞了人，而被撞的那對夫妻也被送到了他所在的醫院來搶救，是之後無意間聽護理師提及才得知的。因為好奇，他偷偷跑出去看，看到那間病房外，他大伯和父親都在，有不少人在哭，而其中被人拉著不讓去抱屍體的那個小女孩，他只來得及匆匆看了一眼，就被後面找來的護理師帶走了。他聽到走廊上有人說：「真可憐啊，都死了。」

電話那端的江安呈又道：「快過年了，估計小叔這兩天也會回國。」

「我知道了。」江安瀾掛掉了電話，他想，這情況真是糟糕透了。

上天真愛開人玩笑，他小叔害了她父母，他卻被她救過。他愛上了她，如今也漸漸得到了她的心，卻在這緊要關頭橫生事端。

此刻，江安瀾看著手上的照片，輕嘆了一聲。「如果妳知道了，會怎樣對我？」

第二天一早，姚遠剛起來就聽到門鈴響了，她不由訝異，誰那麼早就來串門子？

她披了外套去應門，外面站著的人更是讓她吃驚不已。「陳冬陽？」

陳冬陽微笑著說：「我剛好在附近，想起來妳家好像就在這社區裡，就問了人找過來了。」

「呃，是嗎？」姚遠這話是順口那麼一接，結果讓對方不尷不尬地咳了一聲。「不請我進去坐坐？」

其實姚遠一直覺得自己跟陳冬陽只是點頭之交，不過這樣杵在門口也不是辦法。「請進，咳咳！」她是真的咳嗽。

「妳感冒了？」

姚遠嗯了聲。

陳冬陽跟著她走進屋，四周看了一圈，很溫馨的裝潢和布置，視線最後又回到姚遠身上，看到她要去廚房給他倒水，忙說：「我不用喝什麼，妳別忙了。姚遠，我只是來看看妳而已。」

這話說得有點直接了，至少比上面的開場白要直白得多。當然，比不過這位老同學上次的那句「如果妳沒男朋友的話，妳看我怎麼樣」。

姚遠對感情是比較被動的，性格使然，別看她對誰都挺友善的，但是深交的並不多DD，所以她對陳冬陽的態度也一直是點到為止，不失禮貌，卻也絕不會讓人家想歪。

姚遠不由得想到自己唯一特殊對待的江安瀾，那也是因為某人太過「主動」的緣故，雷厲風行地跟她相遇，在網遊裡結婚，見面，談戀愛……在她還沒理清思路前，心就已經先不爭氣地動了。

為什麼偏偏是他呢？關於這問題，姚遠想了很久，依然找不出原因，就是覺得從跟他接觸以來，自己一直挺開心的。

至於陳冬陽，其實姚遠也挺不解的，大學的時候兩人並沒有太多交流，兩年後再遇到，怎麼就突然對她很有興趣了呢？還沒等她開口，陳冬陽又說：「姚遠，妳上次跟我說妳結婚了，但是妳大學的朋友李筱月說並沒有接到過妳結婚的消息，是不是因為我那次提起想跟妳試試，讓妳覺得很突然，所以才找了藉口——」

這時，姚遠的房間門被人打開了，走出來的男人打著哈欠，意興闌珊地問：「小遠，誰那麼早就來擾人清夢？」

姚遠：「……」

陳炮灰：「……」

陳冬陽終於面色尷尬，面如死灰地走了。

看著面前只穿著長褲，裸著上身，頭髮有些亂，眼神卻很清明的人，姚遠問：「你不冷嗎？」

長腿帥哥江安瀾抿了抿嘴，轉身回了房間。

姚遠無語，大神剛才這一齣，絕對是故意作的秀吧？

回了房，關上門的江安瀾靠在門上微微吐了口氣，隨後咕噥了句：「媽的，真是內憂外患。」

昨晚江安瀾幾乎一夜無眠，他考慮了一晚上，他是要跟她結婚的，現實中結婚，那麼這件陳年舊事他就必須得跟她坦白，因為不可能隱瞞一輩子。可目前，他實在沒有信心將其說出口，他甚至是非常害怕的，害怕一說出口，兩人連在一起的可能都沒有了。所以他最終決定還是從長計議，先回京，好好想想這事兒該怎麼弄，才能保證他不被拋棄。

但江安瀾怎麼也想不到，事情會敗露得那麼快。

就在他在房裡邊精打細算、深思熟慮，邊穿衣服的時候，姚遠接到了堂姊的電話，姚欣然的語氣有點沉重和猶豫：「妹，江安瀾是不是在妳那兒？」

「嗯。」

姚欣然那邊躊躇了好一會兒，才又說：「昨天晚上妳跟他下了遊戲後，傲視蒼穹，也就是李翺，無意間說起他老闆的家庭，說到他爺爺是京城有頭有臉的大人物江元。江元妳可能不記得了，但江文瀚妳一定沒有忘記吧？他父親也叫江元，也是在北京當官的。我開始也懷疑、覺得不可置信，想著可能只是同名，所以託派出所的朋友去幫忙查了下，剛剛他發簡訊給我……小遠，江安瀾的爺爺，就是江文瀚的父親。江文瀚應該是江安瀾的叔叔。小遠，妳在聽嗎？」

江文瀚，江文瀚……撞死她父母的人。

這名字一直埋藏在她最黑暗的那段記憶裡，一旦觸及，回憶回潮，伴隨而來的就是無盡的絕望和傷心。

「姚國華、蔡芬的家屬，抱歉，我們盡力了。」

「我可憐的兒子、兒媳婦，老天爺祢怎麼不帶走我這快進棺材的老太婆？我的孫女才八歲啊……」

姚遠的腦子嗡嗡作響，後面的話她沒再聽，事實上是再也聽不進去，像是耳鳴了一樣。

江元，江文瀚，江安瀾……

姚遠看到自己的房門打開，那人走了出來，他看到她呆呆地站著，問：「怎麼了？」

她看了他很久，她的手因為捏手機捏得太緊而些微生疼。

「學長，你認識江文瀚嗎？」

江安瀾的臉色瞬間一變，他要朝她走來，卻被姚遠後退一步的舉動弄得不敢再試圖接近。

他閉了閉眼，才說：「我去煮點粥，等妳吃了早餐，我們再談，好嗎？」

姚遠做不出什麼表情，只是搖了搖頭。「你走吧。」

江安瀾皺眉望著她。「小遠——」

姚遠疲憊地打斷了他，可她實在說不來狠心的話。「學長，關於我們之間的關係，我們都各自再理理吧，現在，你走吧。」

江安瀾最後點了頭。「好。」但又淡淡地接了一句：「我等妳。」他這句「我等妳」有點一廂情願不允許就此結束的意思。

江安瀾走了。

姚遠進了洗手間洗了臉，看著鏡子中的自己，眼睛通紅。

父母去世的那一天，是她人生中最痛苦的一天。

那天她看著滿身是血的父母躺在病床上被搶救，她隱約知道，父母可能救不回來了。她趴在玻璃門外一步都不敢離開，一刻不停地求著上天的菩薩，求他們不要帶走她的爸爸媽媽。可最終，媽媽走了，沒一小時，爸爸也跟著走了。

江文瀚害死了自己的雙親。

江安瀾是什麼時候知道這件事的？

他為何要隱瞞她？

他接近自己又是為了什麼？難道是知道她因為他的家人而成了孤兒，同情她？

但他那樣的人，如果真的只是同情她，不會那麼花費精力。

可是，不管他是出於什麼目的，現在都不重要了。她做不到聲嘶力竭地去質問他、排斥他，卻也無法再心平氣和地與他相處了。所以，暫時就這樣了吧。

可為什麼自己會那麼難過？

想想前一小時明明還在笑，現在卻想哭。

這人生可真妙。

姚欣然來的時候，姚遠在廚房裡，正準備燒水，人卻拿著水壺站在水池前一動不動。姚欣然走上前去接走了水壺，不由嘆息，當年叔叔嬸嬸過世時，八歲的小女孩也是這樣，孤零零地站著，一聲不吭。姚欣然開了水龍頭，灌滿水放到水壺底座上燒，之後拉著堂妹往外走。「我們到客廳裡坐坐吧。」

「姊，妳說他為什麼要跟我開始呢？明明是那樣的關係。」姚遠的聲音乾澀，滿臉悲傷。

看堂妹這樣，姚欣然有些無言以對，她沒打算拆散堂妹跟江安瀾，只不過她既然知道了真相，必定不會瞞著自己堂妹。

姚欣然牽強地開口：「其實，肇事的是他叔叔，江安瀾又不是從犯，咱何必要搞『連坐』呢？而且，說不定這事他之前也是不知情的呢。」

「他知道的，他多機敏。他既然知道我爸媽是他叔叔撞死的，他怎麼還能……還帶我去他家裡，見他的家人，去問好，去笑臉相迎呢……」

姚欣然聽到這裡，也終於沉默了。

之後她去幫堂妹倒了杯開水，又煮了稀飯。姚遠沒吃兩口，姚欣然看她精神實在不好，也沒勉強她多吃，只是最後勸說她回房裡休息。

姚遠進自己的房間，看見床上疊得整齊的被子，又出了好一會兒神。

外面的姚欣然沒事幹，但又不放心走，就去書房裡開了電腦。

隨便刷了會兒微博，想到眼下的局面，她又是一陣煩躁。

雖然這事兒是她去挖出來的，但她依然覺得荒唐，江安瀾竟然是江文瀚的家人。

她妹上輩子是造了什麼孽，才會這麼倒楣啊？

越想越火大！

這種事要是擱在電視劇裡，非演變成復仇片不可。

姚欣然看著桌面上《盛世》的遊戲標誌，點了進去。他們百花堂跟天下幫的同盟頻道裡聊得正high。

寶貝乖：「阿彌哥，如果我嫁給你的話，你能否保證我們的婚禮跟幫主和大嫂他們那樣奢華呢？當然啦，時間不能像幫主跟大嫂那麼神速！」

阿彌：「全部可以有！」

走哪是哪：「寶貝兒別嫁給他，哥才有錢，嫁給哥吧！」

雄鷹一號：「走哪，你之前不是說窮得都快當褲子了嗎？還有錢呢，你就吹吧。」

血紗：「要嫁給像幫主這樣的，老實說，大概到這遊戲終止運作都不會有了吧？」

寶貝乖：「淚奔，好羨慕大嫂！」

花開：「噗，同羨慕。」

走哪是哪：「昨晚老大和大嫂又雙雙退出遊戲什麼的……」

姚欣然看不下去了：「行了，別人的事情你們都那麼起勁幹麼？」
走哪是哪：「哎唷，水幫主來啦！」
寶貝乖：「水姊姊，妳是大嫂的親姊，老大和大嫂什麼時候真結婚啊？我們要喜糖！」
姚欣然：「我說，還是請大家將網路和現實分開點吧。」
姚欣然說完，就退出了遊戲。
她想了一番，最後又上線跟溫如玉發了消息：「麻煩你跟你幫裡的人說一聲，以後少說些八卦吧。其實說也沒關係，反正她估計不會再上遊戲了。」
溫澄那邊看出不對勁：「發生什麼事了？」
「沒啥事，以後我妹大概不會玩《盛世》這遊戲了。」
「跟江少有關？」溫澄很有警覺性。
「你說呢？」姚欣然懶得再多說什麼。
江安瀾踏出機場，家裡的司機已經停好車，在外面等。他一坐上車就閉目養神，臉色很難看，嘴唇發白。
他剛下飛機，打開手機就接到了大堂哥江安宏的電話，說小叔今天回家，如果他今天沒其他重要的事，盡可能抽時間回家吃晚餐。
江安瀾忍不住笑了，如今他最重要的事都已經差不多搞砸了，其他還有什麼所謂？
江安瀾按著太陽穴，司機在紅燈處停下。他望著窗外車水馬龍，那麼多人，那麼多的可能，他們相遇了，卻偏偏有這種前緣。有前緣就有前緣吧，可憑什麼是要由他來為那段過錯付出代價？

為了這份念念不忘，為了不悲傷、不嘆息、不無奈，他等了多少年？

她回國，為了不一上來就嚇著她，他花了多少精力在遊戲裡，通過網路跟她接觸，按捺著性子一步一步地靠近她。

正苦大仇深的江大少爺又收到了溫澄的一條簡訊：「你跟大嫂怎麼了？大嫂的堂姊說嫂子以後可能不玩《盛世》了。」他當即臉色一沉，除了姚遠，他極少有耐心給人發私訊，但這次他打完發了過去：「我們沒事。」

他們沒事。

是的，即便現在出了點問題，以後也會沒事的。

都已經走到這一步，就算讓他離經叛道、背信棄義，他也不允許有事。

大神一旦鑽牛角尖，那真是暗黑得都有點「三觀不正」了。

這天傍晚，江文瀚也由司機從機場接回。他帶的東西不多，只有一個中型行李箱，箱子由司機在後面幫忙提，他先行走至客廳，客廳裡江老爺子和老太太，還有江文國、江安宏等不少江家人都在。

江文瀚已四十五了，倒也不怎麼顯老，穿著一件風衣，挺有一股溫文爾雅的氣質。

他先向坐在沙發正中間的父母請了安，老太太的眼睛有點紅。江文瀚看著江文國叫了聲「大哥」。如今已五十多歲的江文國，面目很得江老先生的遺傳，包括能力手腕也是。現已處於高位的江文國沉穩地應了聲，隨後說：「你二哥海外生意太忙，今年過年都回不來了。你這次就替你二哥在家多住幾天吧。」

江文瀚點了下頭，心裡不由苦笑了聲，他們兄弟三人，唯有他最沒有作為，甚至還給家族抹上了汙點。

而每當他看到那群後輩時，都不禁讓他深感後生可畏。

大哥江文國是他們三兄弟裡子女最多的，兩兒兩女，長子江安宏三十而立，成家立業，媳婦亦是名門之後。次子江安呈，進了警政體系，只需再磨練幾年便可高升。兩個女兒則是當年由江老爺子做主讓江文國領養的烈士遺孤，如今也都成了社會的棟梁。而二哥江文華也有兩個兒子，大兒子江天江安瀾，從小便聰明，老父親最寵的孫子便是他。次子江安傑，他未曾見過。

江文瀚一一看過來，視線回到老父親身上時，老父親開了口，語氣嚴厲：「是不是看著這些比你小的晚輩們如今都成人成材、事業有成，你這當長輩的自愧不如？」

老太太皺眉。「你就少說兩句吧，難得回來一趟。」

「妳也知道是難得，我看他真當我們江家是他的旅館了。」江老先生的臉色依然不好看，江文國也忙寬慰了幾句。但江文瀚似乎對父親的冷嘲熱諷已然習慣了，聽著這種話面色都不變一下。

江安瀾看著這場面，先站了起來，平淡地說：「吃飯吧，餓了。」然後率先朝餐廳走去。江安呈也跟著起來。「爺爺奶奶，吃飯了，飯菜涼了不好吃。」

江老先生看著已讓煮飯的阿姨去上菜的江安瀾，終是搖了搖頭，說了聲「吃飯」。

餐桌上氣氛緩和了點，但江老爺子並不跟小兒子說話，江文瀚也很有自知之明地只跟母親、大哥和幾位晚輩聊。

「安瀾，近來身體可好？」

江安瀾是晚輩裡話最少的，但人卻極聰穎，江文瀚還記得十幾年前教家裡的小輩功課，只有小五是不需要他花過多時間的，因為無論什麼，只要說一遍他就懂了，就算剛開始沒理解，給他幾分鐘，他也絕對能想明白。

江安瀾今天胃不太舒服，吃得不怎麼舒心，但對長輩他一貫不會失禮，哪怕這位長輩害他如今陷入了感情危機。「還好。」

「那就好。」江文瀚說。「我今年在美國認識了一個醫生，他是氣管疾病這領域的專家，你什麼時候去美國，可以讓他——」

老爺子斥道：「中國沒好的醫生了？要跑到外面去看病！」

江文國也道：「安瀾的病主要是靠調養，西醫不適合。」

江安瀾吃了半碗飯，實在沒胃口了，就放下了碗筷，說：「爺爺，我今晚回自己那邊，就先走了。」他起身走到老太太身邊，彎腰說：「奶奶，我走了。」

老太太拉住孫子的手。「小五，你吃飽了嗎？奶奶見你沒吃幾口飯。」

「飽了。」

老爺子關照道：「那讓司機送你回去。」

江安瀾直起身子，點了點頭。「好。」他對小叔並沒有特別的看法，早走只不過因為自己情緒不高。

江安瀾要上車的時候，江安呈也走了出來，江安瀾皺眉道：「還有事？」

「去喝一杯吧？」

江安瀾坐了江安呈的車，堂兄弟倆去了一家酒吧，剛坐下沒多久，就有女性來打招呼。江安呈一概回覆：「在等人。」其中一位女士倒是大膽，說：「那在你們女伴來之前，先跟我喝一杯？」

江安瀾心煩著，直接說了句：「我結婚了。」

「那在你太太來之前我們喝一杯？」

江安呈見堂弟臉色一下難看起來，不得不拿出證件給那位年輕女士看。「抱歉，我們在執行任務。」

對方一看是員警，也不敢再放肆，施施然走開了。

江安呈看回堂弟。「你什麼時候結的婚？」

江安瀾悶頭喝了口酒，不答反問：「你什麼時候回去？」

「回哪兒？」

江安瀾皺眉哼了聲，江安呈道：「哎，你這脾氣還真是一如既往的沒耐心。後天回吧，你要跟我一起過去嗎？」

「我明天就過去。」

「那件事你女友知道了？兩人鬧開了？」

江安瀾不再出聲，但看得出心情很不好。

江安呈說：「如果有需要幫忙的地方，儘管開口，兄弟一場，一定鼎力相助。」

「不用。」江安瀾又喝了口酒。「這是我的事——我跟她的事。」

姚遠一覺睡到晚上八點才起來，精神恢復不少。姚欣然一直在書房裡看電視劇，聽到外面有聲音才關了影片走出來。姚遠一見到面帶擔憂和關切的堂姊，就勉強笑了笑，說：「肚子好餓。」

姚欣然立刻道：「那咱到外面吃飯去。」

由姚欣然開車，去了一家小館子，點了兩菜一湯，等菜的時候兩人聊著天。姚欣然這人心思也夠縝密的，聊天中一絲一毫都不涉及遊戲和遊戲裡的玩家。但就算如此，姚遠也不見得心情就好一點，一直用手支著額頭，心不在焉的樣子。她會說肚子餓是為了不讓姚欣然再多問些什麼，其實睡了一覺之後什麼都沒改變，又哪來的心思聊天？

菜陸續上來的時候，姚遠放在桌上的手機響了一聲，是簡訊，她翻看，寄件者正是江安瀾，她腦子一下有點恍惚。他說：「妳要理到什麼時候才能理好？我等得難受。」

姚遠看著那條簡訊，半晌無言。她之所以說「關於我們之間的關係，我們都各自再理理吧」，只不過是因為她說不出太翻臉無情的話。可那意思，已經很明顯了，還有什麼可多說的呢？

如果他有十分難受，她便是萬分難過。

她總算是體會到了什麼叫被命運撞了一下腰。那一下撞得她痛得都直不起身來了。姚遠想到這兒，不由訕笑，這種時候她竟然還不忘自我戲謔。

姚欣然看她關機，有些訝異。「怎麼了？為什麼突然關機了？」

姚遠搖頭。「沒什麼。」

姚欣然沉默，然後給姚遠夾了一筷子菜。「吃飯。」

吃了一會兒，姚欣然找話題說：「話說前兩天，有朋友給我介紹了一個人，那男的我看著還算順眼，就交流了兩天，最後還是算了。而那兩天吃飯都是由我買單的。」

姚遠安慰道：「這種男的不要也罷。」

姚欣然皺眉。「是我搶著買單的。」

姚遠魂不守舍道：「哦，那這種女的不要也罷。」

姚欣然：「……」

那時，江安瀾剛踏進自己的公寓，看著空蕩蕩的房子，心裡十分不好受，就忍不住發了條簡訊給她。

他去廚房燒了點水，吃了兩顆胃藥後，她都沒有發回來隻字片語。江安瀾就那樣一直面無表情地站在廚房裡，直到過了將近一刻鐘，他才出來，去浴室洗了澡，然後進臥室倒床就睡。

短期內，她是真不想理他了。

李翺一早來敲江安瀾的門，敲了半天，裡面的人才開了門。

一晚沒睡好的江少爺滿臉不痛快。「什麼事？」

李翺笑道：「我給您送早餐來了。」說著舉起手上的豆漿、油條。

江安瀾的反應是直接甩上了門，李翺摸著鼻子再敲門。「Boss 我錯了，想起來你不吃油膩的了！老闆，開下門吧，我有事要跟你說，因為打你電話關機，所以我才不得不來敲門的，是關於大嫂的事……」話沒說完，門再度被拉開，江安瀾一手拽住李翺將人拉了進來。「她怎麼了？」

李翱拉下老闆的手。「咳咳，是這樣的，昨天晚上八、九點的時候，大嫂那邊不是開始下大雪了嗎？然後我們幫的走哪是哪也是那兒的，他就抽了風跟我們所有人打電話報喜說天降瑞雪了，打到大嫂那兒的時候——」

江安瀾沒耐心地阻止他。「直接講她怎麼了！」

李翱道：「據說大嫂出了點小車禍，我也是今天一早才知道的，不過您放心，只是她堂姊的車稍微撞壞了點，人沒出啥問題。」

江安瀾直接回身去拿了外套和錢包就往外趕，呼吸有些亂，他承認，自己從來沒有這麼倉皇慌張過。

李翱跟在他後面。「老闆直接去機場是吧？我車就在樓下，我送你過去。」還真是頭一次見boss方寸大亂，大嫂果然影響力不凡。李翱這樣想的時候，他不知道，他那句無心的插科打諢，卻正是他老闆和大嫂眼下這種不良局面的導火線。

江安瀾一上李翱的車就馬上給手機充電，一開機就打電話給姚遠，結果對方關機中。

旁邊開車的李翱還笑著說：「打電話給嫂子嗎？這時候嫂子可能還在休息吧。」江安瀾瞟了他一眼，李翱很有眼力，見老闆面色不善，閉上了嘴不再說話，逕自開車，只在中途給航空公司打去電話幫老闆訂了機票。到機場後，李翱也非常積極地去幫忙辦理了登機手續。

但江安瀾登機前還是對李翱說了句：「回頭收拾你。」昨晚溫澄又打過一次電話給他，說如今遊戲裡的人都知道他是高幹子弟、江元的孫子。兩三句說下來，江安瀾就知道是怎麼一回事了。

雖然知道問題根源不在於李翱，他不過是一時多嘴，但江安瀾對此多少是有些不爽的。他本來打算穩紮穩打的，不說有多大的勝算，但至少不至於像現在這樣沒有把握。

李翱淚流滿面地目送走了boss，不知自己哪裡又深深觸犯了龍顏，人家都那樣能幹乖巧了。

第十三章

Meet right person at right time.

我不想恨你

接連三天坐了三趟飛機，對於江安瀾來說，已有點吃不消了。下飛機後，他在機場裡找了個僻靜點的座位，坐著休息了十來分鐘才站起來。

姚遠醒來的時候，覺得額頭有點疼，這才想起來昨天吃完飯回家，堂姊的車跟邊上一輛突然打滑了的車擦撞了一下，失控撞上了道路中間的分隔島，她的頭撞在車門上磕破了，而堂姊的左腿青了一大塊。還好，總算是有驚無險，就是折騰得很疲憊。

昨晚等交警和保險公司過來處理完事故都已經快十點了，之後又趕到醫院去處理了傷口，弄完都十一點多了。回到姚遠的住處，兩人簡單刷牙洗臉完就休息了。

姚遠那會兒躺在床上，回想起那輛車撞上來的那一刻，她想到了爸媽，也想到了他。很多情緒夾雜在一起時，咀嚼出來最多的是苦澀。

她按了按包著額頭的紗布，不由嘆了一聲。「最近還真是多災多難。」睡在另一側的姚欣然也醒了。「我看，咱們該去廟裡上炷香了。」

姚遠問道：「現在幾點了？」

姚欣然看手機。「才七點一刻，還早著……咦？走哪是哪？他昨晚都十二點了，還發私訊問我們怎麼樣了，這小夥子還挺有義氣的嘛。」姚欣然當下撥了電話過去，那邊一接通，她就笑道：「早啊，小走弟弟……我們？我們當然沒事情……哦，她手機摔壞了……真的？那是好事，可以啊，與有榮焉嘛。」姚欣然又隨便扯了兩句後，掛了電話。

姚遠已經下床，在穿衣服，姚欣然坐起來對她說：「走哪是哪說，花開的花店今天開分店，讓我們去給她捧場，順便大家一起吃頓飯。」

姚遠沉吟：「我不去了，妳去吧。」

「幹麼不去？去，就當散下心也好嘛。」

姚遠無奈地道：「那我先去把手機修好吧。」

「妳這手機還修什麼修？螢幕都多一條裂痕了，回頭直接去買一支新的得了。」

姚遠覺得現在沒手機一段時間，也無不可，便沒再說什麼了。

收到走哪是哪發來的地址後，兩人就出門了。姚欣然是有意要讓堂妹多接觸接觸人群。她們到的時候，花店裡還很冷清，花開一見姚欣然和姚遠到場，馬上放下了手中的活走上來。「兩位美女來得早了點啊。君君，妳這額頭怎麼了？」

「破了點皮，沒事。」

花開一臉心疼。「這麼漂亮的臉蛋破了相，也太不小心了吧？回頭姊介紹妳一款藥膏，淡斑生肌很管用。」

姚欣然左顧右盼。「花開，不是說到妳這兒來集合嗎？人呢？」

「集合時間是十點整，我這店開張吉時定在十點三十八分，現在才九點，幫主。」

「暈，走哪是哪那傢伙說話就不能說清楚點？」姚欣然鄙視。

姚遠說：「既然來了，那先幫忙做點事吧。」

花開大姊大地伸出一隻手攬住了姚遠的肩。「我老說什麼來著，小君永遠這麼討喜。」

姚遠笑了笑，不想讓別人看出其實她是有點心不在焉的。

在幫忙的時間裡，陸續有人過來了，一些是花開現實裡的親朋好友，一些是遊戲裡的，如雄鷹一號、亞細亞，都是本市人。十點的時候，走哪是哪也總算來了。

走哪是哪看到姚遠她們就跑過來問：「大嫂，水幫主，妳們還好吧？」

姚欣然一巴掌拍在這小子的後腦杓上。「不是再三說了沒事了嗎？你是不是特別希望看到我們打石膏、戴護頸啊？」

走哪是哪慌忙喊冤：「沒啊，哪能啊，我只是關心妳們嘛。我昨晚是真被嚇到了，一早還跟我們副幫主發了微信說大嫂出車禍了，幫主肯定要急死了……」走哪是哪看著姚欣然越來越恐怖的臉色，小聲道：「我說錯什麼了嗎？」

姚欣然拎住他後頸的衣領就往外拉。「走，陪姊姊去弄外面的橫幅！」

他知道了？

姚遠皺著眉想，他應該會擔心吧？她實在不想讓他在這種情況下還要來掛心自己。

一旁的亞細亞突然拍了拍她的手臂。「君姊姊，從馬路對面走過來的那人，是不是妳家君臨天下啊？是吧？沒錯吧？這種人被人認錯的機會很少吧？」

雄鷹一號疑惑地說：「幫主過來不會是因為我錯發的那條消息吧？」

姚遠望向他，雄鷹一號乾笑道：「幫主剛在遊戲裡認識大嫂您的時候，就給我們布下任務了，看到您在哪兒就給他消息，我一時把遊戲跟現實搞錯了。」

姚遠心裡五味雜陳。

江安瀾走進花店的時候，幾乎所有人都向他行注目禮，連完全不認識他的那幾個花開的親朋好友，也不禁多看了這酷哥幾眼，只有姚遠一人站在最邊上的位置，神情安寧。

還是雄鷹一號先走近江安瀾說：「老大好神速，你人本來就在咱們市嗎？」

江安瀾點了下頭，就直直地走到姚遠面前，看向她額頭上的紗布。「只有額頭受了點傷嗎？」

姚遠低低地嗯了聲。

確定她沒事，江安瀾暗暗吐了口氣，隨後柔聲道：「可以跟我出去單獨談談嗎？」

姚遠沉默不語，因為真的不知道該怎麼面對他。

其實算起來他們也才一天一夜沒見，卻有種隔世之感。

周圍有嘀嘀咕咕的聲音冒出來，姚遠覺得不自在，然後就聽到江安瀾對著那些人說了句：「要不你們出去？」他的語氣很平常，不至於霸道但也是……真心不客氣。

姚遠臉皮從來就不厚，輕聲丟了句：「我們去外面。」就先行走出了花店。

江安瀾跟出來，外面冷，他拉住她的手說：「我們去前面的咖啡館坐著說？」

姚遠輕輕地掙脫開他的手。「這邊說吧。」

江安瀾的臉色不是很好，甚至有些蒼白，他說：「妳是不是連我也恨了？」

姚遠不說話。

江安瀾繼續問：「是不是怪我對妳隱瞞？那就怪吧，畢竟在這點上我確實有錯，沒有在知道後的第一時間就跟妳開誠布公地說明。但是，姚遠，我對妳的感情不摻雜任何的假意。」

「……」

「其實妳想報復江家，妳跟我在一起是最快最有效的方法。妳只要跟我在一起，然後對我壞一點……當然，前提是妳得跟我在一起。」

姚遠不可置信地看著他，開口，語氣是無奈的：「你別胡說八道了。」

江安瀾見她終於開口，暗暗鬆了口氣，慢慢地、仔細地說：「姚遠，我是真的接受不了分手。妳就當……就當憐憫一下我，別一點餘地都不留給我，可以嗎？」他抬手將她額前的頭髮撥開一些。「痛嗎？」

她看著眼前的江安瀾，情緒瞬間低落，姚遠不知道為什麼自己突然之間那麼難過。

她沒有回答他。

因為她也不知道該怎麼辦。

花開點著了鞭炮，當劈里啪啦的聲音響起時，她站在人群裡，他站在她身邊，她聽到旁邊有花開的親朋好友在說：「這對小情侶真登對。」

鞭炮放完，江安瀾抬手，要幫她將她頭髮上的一小塊紅紙碎屑弄下來。姚遠偏開了頭。當姚欣然走過來的時候，姚遠抓住了堂姊的手。「跟花開說一聲，我們先走吧？」

但她們沒能走成，花開已在招呼大家去預訂的火鍋店吃大餐了，她吩咐兩個小妹看店，過來就拉住了姚遠。「小君，等會兒要不要喝點小米酒？那家店的店主自己釀的，味道特好、特正！」

「我能不能喝黃酒？喝米酒太娘了。老大，我們等會兒喝點黃酒吧？」雄鷹一號嘻皮笑臉地去問自家幫主。江安瀾望著那道被人帶出去的背影，說：「可以，我現在正想喝點酒。」他有點氣悶，不是怪她，他只怪自己太急躁。

江安瀾走在隊伍後方，雄鷹一號跟著他走。「老大，昨天我們刷第一峰了，辛辛苦苦刷完結果爆出來的都是些垃圾，果然沒您在不行啊，人品都各種低了！」

不遠處的走哪是哪回頭笑道：「幫主，你是在這邊出差嗎？你們公司要招人嗎？我畢業後能不能收了我啊？」

江安瀾隨意嗯了一聲，他沒怎麼聽進他們的話，心情不好，一直不敢碰的一段感情終於被他開啟，慢慢升溫，漸漸地朝他預想的方向發展，卻被突然冒出來的陳年舊事給弄得分崩離析。

他實在不甘心。

江安瀾走上去的時候聽到她在跟身邊的人說話，表情為難。「我真的不能喝酒，等會兒還有事情要做。」

花開道：「妳學校不是放假了嗎？還有什麼要忙的？」

江安瀾走到姚遠身邊，對花開說了句：「她感冒還沒好，昨晚又受了點驚，不能喝酒。」花開一見是江安瀾，便挺知進退地對姚遠笑笑，退到後面一點跟別人去聊了。

他們要去的是過一條街的火鍋店。走過去大概十分鐘，這十來分鐘裡，江安瀾走在姚遠旁邊，他沒有說話，偶爾看她一眼。姚遠呢，也不知道該跟他怎麼相處才是合情合理的，於是就這麼一聲不吭地沉默著。

周遭的人看著這毫無交流的兩人，心裡都有些不自在。

姚欣然就特別糾結。「這算是什麼啊？」說真的，她堂妹跟江安瀾分手，她也覺得可惜，畢竟是第一次見堂妹對人敞開心扉。客觀地講，以江安瀾的條件作為結婚對象算是不能更好了。但是，現在擺在兩人面前的顯然已經不是「是否兩情相悅」那麼簡單的問題了。

進到火鍋店，花開上前說了下，服務生就領著他們去了二樓的大包廂。

姚遠進去後想把包包交給堂姊保管，她去上廁所，江安瀾先伸手接了過去。姚遠心想，總不能把包包搶過來吧？只得無可奈何地說了聲「謝謝」。

出來的時候，她在走廊裡竟碰到了以前的大學同學，一男一女，他們看到姚遠，也挺意外，雙方打了招呼，之後那男同學說：「我聽老錢講，妳回學校工作了？」老錢是他們大學時的輔導員。

「嗯，你們呢？」

那女同學說：「我跟他都在外商，還是妳好，學校工作輕鬆，環境也好，真羨慕妳。」

姚遠聽出女同學口氣裡有些微的不和善，她跟這個女生並不是很熟，跟那男同學反倒熟點，因為他倆當時都是班裡的幹部，常常要一起討論事情。姚遠也習慣了被女生當成假想敵，倒也不介意，只是實話實說：「學校壓力也大的。隔三岔五地寫總結、寫論文什麼的。」

那男同學莞爾。「妳嘛，找一個高富帥嫁了得了，還要自己那麼辛苦幹麼？」旁邊的女同學打了他一下。「我們班的班花還用你來操心啊？」

姚遠無奈地笑了笑，剛要跟他們道別，江安瀾剛好從包廂出來，看了那兩人一眼，對姚遠說：「朋友？」

姚遠下意識地問：「你怎麼出來了？」

江安瀾嗯了聲。「上洗手間。我把妳的包包給妳姊了。」他說著把手機遞給她，姚遠沒辦法，只能接了。江安瀾一走開，姚遠回頭就看到眼前的兩位老同學正微訝地看著她，男同學先指了指那男廁所的大門，然後問：「他是江安瀾吧？以前也是我們學校的，大我們三屆的？」

那女同學則有點不可思議。「妳跟江安瀾在交往？」

姚遠心說，他們差不多已經「勞燕分飛」了，可不管她跟江安瀾如何，都無須對別人多說什麼。「那我先過去了。再見。」姚遠沒走出兩步，江安瀾的手機響了起來，她看了眼，是江安呈，她沒接，但這位警官很有恆心，響了好久都沒掛掉的意思，姚遠怕是急事，就接了。

「……他現在不在。」

那一端的人明顯有點意外。「哦，姚遠是吧？」

「嗯。」

江安呈道：「那麻煩妳幫我問一下他，他之前在這邊看的那套房子是不是確定要買下來，是的話，我就讓人先訂下。」說著，他停了會兒，又說了一句：「姚遠，安瀾很在乎妳。」

江安瀾一推開包廂門，進去就看到姚遠在跟身邊的姚欣然說話。

走哪是哪跟他招手說：「幫主，這裡這裡！」

江安瀾沒搭理，走到姚遠身旁、她另一側的位子空著，他理所當然地坐了下來。走哪是哪還在不死心地叫他：「幫主幫主，有點事想跟您商量下，您過來一下。」依然被江安瀾無視了。

姚遠將他的手機還給他。「有人找過你。問你買房的事情……你要不自己再打回去問一下？」

江安瀾接過，應了一聲就將手機隨便放在了桌上。這會兒走哪是哪蹭過來了，彎腰問江安瀾：「幫主，說真的，我能不能過完年就去你的公司實習啊？我真的很想跟那部電視劇《北京愛情故事》裡的主角們那樣，到京城奮鬥看看。但那邊我完全人生地不熟，我唯一認識的大人物就是幫主大人您了，嘿嘿。」

「你跟李翱聯絡。」

「副幫主嗎？好好！」走哪是哪是擠在江安瀾跟姚遠之間的，說完又扭頭對姚遠說：「嫂子以後就是我老闆娘了！」花開在點菜，問他們都要吃什麼，報上來，走哪是哪喊著羊肉、牛百葉，心滿意足地走了，留下姚遠為那聲「老闆娘」而微微囧了。

江安瀾倒是在想，這走哪是哪可以重點培養一下。

旁邊花開的親朋好友一直挺好奇為什麼他們管這位型男叫幫主，莫非他演過什麼電視劇？有一位阿姨就開口問了：「那年輕人是不是演員啊？」

雄鷹一號大笑道：「不是，他是我們遊戲裡的幫主。」

「哦，遊戲。」阿姨興趣不大了，不過對江安瀾還是稱讚說「長得真帥，跟電影明星似的」。

走哪是哪敲著筷子說：「哈哈哈，是的是的，我覺得我們幫主比我偶像 Nick Carter 還要帥點！」

姚遠心說，東方人跟西方人比，完全沒可比性吧。

接下來的火鍋大家吃得都很滿足，尤其再加上點酒，氣氛更是好得不得了。姚遠因為感冒還沒全好，所以沒喝。江安瀾則喝了將近大半瓶黃酒。姚遠知道他身體不好，後來看不下去就讓他別喝了，江安瀾隱隱一笑也就真的不喝了。

從火鍋店出來，不少人還都情緒高昂地說要去唱歌。花開笑罵：「行了，大白天的唱什麼歌，我還得回店裡去忙呢，都散了散了！那誰誰誰，說好下午還要幫忙的啊。」

姚欣然笑道：「知道了，不會白吃妳的。」

雄鷹一號為難。「那我們是不是也不能當白吃的？」這麼一來，不少人都表示要去給請吃了大餐的花開幫忙。

花開又樂了。「我衷心感謝大家的好意了，人太多，我那小店面也擠不下。行了，幫主還有我們家……」剛要點姚遠，花開看到站她旁邊的江安瀾，當即嚥下了話頭。而江安瀾這時客氣地走過來，從皮夾裡抽出了兩張一百的遞給她，說：「這是我跟姚遠的吃飯錢，我先帶她走了。」

眾人都呆了。

姚遠也呆了，然後就被江安瀾順勢牽著手帶走了，等大夥反應過來時，帥哥美女已經走出十多公尺遠了。

雄鷹一號嘆服。「老大要不要這麼霸氣？」

走哪是哪說：「噗，為什麼我覺得是萌。」

雄鷹一號接腔道：「你被寶貝乖帶壞了。」

兩人走了一段路後，姚遠才再次掙開他的手，她終於還是說了那句話：「學長，我們算了吧。」

江安瀾臉上的笑凝住了。他站在那裡，居高臨下地看著她，他背對著日光，臉上的表情有些看不清楚。「真的無法原諒嗎？」之前完全是走一步算一步，此刻卻真正有了走投無路的惶恐。

姚遠垂頭看著自己的手，這一天一夜，漫長得真的像是在度日如年。今天見到他，心裡就一直像被什麼東西扯著，生生地抽疼。

她緩緩地說道：「原諒？我不會報復你們家，我沒那能力，也不會牽連怪罪到你身上。但是，我真的不知道該怎麼跟你在一起。如果我和你在一起了，我該叫江文瀚什麼？叔叔嗎？」一向什麼都看得很淡的姚遠，此刻臉上是清晰可辨的沉重憂傷。「學長，以後，我們別再見面了吧。」

江安瀾深呼吸了一下，隨後上來擁住了她。「姚遠，為什麼妳不能單想想我呢？我們的感情是我們兩人的事，跟別人，哪怕他們是我們的親人，又有什麼關係？我知道這話很自私，自私透了，可我不管。除非妳說妳不喜歡我，那好，我沒話講。可是，妳對我不是沒感覺的，不是嗎？姚遠，我想與妳走完餘下的人生，不想因為旁人而跟妳分手。我花了那麼長時間才跟妳見面、跟妳走到這一步，若真的做不到也就算了。我說了，妳就當憐憫一下我，好嗎？當我求妳。」

姚遠聽完他這長長的一段話，這種告白，這種堅定的表態，不是不動容的。

但是，他能說出那樣的話，是因為那場車禍不是他的心魔，他可以輕易地拋開，但她不行。

父母被車撞的那天，是她的生日，早上爸爸媽媽還開開心心地送她去了學校，說好了晚上去接她，然後一家人一起去買蛋糕。那天她滿心希望時間走快點，盼著放學後爸媽來接她去過生日，然而那天卻成了她生命裡最漫長的一天。

她在課堂上被大伯帶了出去，去了醫院，看到了血肉模糊的父母。她不會去討伐誰，但是，也真的無法跨過心裡的那道坎。

「學長，我不想恨你。」

說出這句話的時候，姚遠卻覺得她有點恨自己了。

那天過後，姚遠沒再跟江安瀾有任何聯絡。

有人說，我們無法選擇命運，我們能選擇的，只有命運來臨時該如何面對。

而她既然選擇了那樣面對，無論對錯，只能繼續走下去。

過年期間，姚遠一直在鄉下陪奶奶。

過完年，進入新學期後，姚遠開始變得很忙碌，朋友、同事的聚餐活動她都會參加，下班後會去運動，也準備著考博士，一刻閒暇都不給自己留。

她頭髮也剪了，剪得很短，只蓋住耳朵，理髮師說這髮型配她特別合適，很清爽。姚遠卻並不在意好看不好看，她甚至考慮著要不要再去剪短點，洗頭更簡單，卻被堂姊阻止了，堂姊的理由是看不下去她這麼糟蹋自己。姚遠對此很是無語，她不過是事情太多沒精力去打理自己罷了。

姚遠將文件存檔，剛關電腦，手機響了，不出意外是堂姊姚欣然，她如今總是時不時地找姚遠出去一起活動，像是怕她一個人會出什麼事似的。

「小遠，明天星期天，妳過來我這裡，我們一起看電影吧，今天剛入手了一套正版《魔戒》，決定回味一下我家精靈王子的美貌，妳沒看過對吧？一起來看，我已經準備好零食了。」

「姊，我還有一篇報告沒寫完，下星期一要交的。」

「不行，明天妳無論如何都得給我過來，妳再這麼離群寡居下去，都直接可以出家了！」

「好了，我明天會去的，妳別說得這麼離譜行不？」姚遠無奈道，連出家都說出來了。

第二天，姚欣然給姚遠開門後，就拉著她直接衝到客廳的電視機前，一把將她按坐在沙發上。「水果、零食、茶水我都備妥了，妳先吃，我馬上去放光碟。」

姚遠搖頭道：「現在還會去買電影光碟的人不多了吧？網上看不是也一樣嗎？」

姚欣然說：「格調懂不？收藏懂不？高清懂不？」

姚遠被逗笑了。「如果妳的電腦裡能少些愛情動作片，恐怕我會更相信妳的格調論。」

姚欣然自己也笑了出來，放好光碟，回來坐在姚遠身邊。「給妳姊點面子行嗎？」

「好吧。」

電影已經開場了，姚遠便不再說話，脫了拖鞋縮進了沙發裡，靜靜地看著電視機，電影播放著，一旁的姚欣然隨著劇情發展激動不已，她卻平靜到幾乎漠然。

姚欣然眼角瞥到姚遠的表情，心底不由嘆了一聲，她知道自家堂妹這段時間心情一直不好，雖然面上沒有表現出一絲一毫，但是她們在一起二十幾年了，她怎麼會看不出來？

當天色暗下、華燈初上的時候，《魔戒》三部曲也終於到了最後皆大歡喜的大結局，只是當主角 Frodo Baggins 回到已經空無一人的袋底洞，獨自對著已經寫到結局的書，起身漫無目的地踱步的時候，他的喃喃自語卻讓一切變得悲傷不已。

你該如何重拾過去的生活？

你該怎麼繼續下去……

當你在內心深處早就知道你已無法回頭。
有些事情無法彌補，
有些傷痛太過深沉，
你將永遠無法復原……
姚遠怔怔地看著電視機，直到眼前的一切逐漸變得模糊不清。
直至現在她才終於清醒地意識到，那人在她心底烙下的痕跡，不管她再怎麼努力，都無法抹去了。
最磨人的思念是似有若無地想起，有時候你自己都不知道你在想。

仔細算算，他們分開有四十天了吧？對於江安瀾來說，這四十天完全像是回到了自己住院的那幾年的狀態，沒有盼頭，壓抑，看誰都不順眼。
這天，他跟大堂哥江安宏打完網球，走去俱樂部浴室的路上，江安宏開口問他：「你這兩天公司要是沒什麼事，抽點空出來，跟你三姊一起去外面玩玩吧？」
江安瀾扳正網球拍上的網說：「沒有空。」這樣的態度表明他不想談這話題，江安宏也就不多說了，他這五弟已足夠有本事，不需要他多點撥，很多事情他都能掌控好，審時度勢，聰明得很。
爺爺曾說過，如果小五的身體允許、脾氣好點，去走仕途的話，那麼他的作為可能比他們江家的任何人都要大，只可惜天不由人。而最近聽江安呈說起，小五在談的那段感情可能已結束，所以就提了提讓他出去散散心的想法。不過現在看小五的反應，想來對於這段感情該如何取捨，他心裡也有數了。

之後，兩人各自去洗澡，出來後找地方吃了午餐，中途江安宏被一通電話叫走。

江安瀾吃完後，回自己的住處。他坐在車後座，搖下車窗，外面的國槐、洋槐都已在冒芽了，一片生機盎然，兩旁人行道上有不少人在散步踏青。今天是週末，所以人多，三三兩兩的，有情侶，有帶孩子玩樂的老人，他卻看得胸口發悶，憑什麼別人都可以過得這麼舒心，他就不行？奇了怪了，他又沒做什麼傷天害理的事，就算有，那也都是兵不厭詐、各安天命的事情，憑什麼他就得過這麼痛苦？

江安瀾剛步入二十九歲的「高齡」，心理卻越來越扭曲了。他甚至覺得自己就像是命懸一線的絕症患者。不，他就是絕症患者，肺性腦病，在他的這二十九年裡，因為得這病，從十二歲到十五歲，他的大部分時間是在醫院裡度過。大學剛畢業那年，因為併發症，他躺在醫院裡，吃不進東西，吃進去的大部分也都吐了出來，一度瘦得不成人形，情緒焦躁悲觀。如今他不知道自己什麼時候會加重病情，會昏迷，甚至會精神異常。

江安瀾閉上眼睛，那次她帶他去醫院，幫他叫醫生，幫他付錢，他覺得這人真傻……

「傻瓜，如果妳不救我，不就什麼事都沒了？」

他掏心掏肺地想念起來，這種掛念在許多年前就已開始。

第十四章

Meet right person at right time.

一種相思

這兩天，姚遠通過QQ聯絡了老同學趙瑜，趙瑜是和她一起由江大公派留學加拿大的。如今趙瑜還在加拿大讀博士，姚遠想跟她討教些關於讀博士的問題。趙瑜說：「妳持外國的碩士文憑，再讀國內的博士不划算，要不再申請下公派來這邊讀博士？以妳的條件，我想問題不大。」

姚遠卻否決了。「我奶奶年紀大了，身體也一直不怎麼好，我不敢再走遠。」

「那妳是想在江大讀？」

「嗯，我記得妳跟孫雲孫教授很熟？」

「哈哈，美女妳這不是明知故問嘛？妳想做我外婆的學生？她雖然名聲在外，但非常嚴格，對學生的要求也很高，做我外婆的門生有妳苦頭吃，妳看，我都千辛萬苦要跑外面來了。」

「我兩年前有幸聽過孫教授的一次演講，對她在中國明清文學領域的研究很佩服，也很敬佩她為我們中國的文化事業做出的傑出貢獻。」

「我說小遠，我們才半年多沒見吧？妳可真是越來越會說話了啊。行，我會幫妳在我外婆那兒通通氣的。不過我還是那句話，以妳的條件，不管是做江大孫教授的學生，還是公派留學，都不成問題。我好奇的是，妳本來都回去好好上班了，怎麼又打算深造了？」

姚遠打字的手停頓了下來，過了會兒，才又重新敲字：「想過得充實點。」

姚遠終於還是跟孫教授聯絡上了，現在很多高中的博士生導師、副導師，很大一部分人都是有名無實的，姚遠想要拿到的是真材實料的學位。她愛文學，童年時期最常待的地方就是母親工作的市立圖書館。後來一路求學，學校的圖書館便是她最常去的地方。她一步步走過來，也總算是沒有走上「做一行，恨一行」的路，主要是中國文學博大精深，僅僅拉出五千年裡的百年就夠人研究的。確定了導師，當然，現階段只是她單方面的確定，還要等考試後孫教授的反向選擇。

這段時期，姚遠將所有精力都花在了考博士，以至於那天上課差點累倒在課堂上，她閉了閉眼，才又放著PPT講下去。她的課是選修課，去年還好，課程都安排在白天，今年有兩天的課安排在了晚間。她的作息被弄得很混亂，每次上完課回到家，自己還要讀書、看資料，每每弄到深夜。她承認有點拚命了，可她停不下來。因為人一空下來，就容易胡思亂想。

這天下課後，她走出教室，後門有人叫她：「老師，等等。」姚遠回頭，竟然見到了走哪是哪。對方跑到她跟前。「大嫂，嘿嘿，我來旁聽妳的課了。」

姚遠聽到那聲「大嫂」，微微皺了皺眉，但也沒說什麼，只是說：「你不是這學校的學生，怎麼……」

「晚上無聊嘛，我求了我那同學，讓他幫忙打探大嫂妳的上課時間。大嫂妳課講得真仔細啊！說起來，剛剛我後面有男生說妳頭髮剪短了，超像小男生，哈哈哈哈。」他左一句大嫂右一句大嫂，姚遠聽得心裡難受，也想避免被來去的學生聽到，就跟他說：「我們邊走邊說吧？」

「好好。大嫂妳最近很長時間沒上遊戲了，老大也是，你們不在，我們都沒玩的樂趣了。溫長老也是的，隔好幾天才來一次，鬱悶。」走哪是哪講了一通最近《盛世》裡的情況。姚遠聽得心不在焉，走到學校後門口的時候，看到賣奶茶的小店還開著，就問走哪是哪：「你要喝點什麼嗎？」

「老讓大嫂妳請客，那怎麼好意思呢？這次我請妳吧，大嫂妳要喝什麼？」說著，他就先跑過去了。姚遠走過去，說：「我要一杯熱檸檬汁。我來付好了。」她可不習慣讓「學生」買單，雖然自己也就比走哪是哪大三、四歲。

姚遠付完錢，走哪是哪連說謝謝，她忍不住笑了。「好了，你也差不多該回自己學校了吧？」

「大嫂要回去了？」

「嗯。」

走哪是哪不情不願地跟姚遠道了別，走前問姚遠什麼時候能上遊戲。

「再說吧，我最近比較忙。」

走哪是哪走後，姚遠在後門的馬路邊叫計程車。她晚上一個人不敢走夜路，而到家的那路公車過了晚上八點就沒了，幸好路程近，叫計程車也不是很貴，每週來去兩次還能承受。

她坐上計程車，車子駛在路燈昏暗的馬路上，當看向某一處時，她不禁又出了神。她曾好多次去回想發生在這裡的那一幕，都記不起第一次見到他時他的樣子，只記得他那糟糕的語氣。之前每次回憶都覺得，這人明明脾氣很差，卻在她面前裝得很紳士，她有些好笑，也有點感動。而如今只要想起他來，她心裡就像被一根小小尖尖的刺扎著，一下一下地，不是很痛，卻也忽略不了。

其實連她自己都不知道，自己自始至終到底喜歡他什麼。好像在她還沒有完全弄明白的時候就陷入了他的包圍圈，然後一切都很自然地發生了，欣賞他，相信他，依賴他。

可怎麼也想不到，最後卻是這樣的結果。
感情是把雙刃劍，它好的時候能讓人如同墜入蜜罐裡，可一旦破碎了、不合心了，便戳人心、刺人骨。
姚遠也清楚，她不能再由著自己沉溺在那些消極情緒裡了，她要從自憐自艾裡走出來，這半年就當是作了一場夢，夢醒來，就回歸到原來的軌道。
所以，她一遍遍地默念自己的座右銘，要奮鬥，要努力，不能給天上的父母丟臉。

在姚遠為進軍博士而奮鬥的時候，江安瀾飛去了美國。他去美國，一方面是為了送同父異母的弟弟江安傑去父親那兒，因為那邊學校要開學了；另一方面是，他有些話想要跟他父親江文華說明。
江文華跟第二任太太住在華盛頓，年過五十的江文華身形高大，五官稜角分明，在外貌方面，顯然江安瀾遺傳自他母親更多。但是性情和為人方面，江安瀾卻跟他父親很相似，都是不喜多言、乾脆俐落。所以兩人一見面就直接說事了，也不多扯家常。再說，江安瀾跟他父親的關係也不是特別的親厚，主要是因為江安瀾從小是跟兩位老人生活，而江文華也不是擅長表達父愛的人。
江文華聽完兒子說的，皺了眉頭。「你想換你母親的姓氏？」
「是。」
「是因為你之前在交往的那女孩子？」
江安瀾一點都不訝異父親會知道這事兒。「算是。」

江文華緩緩吁出一口氣。「我不同意。第一，你這樣做，不說我，爺爺奶奶那邊你怎麼交代？第二，那女孩子因為我們江家人失去了雙親，就算你改了江姓，本質上文瀚還是你的小叔。」

江安瀾平靜地說：「我知道，但我沒別的辦法了。」

「胡鬧！」江文華難得對自己的大兒子動氣，他站起身，他的太太聽到聲音從書房走出來，他擺了擺手。「沒事，妳進去。」江安傑的母親輕聲道：「有什麼事情你好好跟安瀾說。」說完才又轉身進了書房。

江安瀾也站了起來。「爸，我並不是來徵詢你的意見的，我只是來告訴你這件事情。至於改姓這點，我已經跟爺爺提過。江家安字輩裡人那麼多，並不差我，但母親那邊卻只有我。」

「什麼叫江家不差你？我江文華以後的一切都是你的，你去改姓，成何體統！」

「你的產業可以給江安傑。」

「小傑那份，我自然會給他，但你才是我江文華的繼承人。好了，這話題就到此為止。我不反對你跟那女孩子在一起，但是改姓，我不允許，至少在我死前你別想！」

江安瀾的情緒也不大好，但面上還是很冷靜。「對於改姓，我堅持。」

「你什麼時候變得這麼沒大腦了？要改姓才能追到人家女孩子？」江文華氣得都有些臉紅脖子粗了，一向寡言嚴肅的男人，就算在商場上被人擺一道，也不至於讓他這麼氣惱。雖然近十幾年，江文華多數時間生活在美國，但觀念仍是根深柢固的中國傳統思想，自己的兒子要改姓，那是絕對不能容忍的。如果是一開始就跟母姓，那另當別論，中途改姓，他江文華還沒那麼開明！

江安瀾確實有點沒料到父親的反應會那麼大，他知道有困難，但也應該會有通融的餘地。可現在父親擺明了表示這事沒商量。他是可以自做主張去實行，但是，他也並不想跟家人鬧得不愉快，因為這對他想要做的事沒有幫助，說不定反而會弄巧成拙。他現在一步都不敢走錯，他怕，怕錯了真的再難彌補。

江安瀾在美國逗留了一段時間，因為自己公司的海外業務問題。等他回國時，已是四月底，這段時間他的心情已經有所平復。因為他確定了自己的目標，只要最後結果是他所設想的，那麼，他不介意中間有點曲折，就算這些曲折讓他太陽穴一抽一抽地疼。

江安瀾撐著額頭，按著太陽穴。這次是李翱來接的機，因為他也察覺近來老闆心事重重，所以一向話多的他接到人後都沒怎麼開口，直到看到後座的人從包包裡掏出藥瓶來，他才從前面的擱板上拿了一瓶沒開封的瓶裝水遞到後面。「不舒服的話，要不先回家休息下，別回公司了？」

江安瀾接過水，吃了藥。「我還死不了。」

通常江安瀾說這話的時候，說明他已經非常沒耐性了，前段時間剛被加重工作任務的李翱不敢再開口了。

到公司後，趙子傑過來聽表哥「回饋」美國那邊的業務情況，聽完後就馬上說：「那我去把東西整理整理，弄好後發 E-mail 跟他們確認？」趙子傑剛要出去，又想起什麼，弄了下手上的 ipad，遞給江安瀾。「你年前說要買輛小車是吧？你看這兩輛怎麼樣？凌志 is250c，樣式配備我覺得都挺ＯＫ的，就是油耗厲害了點，還有就是那輛ＢＭＷ１系Ｍ，反正都是你說的不是特別突出、但性能方面都算OK的。」

江安瀾聽趙子傑說了，才想起來是有過這麼一回事。那天陪姚遠在醫院裡掛點滴，趙子傑打了幾通電話來，他回過去說完公事後，提過一句幫他看看有沒有適合女生開的小轎車。江安瀾這會兒又按了按額頭。「你先出去吧，我看看再說。」

趙子傑退了出去。

江安瀾看著 ipad 上的車子，最後有些懊惱地關了螢幕。

江安瀾那晚作夢，夢到了姚遠十八、九歲的模樣，她就坐在江大湖邊的椅子上，笑得很開心。日有所思，夜有所夢，這話半點不假。江安瀾醒後，再也睡不著，拿著手機看時間，深夜兩點，外面一點聲音都沒，而腦子裡突然冒出來的一個念頭讓他的心跳漸漸加快。他握著手機，想如果這時候打電話給她，不，只發條簡訊，就當是在午夜夢迴、意識不清醒的情況下做的，呵，他現在不就是午夜夢迴……

江安瀾苦笑，終究沒發。

隔了兩天，溫澄來京，約江安瀾被拒，只好退而求其次約李翺一起吃飯。席間說及江安瀾，溫澄說：「他跟大嫂之間可能出了點問題，所以，你最近還是少接觸江少吧。」

至於出問題的原因，溫澄也是不清楚的。

「啊？出什麼問題了？我最近忙得要死，都沒時間上遊戲……怪不得，怪不得，這段時間 boss 那麼恐怖。」一無所知的李翺還在那兒驚訝著。「嫂子應該不是那種見異思遷的人啊，而老闆就更不會了啊。」

溫澄笑了笑。「確實，像安瀾這樣的人，心裡雖然孤傲清高得要死，但就是這樣的人，如果他認定了誰，就是死心塌地。」

很快到了清明節，姚遠如同往年一樣，跟堂姊一家人以及奶奶去掃墓。姚遠在父母墓前燒了紙錢，磕了頭。

掃完墓當天，姚遠跟姚欣然吃完晚餐便回了市裡，因為姚欣然頂不住她媽連清明的假期都不放過，要給她安排相親。在姚欣然發動車子時，她媽嘴上還在說著：「妳這孩子怎麼老這樣？我叫妳去相親，那都是為妳好，妳看妳都多大了，還每天瘋瘋癲癲的不正經，不要找男朋友，成什麼樣子？還是遠遠乖，找好對象了。遠遠，什麼時候讓那小夥子來家裡吃飯？妳奶奶都問起過好幾次——」姚欣然慌忙打斷母親的話。「行了行了，媽，我們走了，跟奶奶還有爸說一聲，下次放假我們再來。」在母親的不滿聲裡，姚欣然風馳電掣般將車開了出去。

路上，姚欣然感慨不已。「年紀稍微大點，不結婚就成罪過了？現在都什麼年代了？真是的。」見身邊的人一直很安靜，不由問：「在想什麼呢？嘿，美女，問妳話呢。」

姚遠被叫回了神。「哦，沒什麼……」

她在想他，是不是……很罪不可恕？

一週後，姚遠的博士班第一輪初試，之後兩天是複試和體檢。江大初試複試的時間連在一起，並沒有給人喘息調整狀態的時間。不過這樣也好，快刀斬亂麻，一次性解決。姚遠算是臨時抱佛腳，因為此前她並沒有想過要讀博士班，將近兩個月的衝刺也不知道能不能過關。她唯一慶幸的是自己經年累月積累下來的基礎還行。

錄取結果要到五月中下旬才公布，這說明四月中旬到五月中旬的時間又都空了出來。之前姚遠一直神經緊繃地在忙碌，突然鬆懈下來，她有點迷茫。複試完，隔天就是週末，姚遠在家中不知該做些什麼，她是真的無意識地又點開了電腦桌面上《盛世》的圖示。

若為君故的號一登錄，姚遠都覺得有點陌生了，然後好多私聊的消息湧進來，滴滴滴的聲音響了好久。姚遠一條都沒看，全部關了，剛要退出遊戲，馬上又有一條消息進來。

傲視蒼穹：「大嫂！妳終於又上線了啊！」

然後，接二連三有人發消息過來。

亞細亞：「君姊姊！真的是妳啊！我以為我眼花了！」

阿彌：「君姊姊！淚奔啊！我以為妳不玩這遊戲了！」

花開：「小君，來了。」

哆啦A夢：「幫聊裡說君姊妳終於又現身了！果然，嗚嗚！」

姚遠看著這些消息，微微紅了眼睛，這些人雖沒怎麼在現實裡有過接觸，卻總讓她感覺到溫馨，就像家人一般。她在幫聊裡發了消息：「謝謝。」下面一堆消息跑出來。

阿彌：「小君，抱！」

姚遠像以前那樣打了個「回抱」上去。

花開：「小君，有空來我花店找我玩嘛，妳這沒良心的，我分店開張後妳就沒來看過我。要不是這段時間一直走不開，過完年後就連著元宵節、情人節、婦女節、植樹節、清明節，我早就去妳學校逮妳了。」

阿彌：「君姊姊，妳以後別再無緣無故玩失蹤了，人家的小心臟承受不起這種打擊啊！反正，不管怎麼樣，我們都站在妳這邊！」

姚遠有點不解：「什麼？」

亞細亞：「我們跟天下幫解除同盟了。」

哆啦A夢：「咱們幫主幹的，厲害吧？」

姚遠明白了，心裡波動了一下：「哦。」過了一會兒，她又發：「我先下了，有空再上來。」

亞細亞：「啊？這麼快？」

阿彌：「嗯，去吧去吧，不過記得要回來啊。」

姚遠再度要關遊戲的時候，這天最後接到的一條私信彈出來。

君臨天下：「來了？」

姚遠望著前方發了一會兒呆，最後退出了遊戲。

那刻，姚遠的表情簡直是快要哭出來了。

網遊裡不少人知道姚遠在江濘大學上班，但除了走哪是哪和君臨天下之外，倒也沒人來找過她。然而這天，姚遠卻又遇到了一個遊戲裡的玩家，那人大中午的站在學校大門口，來往的師生都紛紛朝他看去。

那人高大俊朗，下巴微揚，全身上下透著一股張揚勁兒，然而他最吸引人的是身上那件白T恤上用紅色的顏料寫著的：我找若為君故。

那字還挺帥。

無數女學生嬉笑著故意從他眼前走過，邊悄聲議論著邊不忘偷偷打量這個帥哥。

姚遠看到這白T恤男的時候，頓時就有點傻眼了，旁邊的同事則是不由樂了。「這誰啊？若為君故又是什麼？現在的人還真是不畏外人眼光，什麼都做得出來啊。」

不管他是誰，姚遠自覺是絕對丟不起那臉的，正想跟著同事悄無聲息地離開，那T恤男突然看向了她，然後瞇了瞇眼，最後以一股驚人的氣勢向她跑了過來，快接近她時，啪的一聲，男人直挺挺地跪在了她面前。

所有人，包括姚遠在內，都目瞪口呆了，下一秒姚遠就聽到白T恤男罵罵咧咧地低咒了一聲：「這地面怎麼那麼滑啊！」

姚遠無語。昨晚下了場雨，校門口兩側的路面又有點緩坡，像他剛才那樣火急火燎地跑過來，摔倒也不足為奇。呃，重點是，先生你能爬起來再說嗎？這局面太容易讓人誤會了。

果然，姚遠聽到周圍有人在議論了。

「那是我們學校的老師？」

「有人在跟她求婚嗎？」

「那男的臉色好難看。」

「老師不答應啊？」

眼看著再這麼下去，圍觀群眾都要解讀出薄情女和痴心男的戲碼來了，姚遠迫不得已，一把拉起還跪在她跟前起不來的人。

而此刻學校對面的馬路邊上，剛停下不久的一輛車裡，江安瀾看著這一幕，臉上的表情淹沒在不明朗的光線裡面，顯得深沉難辨。

這廂，姚遠剛拉起人就想走，那齜牙咧嘴地揉著膝蓋的男人卻反手拉住了她。「妳是若為君故嗎？」

姚遠一怔，果斷搖頭。「不是。」

「那妳玩網遊嗎？」

姚遠淡定地繼續搖頭。「聽說過一些，很少玩。」至少最近一段時間她都沒玩過了。

「妳少騙我了，我知道就是妳！」

姚遠身邊的同事疑惑地看著她，她只能乾笑道：「我朋友，嗯，跟我開玩笑。」然後，她讓同事們先去吃飯，等他們走了，她看向T恤男。「請問你是？」

那人揉了半天膝蓋，總算緩了過來，站直身子，報出了大名：「滅世神威。」

滅世神威？就是上次要跟她買若為君故的帳號，最後被她拒絕了的那人？

這人該不會真為了買賣帳號不成而來找她麻煩了吧？應該沒這麼無聊的人吧？

但姚遠還是謹慎地看著他。

對方倒是看了她一會兒後，呵呵一笑，說：「別緊張，美女，我請妳吃飯吧。」

姚遠剛要一口拒絕，對方又說：「妳如果不跟我走，我就當場說我是來跟妳求婚的，反正跪也跪了。」

好渣……

姚遠見還有不少人在圍觀，只得硬著頭皮點了頭。「走吧。」她只想快點離開這裡。

姚遠帶著滅世神威選了學校附近偏高級，但也相對冷清的一家餐館。對方也不介意由她做主，跟著她進到餐廳，一坐下就說：「君臨天下那陰險的傢伙現在在哪兒？」

姚遠愣了一下，才反應過來面前這人也許找她只是為了刺探那人的情報。「我不知道君臨天下在哪兒，我已經很久沒跟他聯絡過了。」

「哦？我看他挺黏妳的啊，難不成也分手了？」說著，滅世神威又挺高興地道：「不過，如果妳跟他真分手了，我得恭喜妳，這樣妳就不會再被他茶毒了！妳是不知道那傢伙的本性啊，他這人陰險得不得了，明明搶了我女朋友，還說他沒搶，我找他單挑，他都是讓他手下來對付我，還以多欺少！虧他還是什麼大神呢，真的太不要臉了。」

姚遠抿了口服務生端上來的茶。「你跟他有過節，應該去找他。」不管是在遊戲裡還是現實中。

滅世神威一聽這話就憤憤不平。「老子查不到他啊！妳知道我查妳花了多少錢？還跨省飛過來！唉，結果妳跟那傢伙也分手了，本來還想利用一下妳，來一招引蛇出洞的。」

姚遠聽完，嘴角抽了抽，又聽到他問：「妳有他電話嗎？妳看，妳現在也被他甩了，心裡一定很鄙視他吧？妳告訴我他電話，如果知道他家在哪兒那就更好了。妳給我提供線索，我去找他算帳，放心，我會把妳的仇也一起報的。」

雖然兩人已經「分手」，但庇護他卻已經像是她的本能了。「我不清楚。」

滅世神威一聽，氣餒道：「也是。不怪妳，他遊戲裡接觸過的那些女的，也都不知道他是做啥的，更別說電話了。我就想折騰他一次出口氣，怎麼就這麼難？」

姚遠想起前不久看到的一則新聞，四名一九九〇年後出生的孩子，玩ＬＯＬ被坑，不遠千里跨省揍隊友。果然玩遊戲走火入魔的人很多。
其實某種意義上來說，她也算是走火入魔了吧？
這頓飯，姚遠只喝了杯茶，就走了。
滅世神威見她實在不樂意跟自己吃飯，也不勉強她了。但姚遠走之前，他硬要了她的電話號碼，然後塞給了姚遠他的名片。「我看妳這人挺不錯的，以後遊戲裡誰欺負妳，打電話給我。」
莊小威，山西××煤業的總經理。姚遠走出餐館的時候看了眼被迫接收的名片，不由笑著搖了搖頭。
她剛打算回學校餐廳吃飯，身後店裡的一名服務生追著她出來。「這是妳朋友打包讓妳帶走的。」
莊小威？
但下一秒姚遠就看到了袋中最上面那一盒切好的水果，裡面都是她喜歡的那幾樣，隱約想到了什麼，微微皺起了眉。
隨後，她雙手捧著袋子，慢慢地往江大走去。
姚遠還是見到了江安瀾。那天晚上，她起來去客廳倒水喝，走過窗邊的時候，看到了樓下站著的人，他穿著一件單薄的毛衣，看著前方，手上夾著一根菸。她還是第一次看到他抽菸，菸火忽明忽暗，在這初春的夜晚裡顯得有些蕭瑟。

姚遠看了一會兒，就回了房，也忘了之前要喝水。最後，她翻出了他的號碼，給他發了私訊：「你回去吧。」

過了好久，他回覆：「好。」

姚遠沒去看他走沒走。

她躲在被子裡，默默數綿羊。

第二天，姚遠接到了一通陌生來電，不過通話的人並不陌生，是那個跟她有過一面之緣的滅世神威莊小威。電話一通，他就不客氣地罵開了：「君臨天下太黑了，耍陰招！我上網約了他出來單挑，本來不抱希望的，結果他答應了。他說他就在江濘市，好，真是太好了！說了地點，說了時間，結果他遲到讓我等了半天不說，到頭來還讓他堂哥來招呼我，自己坐車裡面看，把我跟遊戲裡一樣耍啊！沒見過比他更沒品、更沒下限的人！他堂哥是員警啊，我如果出手，那不成襲警了？老子活這麼大從來沒這麼窩囊過，那君臨天下真不是人啊！」

「……」

「妳還在不在？喂喂？」

「在……」

「我只罵了君臨天下兩句，就差點被帶去警察局……」一堆髒話之後，總結語就是：「我就沒見過比君臨天下更無恥的人！」

「……」

第十五章

Meet right person at right time.

我不良善，
但我絕不負妳

五一假期期間，姚遠陪奶奶去醫院看病，老人家這兩天有些胸悶，好在檢查結果顯示並無大礙。從醫院回來的路上，老太太中途讓計程車司機靠邊停了下來。「孩子，陪奶奶在這邊走走。」

「好。」前面的路口，是她父母出車禍的地方。

姚遠扶著奶奶慢慢地走過去，在快到那個路口的時候，有男人擦肩而過。

本來低著頭的姚遠下意識地抬起頭，那一瞬間，她幾乎有點不敢相信，因為她認得這人的長相，儘管很模糊，但她認得。而要過去的男人也止住了腳步，他看著她們也有點驚訝，或者說猝不及防，但很快，他的表情又恢復了過來，然後他朝她點了點頭就走開了。

姚遠瞪著他，什麼話也說不出，直到奶奶慈祥地問她：「怎麼了？」

「沒，沒事。」

江文瀚，他怎麼會來這裡？是巧合，還是……

江安呈接到小叔後，問：「直接送您去飯店，還是您還有其他地方要去？」

「飯店吧，要去的地方已去過了。」江文瀚笑了笑，問：「安瀾呢？」

「在他姨父那邊。」

「是嗎？回頭我也過去跟趙老師打聲招呼。現在他的書法是一字千金也難求了吧？」

「是。」

「書香門第，他兒子趙子傑倒沒有受到多少薰陶，反而安瀾更多點那世代書香的味道。」

江文瀚緩聲道：「我今天看到那女孩了。聽說安瀾中意她？」

江安呈愣了一下，隨即應了聲。

「倒是巧了。」江文瀚抬手捏了捏眉心，之後沒再說話。

到了飯店，江安呈去幫小叔辦入住手續，後者坐在大廳的沙發上，那般儒雅的男人，當他不笑不言時，總隱隱透著股憂鬱頹喪的氣息，讓他看起來備感滄桑。

「想不到我那件事，竟然到現在還能害到人。」江文瀚撐著額頭喃喃自語著，想到之前見到的女孩子，那時她才八、九歲吧，竟然還能認出他來，反而當年在法庭上詛咒他會遭報應、會被天打雷劈的老太太卻不記得他了。

江安瀾後來聽江安呈說起小叔也到了這邊，他只是嗯了聲，表示知道了。江安呈過去坐在他旁邊的沙發上。「你要找他談談嗎？你倆住的飯店離得不遠。」他原本是想幫小叔也訂這家飯店，但想想還是算了。說到底他還是偏向於兄弟這邊，對於小叔，不說輩分問題，這麼多年幾乎一年只見一次面，感情畢竟是淡了。

江安瀾翻著手上的室內設計圖。「談什麼？他終究是我的親人。而我既然認定了她，就一定會讓這段感情走到最後。」

江安呈聽完，無語了會兒，這堂弟認真做起事時，總是讓他有種大刀闊斧、手起刀落的感覺。

「二哥，回頭這邊的房子你幫忙看著點，我想在今年十二月之前裝潢好。」

「這麼趕？」

江安瀾將看完的設計圖理好，神色平靜地說：「早點弄好，好早點結婚生子。」

姚遠這邊，傍晚大伯忙完事，開車到她的住處，把老太太接回了鄉下。家裡又只剩她一個人，她看了一會兒電視，最後去書房開了電腦。

上QQ看留言，其中一條是小傑克發來的，時間是半小時前。「師娘，妳什麼時候上遊戲？我被人家追殺，好可憐。」

她原本不想回，但還是忍不住發過去問：「誰殺你？」

小傑克回覆很快：「師娘妳來啦？我也不知道他們是什麼人，都殺我好幾次了，說是因為我是哥哥和師娘的徒弟，所以……」

「你哥哥呢？」她問這話完全是出於條件反射。

不過，她這句話卻讓電腦前正上著弟弟號的男人手指微微滯了滯。「在忙。」

「哦，我上遊戲。」

「等等，我現在不想玩遊戲，師娘妳陪我聊聊天吧，我好無聊。」

「好吧……」

「妳在做什麼呢？」

「我在跟你聊天啊。」

江安瀾抿嘴，微微揚起了點笑意。「能跟妳視訊嗎？」

「呃……」

「不可以嗎？」

「也不是。」

江安瀾將螢幕上方的外置攝影機扯了下來，放進了抽屜。「但是我沒攝影機。」

於是便成了單方面的視訊，江安瀾看著螢幕上的視訊框，看了許久。她的頭髮剪短了，上次他坐在車裡看她的時候就發現這點了，至於臉，好像又瘦了點。「師娘在減肥嗎？」

「沒有啊。」

姚遠聽到手機響了。「小傑，我接下電話，你等等。」

江安瀾看著她走到後方去接電話，背對著螢幕，身形看上去是真的瘦了，他調大了音量，隱約能聽到她低低的聲音。

他是真的太想念她了。

電話是姚欣然打來的，約姚遠明天跟她出去旅行，後者搖頭。「不去了，節假日到處都是人。」

「我們部門辦的，我想帶上妳這個家屬。九寨溝五日遊，真不心動啊？」

姚遠實在沒心情出去，但又不想讓堂姊多牽掛，就開玩笑說：「如果是國外我就去了，人應該會少點。」

「要求還挺高。」姚欣然笑罵，隨之又問：「介紹個帥哥給妳吧，我們單位的同事。旅行回來就安排讓他跟妳見一面如何？」

姚遠汗。「不用了。」

「真的挺帥的，濃眉大眼，身材也很ＯＫ——」

姚遠打斷了堂姊的話。「姊，我不想認識什麼帥哥。」

姚欣然在心裡嘆息，只怪起點太高了嗎？那江安瀾……

姚遠結束電話，回到電腦前，問小傑克：「還在嗎？」

「在。」江安瀾打字。「妳不要哥哥了嗎？」

姚遠當下說不出話了，這孩子……「呃，大人的事小孩子別管。」

「我不小了。」

「至少你還是未成年吧？」

江安瀾低頭微微笑了一下，心說，我如果是在未成年的時候就認識妳，然後在意妳，妳現在必定在我觸手可及的地方。

愛情本來是最無跡可尋的，可一旦沾到了，又是最令人無法割捨的。

兩人又聊了會兒，姚遠最後說她要去海邊走走，就互相道了再見。等她關了視訊，江安瀾起身走到房間的落地窗邊，望出去就是海。這家飯店的這一間房她也曾來過，還陪他在這裡睡了一個午覺。

妳說，這世上是不是真有些神奇的東西在？剛看著視訊時的她，他腦子裡一直重複地想著，他想見她，不是網路上那種無法觸碰的相見，然而下一刻她就要過來這邊了。

他可不可以提早見她？

他的耐性真的是不太好。

姚遠在晚霞滿天的時候出門，坐公車去了這座城市的海邊。她從開春後就想過來走走。海灘上有不少人在走動，多數是遊客，初春的海風吹來，帶著點微微的涼意，很舒服。姚遠由北向南走，她走得很慢，想著心事，走了大概二十分鐘，天漸漸地黑了，人也少了，再過去就是江濘市最高級的海景飯店。姚遠突然就停住了腳步，正要掉頭往回走，身後側有人走過來拉住了她的手臂。她當下驚了一驚，扭頭要掙開手，下一秒就因看清眼前的人而忘了動作。

他柔聲說：「小遠。」

對於姚遠來說，比起被人突然抓住，此時此地見到江安瀾，更是讓她心亂如麻。前者是驚嚇，後者，也不知是什麼情緒。

「你……」

「我說是巧合，妳信嗎？」從小到大從不屑於撒謊的他，今天卻滿口胡言，江安瀾心中黯然自嘲。

姚遠自然是不信的，而江安瀾並不給她多少思考的時間，伸手抱住了側著身的她。姚遠掙扎著想要掙開，他身材修長，手長腳長，又用了點力氣攬著她，她無奈，自己竟逃脫不得。

「我們不是說好了嗎？」分手了，不要見面了。

一向冷情的男人沒多想，便將懷中的人轉過身正對著他，俯身便吻住了那紅潤的嘴唇。他們有過兩次接吻，初次雲裡霧裡，第二次繾綣纏綿，而這一次，姚遠只覺得似水般柔情。她是真的喜歡他。她閉上眼睛的時候，很難過地想著。

天空連最後的那幾絲光亮也暗下去了，只剩下附近的人間煙火零星點綴著這一處。江安瀾撥開她額邊的短髮，一路從眼角吻到頸側。「我愛妳，姚遠。」

姚遠一直沒有睜開眼睛，任由他抱著。

最後是他幫她攔了計程車，給了司機一百塊錢，說了她的住址，幫她關上了車門。車開了，她由後照鏡裡看著他的身影一直站在黑夜中沒有動。

之後的兩天，姚遠去鄉下陪奶奶。這天中午，大伯和大伯母剛出門，就有人踏進了他們家前院。江文瀚走到客廳門口，此時姚遠正跟奶奶在客廳裡，她坐在八仙桌前批閱學生的作業，而奶奶則躺在旁邊的藤椅上撚著一串佛珠念念有詞。姚遠聽到腳步聲望向門口，下一秒，便猛然站起了身，聲響使得閉目的老太太也睜開了眼，轉頭看到門外的人，又回頭看向孫女。「是遠遠的朋友嗎？」

姚遠瞪著那人，他對老太太微微鞠躬，說了聲「您好」，然後對姚遠說：「我想，妳更願意出來跟我談談。」

她是不願讓這人踏進家門的，所以對奶奶說了句：「奶奶，我出去下，外面涼，您別出來。」

江文瀚跟著姚遠，走到前院裡一棵已開花的梨樹下站定。「姚小姐，我來這裡，只是想告訴妳，不管妳再怎麼恨我，我都沒有什麼可以賠給妳的了。」

姚遠愣了愣，之後狠狠地瞪著江文瀚。「我也已經沒有什麼可以讓你毀掉了，請你馬上離開。」

江文瀚愣了一下，然後低低地苦笑了一聲。「不，我的意思是，我也是什麼都沒有了，所以沒什麼能補償你們的了……」看著姚遠厭惡惱怒的眼神，江文瀚扯了扯嘴角。「妳以為我在撒謊？我也希望這是謊言、是惡夢……休言萬事轉頭空，未轉頭時皆是夢……可惜，這惡夢我作了十六年，可能以後也會一直作下去，這一輩子都無法醒過來。」

姚遠不吭聲。

江文瀚說：「我不是來祈求妳原諒的。我這一輩子，早已經毀在那一場車禍裡了，原諒與否，已改變不了什麼。我今年已經四十五了，二十九歲那年坐了牢，我愛的人等了我三年，她說等我出來我們便結婚，可最後那一年她卻走了。我出來後，想方設法地去找她，所有能找的地方都找了，後來才知道，她不是走了，而是死了。她是記者，死在舊金山。如今，我一無所有，一無所求。我來這裡，只是想跟妳說完這些話。我不想再看到有人因為我的過錯而受到影響，受到不必要的傷害。」而有時候，人活著其實未必比死了好。江文瀚在心裡淡淡地想著，可這樣的話，是不能說出來的。

一陣風吹來，一片片的梨花落下，溫文爾雅的男人抬頭看了眼，很輕微地笑了一聲。「我的話說完了。」

江文瀚離開了，他走的時候，姚遠看著他的身影漸漸地融進黑暗裡，有種說不出的伶仃寂寥。

等姚遠回身時，卻撞上了一雙老邁的眼睛。「奶奶，您怎麼在門口站著？」

「天黑了，外面蚊蟲多，本來想讓客人進屋裡去說話的……」老太太慢慢地踱步到那棵梨樹前。

姚遠趕緊扶住奶奶。「嗯，他已經走了，我們回屋去吧。」

老太太笑著拍了拍孫女的手，之後看向那棵梨樹，說：「這樹啊，是妳出生那年妳爸爸種下的，如今已經這麼高了，妳也長大了。奶奶還記得妳三、四歲的時候，這梨樹第一次開花，妳跑到樹下，話還說不俐落呢，就念起古詩來了，『忽如一夜春風來，千樹萬樹梨花開』。」

姚遠鼻子有點酸，伸手輕挽住奶奶的胳膊，低聲道：「奶奶。」

老太太又說：「遠遠是好孩子，不該受那麼多苦的。奶奶早晚念佛經，就只求菩薩一件事，就是希望妳和欣然快快樂樂、健健康康。」

姚遠強壓下了眼底的酸澀，低著頭，輕聲回了一聲：「嗯。」

晚上大伯送姚遠回了市區。大伯的車剛走，她正要進樓裡，就有人朝她跑了過來。「師娘！」竟是江安傑。

姚遠訝異得不得了。「你怎麼會在這裡？」

「我來玩，媽媽也來了。」他回頭看向身後，離他們不遠處的女士笑著走過來，對姚遠說：「姚小姐，能否跟妳談談？」她的聲音溫柔，讓人聽了有種潤物細無聲的感受。

姚遠不禁想，她這兩天見的江家人可真多。

他們就近去了社區外面的茶餐廳。江安傑一直抓著姚遠的手，左一句姊姊，右一句姊姊，他的母親也沒有說什麼，只是包容地看著孩子，跟姚遠嘆道：「我這兒子調皮，妳別介意。」

「不會。」姚遠是挺喜歡孩子的，何況江安傑又長得如此討喜。

茶水上來後，江安傑的母親才正經開口說道：「其實，這次是安瀾的爸爸讓我來的。姚小姐，妳可聽說過安瀾要改姓的事？」

姚遠皺眉，搖了搖頭。

江安傑的母親嘆了一聲。「安瀾因為妳的事情跟家裡人說要改掉江姓，隨他生母的姓氏。他爸爸自然是不允許的，但安瀾這孩子從小就獨立自主慣了，就算他爸爸不答應，他照樣還是會去做的。他爺爺呢，從小疼他，但凡可以通融的事都隨他，在這件事上，老人家不知怎麼，竟然也應了他。他爸爸這幾天都寢食不安，想了好久才決定讓我來跟妳談談，興許能有轉機。安瀾他爸是愛面子的人，也為了讓自己打拚了一輩子的企業後繼有人，所以無論如何也接受不了安瀾要改母姓這件事，才出此下策，讓我來找妳說說。孩子，我知道我們提出這種要求很自私，安瀾愛妳，他為妳做任何事都是有理由的，可有些事即便再有理由也是不好做的。」

姚遠聽得愣怔，一時不知道該如何開口。

對方又道：「妳能跟他談談嗎？只要他不改姓氏，別的都好說。」

姚遠終於勉強笑了笑，說：「您大概也知道我是誰吧？我是說，知道我父母是誰。如果我跟他在一起，你們難道不會擔心我是存了不好的心思的？」

溫柔嫻靜的女人臉上有著明顯的憐惜。「對於妳父母的事，我們很抱歉。而我知道，妳是好女孩。安瀾鍾情於妳，小傑喜歡妳，安呈也在電話裡跟我提過，妳再適合安瀾不過，因為妳比很多女孩子都要堅強、獨立和懂事。」

「我沒妳說得那麼好。」姚遠是真覺得自己沒那麼好，至少沒好到值得他付出這麼多。

「我會跟他談的。」姚遠說出這句話的時候，面前心事重重的女人終於展顏了，她拉過姚遠的手輕輕拍了拍。「謝謝妳，孩子，謝謝。」

對方在走前還說了句：「如果我有幸生女兒，再悉心教養，恐怕也未必可以教得像妳這般好。」

姚遠只是淡淡地笑了笑，她想到兒時母親說過的一句話：「做人很難，也很簡單，但只要隨了自己的心，無論做什麼，酸甜苦辣，都是值得的。」

他做這些，是隨心而為吧？

可是，值得嗎？

姚遠到家後，在沙發上坐了好久，最後終於拿出手機給他打了電話。「你在江濘市嗎？」

「不在，我過來？」

「也不用今天就……」

「沒事，我過來。」他的聲音帶著低柔的磁性，是情人間的那種語氣。

時隔兩天，他們還是又見了面。

他出現在她家門口的時候，明顯是一副匆匆趕來的樣子。姚遠看著有點不忍，但還是忍住了沒有說什麼，側身讓他進了屋。江安瀾脫了西裝外套，背後的白襯衫有些汗溼的痕跡，他表情倒還是一如既往的從容冷靜。

「要喝什麼？」

「水吧。」他說著，終於笑了一下。「怎麼突然想要見我？」

姚遠給他倒了一杯水。「小傑的媽媽來找過我。」她沒有說江文瀚也來找過她，不是故意隱瞞，只是覺得沒必要說。

「嗯。」江安瀾應了，但反應平淡。「他們說什麼，妳不必在意。」

姚遠並沒有留意他說的是「他們」，只是道：「你不需要那樣做的。」兩人的座位原本相隔了一定距離，江安瀾在看了她一會兒後，起身坐到了她旁邊。姚遠一直沒有看他，她怕自己看著他會很洩氣。

氣氛多少是有點尷尬的，至少對姚遠來說如此。她從來沒有這麼不堅定過，拖泥帶水，給人不便，又讓自己困擾。如果早知道有那樣的前塵往事牽扯著，兩人從一開始就不該走到一起，至少她不會去接近他，以至於弄得現在這樣進退兩難。

江安瀾是何等精明通透的人。「我改姓不是為了妳，是為了我自己。姚遠，我是很自私的人，我想讓妳沒有心理負擔地跟我在一起，好讓我的人生圓滿。」

「……」

好一陣兩人都沒再說話，直到江安瀾又帶著點笑說道：「要不我們私奔吧？」

「小遠，其實妳幫過我兩次，這後一次妳記起來了嗎？」如非必要，這第二次，他不太想說出來。

「啊？」

「我從江大畢業後沒多久就住院了，起初是在北京，後又轉來了江濘的醫院。我在醫院裡待了大半年，煩……」本來想說「煩得要命」的江安瀾，中途改了口：「覺得無趣，吃得也不稱心，妳知道，醫院裡的東西都不太好吃。有天，我自己去外面的餐館吃。旁邊桌的人很吵，我那幾天……心情不是很好，就讓他們閉嘴……」

姚遠是大二第一學期就去外面打工了，第一份活就是在一家高級餐廳裡當服務生，薪水很不錯，要求外形好、英語好，因為在那兒消費的以外國人居多。結果她剛到那兒打工還沒到一個星期呢，就碰到了人滋事，一桌三、四個外國人，欺負隔壁桌一個斯文中國人。

那天經理剛好出去了，周圍的同事嘀嘀咕咕著不知該怎麼辦，她就沒多想上去幫了同胞，用英語對那幾名外國人說：「他不是故意的，不好意思，你們這桌的單我來買吧。」剛說完，姚遠就特後悔，她自己還缺錢呢，充什麼英雄，不，是冤大頭。但話既然說出去了，收回已來不及，好在最後總算沒發生暴力事件。

「妳幫我付了兩次錢，雖然後一次，我覺得完全沒必要。」他看起來就那麼弱嗎？

至於姚遠，自然也不是到處做好事的人，她從小到大自己就過得挺艱苦的了。當然，看到人需要幫忙她會去幫一把，但見人就散財的畢竟是極少的。結果兩次掏大錢都是為了他，姚遠也不知道該說什麼了。

「你是不是為了報恩——」

江安瀾頗有些無奈地打斷她。「我以為我們的關係更像羅密歐與茱麗葉。」再者，他向來不是什麼善男信女，還報恩？只是因為她是她，所以他才另眼相待，才會故意將那份恩情無限放大。

「姚遠，我們重新開始吧。」

如果她的心能再冷硬一點，她會跟他說不，可她終歸是不夠決絕的人。

世上總有這樣的人，讓你感到身不由己、無能為力，而中途的那些波折也只是為了讓你將那種無可奈何看得更清罷了。

「嗯。」

姚遠嘆了口氣，終於看向了一度不敢面對的人。「我最近常常在想你的事。」

「我本不願想的，但還是會不由自主地想起，然後就睡不著了。」

江安瀾一直目不轉睛地看著她，他的呼吸有些淺，怕一不小心會打斷她接下去要說的話。

「我可能無法做到跟你的親人毫無芥蒂地相處。」

「我知道。」

「我只是喜歡你……」她說這句話的時候還是有些傷心。

「我知道。」江安瀾伸手將她擁住，深深地閉了閉眼。那份如釋重負是那麼明顯。一向懂得揚長避短、不動聲色的男人此刻懶得再去藏匿心事，他本來就已經將自己的那份情愫清清楚楚地袒露給她看了，所以他一點都不介意承認自己之前的惶然和不安。「如果妳一直無法接受我，我真不知道該怎麼辦，幸好……幸好。」

他們和好了，是吧？這段時間兩人都過得不好，此刻靠在一起，說不出的平靜。屋子裡有種淡淡的幽香，姚遠想，大概是今天大伯母讓她從鄉下帶回的用以安神的薰衣草乾燥花的香味。

「在想什麼？」江安瀾低頭親了親她的額頭。

「在想餐廳裡的那束薰衣草。」

他們就這樣坐在客廳的沙發裡，有一句沒一句地聊著。

姚遠睡著的時候，江安瀾的手機亮了亮，是一條簡訊：「怎麼樣了？」

如江安瀾這種滿腹心眼的人，誰又玩得過他呢？

家裡那些人會來找她，都是他不動聲色地促成的。就連改姓這樣的大事，他最後也做成了，這種事就算在一些普通小家庭都難以操作，更何況是江家這種名門世家。而其實照他的預計，即使她不打這通電話給他，他最多再準備一天，就可以來找她了。

「上次清明，我去我母親墳前時，跟她說過段時間會帶妳去見她。」

「我母親去世的時候，我還沒多少認知。關於她的事情，我都是後來聽旁人說起，以及讀她留下來的一些筆記才知道的。我的名字也是她取的，『我的孩子，願你能一世平安、無波無瀾，就叫安瀾。』雖然我這半生算不上一世平安、無波無瀾，可總算是沒有早死……」

「我父母是在他們大學的時候認識的，自由戀愛。母親為父親犧牲了很多，放棄了自己的理想，從江濘嫁到了北京。母親身體不好，北方的吃食、環境她都不能適應，可是為了父親，她全甘之如飴。這一點我大概比較像她，可能我更甚。我會比她更玩手段、更不計代價，不達目的誓不甘休，只為了得到自己想要的。」

「小遠……我不良善，但我絕不會負妳。」

第十六章

Meet right person at right time.

海闊天空

同榻而眠，雖不是第一次，但這一次是真的有了一種塵埃落定的踏實感。

姚遠的房間是朝東的，所以當清晨來臨，太陽升起，第一縷陽光便透過窗戶照了進來。江安瀾睜開眼的時候，就看到了那束光照在他們的腳邊。她的腳露在花色的毛毯外面，在陽光下幾近透明。

真好。

江安瀾這樣想著，然後安逸地看著那束陽光在床尾慢慢移動。

姚遠醒來的時候，房間裡沒其他人，身上的衣物是昨晚穿的家居服，然後聽到洗手間裡有聲音，看到旁邊床頭櫃上的男士手錶和黑色 iphone，總算是確定了，原來昨晚上那場「和好」真的不是夢。

她腦子裡一時還是有點空蕩蕩的，卻也不由自主地笑了一下。

還是走到了一起。

過了好半晌，姚遠下床，走到窗邊拉開了窗簾，外面陽光燦爛。

江安瀾從浴室裡出來，只是簡單地刷牙洗臉了一番，卻讓人感覺一身清爽。他走到她身邊，很自然地說：「早安。」

姚遠是在後來兩人吃早餐的時候，才看到他幫她夾菜的右手小手臂上有兩條淺淺的傷痕，不由皺眉問道：「你手怎麼了？」

江安瀾也看了眼自己的手臂，並不在意地說了句：「沒什麼，被我爸用鋼筆打到的。」

姚遠又想到他改姓那事，想起江安傑母親的說辭。「你以後真的不姓江了嗎？」

「嗯，身分證上會改用我母親的姓氏，我們的孩子以後可以姓秦，也可以姓姚，不用姓江。」

姚遠終於無話可說了。

而江安瀾在看著她低頭吃東西的時候，想起來這裡之前的三堂會審，父親的毅然反對、大伯的不贊同、奶奶的為難，最後爺爺放了話：「小五，你爸不同意，你同樣不肯讓步，那還是我來定吧。對外，你就一直叫江天，身分證上的『江安瀾』，你要改，便去改吧。」事情發展到這一步，已是最好的解決辦法了。

姚欣然一早去堂妹的住處，她有備用鑰匙，所以是直接開門進去的，結果一進門就看到了在收拾餐桌的江安瀾，一下就傻了。而江安瀾聽到聲音回頭看到人，隨意地點了點頭，拿著碗筷便進了廚房。

早餐是兩人一起做的，做飯他是會點，但洗碗，老實說真沒洗過，但江安瀾想著今時不同往日，所以也就捲起袖子，開了水龍頭，摸索著洗了起來。

姚遠剛回房間接了通電話，是奶奶打來的，出來時就看到傻站在門口的堂姊，以及廚房間裡那道背著光的身影似乎正在洗碗，也一下有點不知所措了。

「姊。」姚遠叫了一聲。姚欣然下一秒就走了過來，抓住了她的手，壓著聲音說：「他怎麼在這裡？你們倆……」

姚遠心想，既然決定要跟他在一起了，也沒必要遮掩什麼了，就點了點頭。姚欣然當場伸出食指戳她額頭。「搞什麼？不是說……他不是那家的人了嗎？他是不是威脅妳了？」

裡面匡當一聲響，打斷了兩姊妹的談話，姚遠馬上回頭去看，地上摔碎了一只碗，江安瀾正要俯身去撿，她跑進廚房拉住他。「我拿掃帚掃。」

江安瀾笑了笑。「不好意思，回頭賠妳一整套吧。」

姚遠無語，她去廚房的角落裡拿掃帚簸箕清掃碎片的時候，江安瀾洗了手走到了客廳裡，姚欣然還站在那兒，他輕聲說了句：「我跟小遠的事，妳還是別管吧。」

一向大剌剌、能言善辯也從不懼怕惡勢力的姚欣然，竟然被這一句輕飄飄的話給堵得一下不知如何回嘴，只覺得眼前這人，本性的的確確是唯我獨尊的，以前見他的時候，他都還算客氣，那是因為沒觸犯他什麼。

「她是我妹妹，我們從小一起長大，你知道她是怎麼一步步走到現在的嗎？」

江安瀾看著自己的手指，剛剛洗碗時水溫沒掌控好，被燙得有些紅腫。「我不知道，但我能保證以後讓她過得好。」

姚欣然知道，這話他不是說給她聽的，甚至，他也不會說給姚遠聽。

姚遠出來時，就見堂姊走到沙發前一屁股坐下，然後打開了電視機。江安瀾轉頭衝她一笑。「收拾好了？」

其實對於眼下這局面，姚遠是有點束手無策的。「要不，你們倆看會兒電視？我去把衣服洗了。」

姚欣然當即從沙發上跳了起來。「行了行了，我走了，妳有空再聯絡我吧。」

「姊。」

姚欣然看著江安瀾，說：「請記住你說過的話。」然後對姚遠擺了下手。「走了。」

姚欣然可謂來去匆匆。

門合上，房間裡安靜了一會兒，直到江安瀾說：「接下來我們做什麼？」

中午，江安呈幫他堂弟送來了兩套衣物，在姚遠樓下遞給堂弟的時候，他問：「看看，還差什麼不？」

「沒了，謝了。」

江安呈扯開嘴角。「兄弟之間客氣什麼？」

江安瀾點了下頭。「我上去了，有事打我電話。」

「行，我也有事情要去辦。」

兄弟倆很乾脆地道了別。江安呈一上車就接到母親的電話，問他小五是不是在他那兒。江安呈看著後照鏡，撥了下自己抹著髮膠的頭髮。「媽，二叔家的事，您就別攪和了。」

「他在江濘市房子都買好了？」

「這事您也知道了？」江安呈改用了藍牙接聽，發動了車子。「其實這件事，本來就沒打算瞞你們。媽，安瀾想結婚了，對象是誰重要嗎？」

那邊的江家大太太嘆了口氣。「總要講究點門當戶對吧？」

江安呈笑道：「安瀾不謀權，他也不缺錢，自己開的那家公司養一家子人是綽綽有餘的，趙子傑不是房子都買了兩套，車也換了好幾輪了嗎？」

江大太太笑罵：「他們那小公司能跟你二叔的企業比嗎？」

江安呈陪母親聊了會兒，掛了電話後開大了音響，手指跟著音樂節奏敲著方向盤，往目的地駛去。

江家安字輩裡，唯獨他想要謀權。「我倒真是喜歡大權在握的感覺。」

要說江安呈年少輕狂那會兒，那可真是混世魔王，而他雖然混，心思卻也活絡，那紈褲子弟趙子傑擱在他面前就是小巫見大巫。當然，如今的江安呈已是韜光養晦只剩圓滑了。乍一眼看過去，他對誰都很給面子，一副成熟穩妥的風範，可真要細細揣摩，他放在眼裡的沒多少人。到底是名門望族的子弟，他骨子裡的清高是怎麼也抹不去的。

這廂，江家最清高的江安瀾踏進走廊的時候，樓上跑下來的一個年輕女孩子差點撞進他懷裡，小女生一看清人，便紅著臉說了句：「對不起。」

他今天真的是心情比較放鬆，微笑著答了聲「沒關係」，剛要抬腳，女生又說：「我是二樓的住戶，你是新搬進來的嗎？」

江安瀾本來不想再浪費時間，但還是又說了句：「我女友住這兒。」

一句話秒殺。

後來江安瀾對姚遠說：「我長得這麼出色，很容易讓人家上來搭訕，妳對此有什麼看法？」

姚遠正在趕要刊登在學術期刊上的小論文，擺擺手說：「你先寫開題報告發到我郵箱吧，我回頭看，看了再回覆你。」

江安瀾瞇著眼，過了好半天才說：「夫人，咱們還是早點洗洗睡吧？當然，不管妳願不願意，都得放下手裡的『作業』了。」脾氣差的一面暴露出來，博士小論文什麼的滾一邊去吧。

而眼下，江安瀾一步一步地抬腳上樓，心裡想的是：什麼時候才可以把自己獻祭出去？當然，這才剛和好，他還不敢這麼迫不及待地急於求成。

所以，兩人雨過天青的第一天，靠在一起看了半天的電視。臺都沒換，還是姚欣然之前按開的那一臺，放什麼他們就看什麼。他們彼此依偎著，沒怎麼交談，卻很安適自在。

他們能走到這一步，已經是相當不易了。好比姚遠，心結不可能說沒就沒，但終究是遵從自己的心走到了這一步。再好比江安瀾，他的某種作為在很多人看來可謂大逆不道，但他卻覺得求仁得仁，無可厚非。

在這一段感情上，一人做了努力，一人讓了步。其實，很多時候，窮途末路與海闊天空，也許就只是差那兩步。

第二天中午，兩人換了衣服去外面吃飯，因為冰箱裡沒有菜可以煮了。姚遠記得上次採購還是一週前跟堂姊去的。兩人下樓的時候，姚遠說：「吃完飯，我們去趟超市吧？」

「好。」一切以夫人的意思為準的口氣。

江安瀾走在姚遠前面，之前他沖了澡，換了身衣服，白色的T恤衫和棕色全棉的薄褲子，頭髮吹了七成乾，姚遠忍不住伸手去撥了撥他的頭髮，江安瀾抬手抓住了她的手。「如果滿分是十分，妳給我打幾分？」

姚遠有點莫名其妙。「什麼？」

「各方面，我這個人。」

姚遠忍不住笑了出來。「德智體群美嗎？分開打，還是一起打打總分？」當老師的就是專業。

「一起好了。」

「六分。」

兩人剛走到樓下，江安瀾就一把將她拉到了身旁，本來牽著她的手也改成了攬住她脖子，他身上是她的沐浴乳的香味。「才及格？」

「你性格不是很差嗎？」

「哪裡差？」

「即使別人說的不算，你自己也承認過你脾氣差呀。」

這一對帥哥美女打打鬧鬧的，社區裡路過的人都不由多看兩眼。姚遠穿著一件淺藍色的洋裝，被江安瀾輕攬著搖搖晃晃地走，裙襬蕩漾，猶如水上漣漪。

「安瀾，你先放手，有人在看啊。」

「那就讓他們看吧。」陽光下，男人的嘴邊有著一絲明顯的笑容。

在叫計程車去飯館的路上，姚遠手機又響了，江安瀾倒是絕，出門連手機都沒帶出來。姚遠接起電話，那邊是花開，說今天花店很空，想約她一起吃午餐。

姚遠偏頭看了眼正看向車窗外的江安瀾。「我約了人吃飯了。」

「誰啊？小君妳的朋友肯定都是很不錯的人，要不一起吧？姊姊我一併請了。」

姚遠拿開點手機，輕聲問旁邊的人：「我們幫會裡的花開，她說要跟我們一起吃飯。」

江安瀾回頭。「妳說我也在。」

姚遠沒多想，回了電話那端的人：「君臨天下也在……」話沒說完，那邊花開哎唷了一聲。「君臨天下啊？那算了算了，我們改天再約吧，哈哈哈，你們吃得開心，玩得開心，我就不打擾了，拜拜小君！」一氣呵成地說完就掛了電話。

姚遠呆呆地看了一會兒手機，然後看向江安瀾。「他們好像很驚訝我們又在一起了？」

江安瀾很平淡地說：「大驚小怪。」

「還有，他們聽到你的名字，怎麼都有點聞風喪膽的感覺？」

「呵。」江安瀾還挺給面子地笑了一聲，腹誹心謗。「是人就應該識趣點，古人都說『寧拆一座廟，不毀一樁婚』，約會也不能拆。」有時候，大神的心思，真跟小孩兒似的。

可是，很多時候，偏偏就是煩什麼來什麼。這不，兩人一進姚遠常跟堂姊來吃飯的館子，就遇見了熟人，還是一大群。

江安瀾以前大學裡的同班同學，他們正巧在這兒聚會呢，十多個人，好不熱鬧。一個面朝大門坐著的哥們認出了進來的江安瀾，實在是江大少的長相太有識別度，那人一眼就確定了是他，起身朝他喊了聲：「嘿，江安瀾！哥們！」

江家教育晚輩，算是那圈子裡比較務實的，子弟上大學，就跟普通人一樣住寢室，該怎麼來怎麼來。出國讀書是不被允許的，江老先生不允許，江安傑是例外，那是因為在江老先生眼裡，次子第二任太太生的孩子，他並不太看重。

而最被看中的江安瀾，因為天生體質差，上大學挑的就是離他從小就診的那家醫院最近的，也說要給他在校外買一間公寓住，並請人幫他打掃、煮飯，但江安瀾都說不必了。他其實挺不喜歡被人當弱者對待的。上大學的時候，江安瀾身體狀況也確實還行，總體來說，那四年過得還算稱心，跟同學也算相處得不錯。

「我說，江少，真是太巧了，在這兒遇上了，我們有六、七年沒見了吧？這位美女是誰？女朋友嗎？」

江安瀾看著這位挺能說會道的同學，只是點了下頭，然後跟經過的服務生說了句：「給我間小包廂。」換作平時，遇上以前的同學，聊一會兒也無妨，但今天他的確不想多說什麼，只想過兩人世界。

有在場的女同學也忍不住開腔：「江安瀾，今天是我們江濘同城的老同學聚會，沒想到你也在這邊，要不跟我們一起吃吧？」

江安瀾淡淡地道：「不了，你們吃吧，回頭帳單算我的。」

大夥紛紛說那怎麼好意思呢。姚遠在旁邊看著，也覺得這人還真是一上來就主導了局面，所以說經濟命脈就是咽喉要道嘛。

等到江安瀾和姚遠由服務生帶著去了包廂，這一桌人都不由自主地聊起了江安瀾。

「我畢業後就沒見過他了。」

「我也是。他後來不是去北大還是清華念碩士了嗎？」

「沒有，據說是看病去了。」

「不是說他開了家公司嗎?在北京?」

「他爸是江文華，華業控股的老闆，他還要自己開公司?我估計就是玩玩。我上次在新聞裡看到華業的一個奠基活動，他就在場，真厲害。我們這群魯蛇就只能在電視機旁觀看一下，唉，真羨慕能生在那種家庭裡的啊。」

「這話偏頗了，江安瀾自身能力也不錯啊，不是連一向自命不凡的溫澄都對他很佩服嗎?」

「江安瀾為人還是可以的，就是不太愛理會人。別看他冷冰冰的性格，大學裡喜歡他的女生不少。剛剛看到江安瀾女朋友了吧?算是大美女了吧?」

之前邀請江安瀾共餐的女生翻了一個白眼。「世上美女還少嗎?電視裡那些女明星不都是大美女嗎?真是少見多怪。行了，別說別人了，吃飯吧。」

這邊方才說罷，另一邊小包廂裡，江安瀾已經點完餐，剛拿起桌上的茶要喝，姚遠突然說:「我看剛才那群人裡就有兩個女生中意你。」

「咳!」江大少爺嗆了一聲。「什麼?」

「女人的直覺很準的。」

江安瀾淡然道:「妳想多了。再說，我的眼光很高，比如說長相得跟妳差不多，性格也得跟妳差不多。但凡多一分我嫌多，少一分我又嫌不足。」

姚遠被說得挺不好意思的，拿了手邊的面紙揉成團朝他扔過去，江安瀾笑著接住了。「我說真的，夫人不信就算了。」

久違的稱呼讓姚遠紅了臉。「你這叫飽漢不知餓漢飢。」

「夫人是餓漢？」

「我沒說我啊。」姚遠辯駁。

一貫冷豔的江安瀾撩撥她。「妳都有我了，還飢渴？也未免太不知足了。」

姚遠覺得自己這是秀才遇上兵了，這兵以前還挺彬彬有禮的，現在則完全是軟硬兼施了。

剛和好，不是應該要對她更好一點的嗎？怎麼這人卻反其道而行之了呢？

與此同時，由於花開一時嘴快說了「我們家小君跟君臨天下疑似復合」的言論，遊戲裡的人於是又都不淡定了。

阿彌：「真的假的啊？」

花開：「在一起吃飯了，你說真的假的？」

亞細亞：「其實小君一直也沒跟君臨天下解除婚約嘛。」

阿彌：「嗯，之前幫主去跟天下幫的人解除同盟的時候，君臨天下不是說『隨妳，但請別私自動她的帳號』嗎？那話是不是就是在警告我們老大，別擅自解除他跟君姊姊的婚約啊？」

亞細亞：「我突然覺得，可能小君跟君臨天下壓根就沒『不好』過，不管是在遊戲裡，還是現實中。其實是我們幫主不待見天下幫的溫如玉才去那啥的，他們兩人不是從第一次網聚後就一直在相愛相殺嗎？」

花開：「噗，小亞看穿真相了！不過，無論如何，小君她沒事就好了。」

亞細亞：「有事的是幫主，我還想多沾一點天下幫的光呢，結果就這麼拆夥了。」

水上仙：「我想罵人！」
亞細亞：「哈哈哈，幫主大人妳來了。」
水上仙：「我都懶得說你們了，行了，來一組人跟我打副本去。」
阿彌：「我就想知道，我跟君姊姊還有沒有機會了。淚。」
哆啦A夢：「要不阿彌哥，我犧牲下，我們在一起吧？嘿嘿。」
亞細亞：「二貨攻配二貨受嗎？」
花開：「哎喲，莫名戳中萌點，這種重口味的還真沒見過。於是，我們幫也終於出了一對可供腐女排憂解悶的男男CP了嗎？」
姚欣然看著螢幕抖著腳說：「一群不知人間疾苦的孩子啊。」在等人來集合的時候，溫如玉發消息過來了，一貫的笑容表情打前鋒。「聽說我們老大跟妳妹復合了？」
「你行啊，在我幫裡安插臥底。」
「呵呵，彼此彼此。」
「懶得理你。」
「我說，以前跟妳合作時不是挺好溝通的嗎？出價跟妳收妳妹妹的照片妳也很痛快地給了，怎麼現在每時每刻都跟吃了火藥似的？同學，心平氣和才能長命百歲啊。」
「那是以前，現在老娘不喜歡你，走開，別礙我眼。」
「不就是那次意外嘛，我看都看到了，妳總不能讓我自插雙目吧？」
「求你自插。」

江安瀾跟姚遠飯後就去逛超市了。買完東西出來，兩人就直接叫計程車回了姚遠的住處。一進家門便聽到手機響，江安瀾拿著兩袋東西去餐桌邊看他放在桌上的手機，不過他也就看了一眼，沒接，轉身將東西拿進了廚房。姚遠跟在他後面，看著他的舉動有些無語。「你不接電話嗎？」

「不急。」

既然當事人不急，她也就不多說什麼了。不過他手機剛停歇，她手機就響了，號碼陌生，姚遠一接起，那邊就說：「Hello 表嫂，我是子傑。」

虧得姚遠記性好，還記得曾經打過電話給她的趙子傑，不過那聲稱呼著實讓她沉默了兩秒。「你好，你找你表哥吧？」

「是啊，我打他電話他不接，所以打妳的了。」趙子傑儼然一副熟人的樣子說著。「你們都在江濘市吧？我剛從LA飛回來，在家呢，表嫂妳家地址哪兒呢？我給妳帶了點禮物，幫妳送過去吧。正巧我也有點事要找表哥談下，business。」

這時江安瀾從廚房出來，問是誰。

「你表弟。」

大少爺眼睛瞇了一瞇。「不介意我來聽？」姚遠笑著把手機遞給了他，只聽他說：「趙子傑，你很空嗎？」

「安瀾，我過去找你們吧，我在我爸媽這邊。」

江安瀾面無表情地說：「你在家就多陪陪你爸媽。」

「我給表嫂帶了瓶香水，迪奧的，今年剛出的，限量版。」

「她不用香水。謝謝你好意了。」

趙子傑被這聲謝謝弄得目瞪口呆了下，隨即反應過來是「別多管閒事，哪涼快哪待著去」的意思，估計還是礙於表嫂在，所以他才說得那麼含蓄，否則早就劈頭蓋臉地罵過來了，罪名是越俎代庖。趙子傑雖然中文沒學精通，但腦子還是靈活的。「哦，知道了，那我把香水送給別人。」

「掛了。」

「等等，安瀾，那我出差的事要跟你報告下。」

「回頭再說吧。」

趙子傑知道沒戲了。「ＯＫ，那你代我向表嫂問聲好。」剛說完，江安瀾就掛了電話。趙子傑嘀咕：「怎麼這樣？」

趙子傑的母親秦玥出來給盆栽澆水，聽到了兒子一個人在陽臺上念念有詞，不由問：「咕噥什麼呢？」

「媽，我覺得安瀾結婚後，肯定會更加冷酷無情，妳信不信？」

「胡說什麼？」

「他那女朋友您聽說過了吧？他為了她改掉了『江』姓，用老媽您的姓了。」

秦玥聽了，皺眉嘆息一聲，她唯一的姊姊去得太早，安瀾當時還那麼小，秦玥想到這裡，又忍不住紅了眼眶。趙子傑看到母親又多愁善感了，馬上安慰：「媽，您的小心臟也太脆弱了吧。」

秦玥伸手打了下兒子的頭。「你姨母是我最親的人。當年你外公死在了戰場上，外婆鬱鬱而終。你姨母那時才十五歲，我才十二歲，兩人就這樣成了孤兒。我們在親戚裡來來去去過繼了好幾輪，暗地裡受了多少白眼、多少冷落。那時候但凡有什麼好用的、好吃的，你姨母都留著給我。後來國家表彰抗戰烈士，你外公被定為了一等功，好多國家大人物來給我們送禮、慰問，你姨母說『為國效力是父親一生的夙願，只是他忘了他的家人如果沒了他該怎麼辦』，你姨母雖然嬌小體弱，但性格卻是強硬獨立的，那是她第一次當著那麼多人的面掉眼淚。後來你姨母考上了大學，認識了安瀾的爸爸。她結婚的時候跟我說，她是長女，而秦家總要後繼有人的。生下安瀾後，你姨母想等以後生了第二胎，就讓孩子姓秦，沒想到……」秦玥說著，忍不住拿衣袖去擦拭眼角。「唉，都是命。」

趙子傑攬住秦玥的肩膀。「妳每次一說起姨母就要哭，好了好了，說真的，這家族故事我從小聽到大，都能背出來了。」

秦玥看著兒子，恨鐵不成鋼，隨後又感嘆：「安瀾改『秦』姓，也算是完成你姨母的心願了。說起來，安瀾的女朋友，你見過嗎？」

「見過，長得漂亮，身材也好，據我公司裡的同事說性格也很不錯。您也知道表哥這人有多挑剔，吃、用都是百裡挑一的，更何況是人呢？」

「那女生是我們江濘人？」

「是的。」趙子傑突然靈機一動，說：「媽，晚上妳叫安瀾來吃飯吧？他在我們市，讓他帶上未來表嫂。」

於是江安瀾沒多久就接到了秦玥的電話，掛斷電話後，他看向姚遠，她盤腿坐在茶几旁的棕藤坐墊上，拿著茶道六君子在泡茶。他過去坐在她後面的沙發扶手上，低頭看著她潤茶、倒水，等茶泡開的時候才說：「我小姨叫我們晚上去他們家吃飯，去嗎？」

「小姨？」

「嗯，我媽的妹妹。」

「哦。」姚遠將茶依次慢慢地倒入兩只紫砂杯裡，隨後拿了一杯給他。「去吧，反正在家也沒事。」

江安瀾微笑。「好。」喝了一口剛泡出的鐵觀音，茶香在脣齒間縈繞。「這茶挺好喝的。」

姚遠莞爾。「學校同事送的，她說不貴，估計比不過你平時喝的那些高檔貨。」

「我主要看是誰泡的。」

「咳，好吧。」

這男人啊，可真是越來越會說話了。

第十七章

Meet right person at right time.

大神努力刷下限

晚上去見江安瀾小姨的時候，姚遠還是糾結了下穿什麼。江安瀾坐在床邊，開著電腦看東西，這人已經完全不把自己當外人了。而姚遠選了半天，還是決定穿褲子，不穿裙子。江安瀾頭也沒抬，就說：「其實妳穿什麼都好看。」

姚遠一笑。「謝謝你這麼看得起我。」她拿了短袖的格子襯衫和牛仔褲要進洗手間換，江安瀾抬了抬頭，說：「妳在這兒換吧，我不看。」

「我有點不信你。」

江安瀾看著螢幕一笑，沒說什麼。

姚遠從洗手間換好出來，他已經合上了電腦，看著她說：「為夫與有榮焉。」

姚遠忍不住堵他。「其實，比好看，你還是更勝一籌的……」

江安瀾朝她招手。「妳過來。」

「幹麼？」

「我又不會將妳吃了。」

到底臉皮還是不夠厚，姚遠訕訕然道：「有旁人在的時候你可別這麼亂說話。」她的心臟可沒他強悍。

「這點夫人大可放心。」山不來就我，我就山。江安瀾已經自行下床走到她面前。「我的表演費很高，只有妳買得起帳。」

要說江安瀾這人寡情吧，確實是，他不近人情、不給面子那都是司空見慣的，但另一方面他又是深情的，他把他不多的感情全部投注在了一個人身上，完完整整。

晚上，在趙子傑家中，姚遠見到了她高中的英語老師，沒錯，就是趙子傑的媽媽秦玥秦老師。當年姚遠還是英語小老師呢。

人活得久了，還真是什麼事都能遇上。姚遠心裡唏噓不已。

秦玥也挺意外的，在玄關處就上下打量起了姚遠。「你是姚遠吧？」

「是，秦老師您好。」秦玥還沒到五十，天生皮膚好，穿著又大方，姚遠高中的時候就覺得她有種母儀天下的感覺。

秦玥帶著笑給他們拿了拖鞋換。「真是有緣了。安瀾，姚遠這孩子可是我教過的學生裡最中意的，你倒好，把她追來當女朋友了。」

江安瀾意外之後，只輕描淡寫地說了句：「我眼光高，挑來挑去就只有她能入眼。」

秦玥哈哈大笑，站在母親身後的趙子傑更是好奇地盯著姚遠看，第一次這麼近距離地看到表哥的心上人，當她視線朝他望過來時，他舉手「嘿」了聲，然後朝表哥豎了下大拇指。

江安瀾看了他一眼，趙子傑笑了下，就放下了手。一夥人到了客廳入座，姚遠本來就是溫和大方、神經大條，偶爾還會賣萌的人。雖然眼下情況有點複雜，但也沒有特別尷尬，就是她細細想來，覺得跟他之間的聯繫，還真是千絲萬縷，剪不斷，理還亂。

桌上有茶水、瓜子，秦玥招呼他們：「都是自家人，自便好了，姚遠，別拘束。」

「好的……秦老師。」

江安瀾看了她一眼，眼中有笑意，但他沒說什麼。不過秦玥倒是噗哧一下笑了出來。「我就說妳這孩子我最中意吧。好了，小遠，以後妳就跟安瀾一樣，叫我小姨就行了。」

這發展得未免太快了點吧？無奈，姚遠一貫尊師重道，只能答應說：「是。」

後來秦玥聽說姚遠如今在大學裡教書，又是連連誇讚了一番，也不由說起了以前：「小遠在學校裡一直很優秀，聰明又認真。還有，在我印象中，妳的字寫得很漂亮，不管是中文還是英文。我頭一次看妳作業的時候，就想了，這孩子的字怎麼寫那麼好呢？」

「謝謝。」那聲「小姨」，姚遠到底還是沒能叫出來。

趙子傑問：「媽，她那會兒是不是就有很多人追了？」

「哦，這我就不知道了。」

趙子傑還要再問，江安瀾放下茶杯，淡淡道：「你是想我摔咧子嗎？」子傑縮了縮脖子。

姚遠不懂。「什麼是摔咧子？」

秦玥啞然失笑。「這兩個孩子，摔咧子是老北京的方言，發脾氣的意思。」

「哦。」姚遠汗了一下，又聽江安瀾問：「小姨，晚餐後要打麻將嗎？」

「哎唷，好啊，剛巧湊一桌。你姨父這段時間被請去上海演講了，正好也沒人在旁指手畫腳。」看得出秦玥挺喜歡這項中國國粹的。「那你們等著，我去煮飯，完了打兩圈消化消化。」

秦玥一走，趙子傑就跟表哥說：「安瀾，你打算在這邊留幾天？」

江安瀾的目光似有若無地掃了眼身邊的女生，神情很溫柔。「看情況。」

姚遠注意到了，但選擇了沉默，很淡定地就當沒聽懂他話裡的意味深長。

在趙子傑的心裡，他表哥的形象一直是冷冷冰冰的，端著也好，鄙視人也好，然而現在卻完全是一副柔情似水的模樣。看到這一幕的趙子傑表示，李翺那話還是說淺了的。那句特通俗的話怎麼說來著？哦，他是有多喜歡這女生啊？都有點不像他自己了。

「還沒看夠嗎？」江安瀾說。

趙子傑忙尷尬地說：「夠了夠了，我去幫老媽忙。」

客廳裡又只剩下兩人，姚遠終於忍俊不禁地說了一句：「大神，您這感覺就像在清怪啊。」還是一路清過來的。

「有嗎？何時？」江安瀾淡定地問。

「之前去外面吃午餐的時候，以及剛剛。」

「哦。」

然後呢？姚遠瞪著他，他終於笑了一下。「我們分開了那麼長一段時間，現在我多爭取點兩人的獨處時光也算人之常情吧？說來，這應該算是夫妻任務。」

這話是在抱怨她沒「清怪」嗎？

除了乾笑，姚遠不知道還有什麼能表達出心中的無奈和……感動？

「妳打麻將厲害嗎？」大神又問。

「還行吧。」以前跟堂姊一家人打，她水準算不錯的。

「那就行，等會兒好好表現。」

姚遠剛想說「好」，而後一想，該表現得厲害點還是謙讓點呢？然後她問了，江安瀾答：「我以前輸的，夫人爭取給我贏回來。」

這句話裡資訊量有點大哪，估計大神對麻將比較不在行，輸得一直很耿耿於懷，於是拉了她來給他長面子？不過對於江安瀾來說，他的不在行也不會差到哪裡去吧？

飯後姚遠幫著秦玥洗了碗筷，收拾了廚房，四人就上了麻將桌。姚遠這才知道江安瀾對麻將確實不拿手，或者應該說他摸牌的手氣真心差。

因為趙子傑說小賭怡情，所以還是賭了點錢。江安瀾輸最多，其次趙子傑，而秦玥和姚遠都是贏的，兩人贏得還有點不相上下，秦玥是技術好，姚遠則是手氣好。對此，秦玥有感而發地說：「安瀾找了小遠當女朋友，那以後都贏不了他的錢了。」

江安瀾漫不經心地說：「小姨，風水總要輪流轉的。」

在打麻將的過程中，姚遠跟趙家母子聊著天，趙子傑挺能說的，普通話裡夾雜著英文，頭頭是道地說著他在國外的那些所見所聞所感。姚遠與他們聊得也挺自在。江安瀾坐在她左手邊，很少插話，只在他們談到他時他才會接那麼一兩句，還特言簡意賅。趙子傑見表哥今天心情不錯，就大著膽子問：「安瀾，你們打算什麼時候結婚啊？」

這話題江安瀾挺中意，笑容真切。「等她點了頭，就結。」

姚遠則是低頭嘆了一聲。

晚上從趙子傑家回去後，江安瀾在姚遠家沒留多久，就去了機場飛往北京。這些天電話一直不斷，讓他不得不先回京處理一些事。他走前對姚遠道：「妳要是想我了，就打電話給我，我手機不關機。不想的話，也最好一天打兩到三通電話給我，因為我在想妳。」

姚遠問：「為什麼不能是你打給我？」

江大少高貴冷豔地說：「沒有為什麼，我就是要妳打給我。」

好吧，傲嬌的大神你贏了。

再度兩地分隔的兩人開始透過電話聯絡感情。
第一天，姚遠是中午打過去的，江安瀾問：「妳早上怎麼沒打來？」
姚遠說：「睡過頭了。」暑假嘛，最大的好處不就是可以睡到自然醒嗎？
「那妳發張照片給我吧。」
「為什麼？」
「彌補我上午所受到的心理傷害。」
「學長，你這心靈有多脆弱啊。」姚遠差點笑噴出來。

那天午餐，姚遠約了堂姊一起吃，兩人去吃火鍋。在等菜上來的時候，姚遠問：「姊，妳還生氣嗎？」姚欣然答：「從來沒生過，以後他要對妳不好，我才會火。」
姚遠動容地說：「我就知道，從小到大除了奶奶，妳最疼我。」
「那不廢話嘛。」姚欣然笑罵。「總之，妳跟他在一起覺得開心最重要，其他都是次要的。」
姚遠淡淡笑了一下。「嗯，我知道。」

隔天中午，江安瀾相約姚遠上了遊戲，他們的同時出現不出意外地引發了一場小轟動。
溫如玉當即給公會裡所有線上成員每人一百金幣，讓他們到世界頻道去洗版慶祝。
【世界】溫如玉：恭喜君臨幫主攜夫人重返《盛世》，本幫因此大赦天下，以前得罪過天下幫的，今天路上遇到可免你們一死。
【世界】傲視蒼穹：啦啦啦，所有在外打怪的、搶boss的、踢館的天下幫幫眾統統都回來幫會大堂慶祝！

世界頻道被刷得目不暇接，男主角表示淡定，女主角覺得無壓力。姚遠看自己幫會頻道裡也是一派激情澎湃的景象，看著這些一直在背後支持著她的朋友們，心裡從來都是慶幸和感激的。她上去說：「謝謝你們，讓大家擔心了。」

阿彌大哭臉：「我能不能問最後一句……」

姚遠：「愛過。」

百花堂裡的人都笑瘋了。「小君賣萌可恥。」

這廂，江安瀾已帶著她來到了天下幫的地盤上，當姚遠看到前方齊刷刷的一排人朝她鞠躬喊「大嫂好」的時候，不由得黑線千行，她這是進了黑社會嗎？

百感交集之下，她打出一句話：「同志們，辛苦了。」

而她接下來在面對這幫「辛苦的同志們」時，卻感到有些無法應付了。因為他們在附近頻道洗版洗得讓人很想直接黑屏算了。

溫如玉：「幫主大人現在是不是如魚得水、飄然若仙啊？」

傲視蒼穹：「嫂子皇恩浩蕩，救我們於水火，讓我們百家安康！」

落水：「之前那段時間，幫主偶爾上來一次，就是……嗚嗚，總之就是好暴力。現在幫主好有愛，一切都是因為愛啊。」

雄鷹一號：「落水，幫主從來不介意殺女號的。」

落水：「大嫂在，我才不怕呢，大嫂求罩！」

傲視蒼穹：「若為君故只能罩（包括抱、維護等一切親密行為）君臨天下。老溫，把這條寫進幫規。」

溫如玉：「為什麼？」

傲視蒼穹：「幫主在我旁邊這麼吩咐的。」

寶貝乖：「我一趕到就被萌到了！幫主好！嫂子好！嫂子好久沒來了，我們都好想妳，妳有沒有想我們啊？」

傲視蒼穹：「咳咳，若為君故只能想君臨天下，這條同樣寫進幫規。」

寶貝乖：「老大刷下限都那麼萌，不行了！大嫂是不是每天都被幫主這樣『占有』呢？不行，鼻血！」

姚遠：「……」

她不知道，這種程度的刷下限只是某大神的冰山一角，以後的日子，她將被調戲得體無完膚。

莊小威之後又來找過姚遠一次，是江安瀾不在江濘的第三天。他先是一通電話打過來，開門見山地說：「聽說妳跟君臨天下又在一起了？」

這種私事姚遠實在不想與外人道。莊小威也不等她回答，又逕自說道：「我剛下飛機，他爺爺的，航班晚點了兩個小時！妳說地方，我們出來見一面。」

姚遠一驚。「不用了吧？」

「幹麼？我就找妳喝茶不行嗎？又不會把妳怎麼樣。」

姚遠還是推拒說：「那也不必了。」

「放心吧，我覺得妳這人還不錯，既然決定跟妳做朋友了，就算我自始至終看不慣君臨天下，也不會拿妳開刀的。」

「你怎麼又來這邊了？」為遊戲裡那點恩怨，這樣來來去去的，就不覺得太小題大做了嗎？還有「朋友」這說法，是不是太過草率了點呀？他們才見過一次面吧。

結果對方很「哥倆好」地說：「我來出差啊，我老爸要搞房地產了，我現在在幫他全國各地考察，就選擇先來妳這邊了，夠義氣吧？」

姚遠抽了兩下嘴角。「你既然是來出差的，應該有很多事情要忙，我們就別見面了吧？」

「妳怎麼那麼囉嗦？再嘰嘰歪歪，我就去妳家找妳。妳家地址我去妳學校找人問，總會問到的。」

迫於那樣的威脅，姚遠不得不出門去見這位奇特的「朋友」。

結果也真倒楣，她剛坐上計程車，江安瀾的簡訊就來了：「我打妳家裡電話，怎麼沒人接？」

姚遠只能含糊其辭地回：「你不是說不打電話給我嗎？」

「請不要轉移話題。」

最終姚遠承認了她要去跟莊小威見面的事，到底是不想對他有所隱瞞。交代的簡訊發出去後，對方久久沒回，姚遠有些小擔心，畢竟他跟莊小威算是敵對關係，不過她想江安瀾應該還不至於那麼斤斤計較，何況她都說明白了。

結果對方的回覆是：「妳出去了就別回來了。」

姚遠僵化，接著對方又發來：「剛開玩笑的，去吧，玩得開心點。」

這兩句話裡哪句是玩笑話，太明顯了……

不過姚遠還是去了，畢竟她答應了人家。但最終沒跟莊小威見上面，因為他中途又打來電話，先是罵了一連串的髒話，然後說：「我老子讓我滾回去！算了，我下次來再見妳吧。」

就這樣，一齣沒頭沒尾的鬧劇謝了幕，姚遠哭笑不得地讓計程車司機掉頭回去。那晚，姚遠跟江安瀾視訊的時候，她忍不住問：「你認識那莊小威的爸爸？」

江安瀾說：「不認識。」

「哦。」果然是她想多了，就是嘛，他應該還不至於交際面那麼廣泛，廣到山西去。這點姚遠其實沒想錯，但她高估了江安瀾的為人。

當時江安瀾看著手機很有些不爽，他不爽的時候通常別人也別想好過。所以他叫李翱去查了莊小威他爸的電話，然後對李翱說：「你扮他情人，給他爸打電話。」

李翱驚呆了。「什麼？情人？」

江安瀾溫和地說：「讓他滾回家，這方法見效最快。」

李翱打完電話後，內心一直無法平靜。

「都說越漂亮的越毒，這話真不假，不管是植物，比如曼陀羅，還是動物，比如奪命仙子，以及人類，比如我的 boss！」

深更半夜有人敲門，姚遠睡眼惺忪地爬起來去看是誰這麼沒有時間觀念。當從貓眼裡望出去看到來者時，她瞬間清醒了，打開門就問：「你怎麼沒跟我說一聲就過來了？」姚遠說著，回頭看牆上的掛鐘，指針指向一點。「還是這個點。」

江安瀾進了屋後，才雲淡風輕地說：「我看看能不能捉姦。」

「你……」姚遠算是服了他了，但聽他說話的嗓音有些沙啞，不由問道：「你沒事吧？」

江安瀾坐到沙發上後，伸出一隻手，說：「沒事，有點累而已。來，陪為夫坐一會兒。」

姚遠擔心。「那你趕緊去洗手間刷牙洗臉下就睡吧。」

江安瀾微笑地看著她，姚遠不苟言笑道：「文明睡覺。」

一大清早又被一陣惱人的敲門聲吵醒的姚遠無語問蒼天，正要掙扎著起來，身後有人抱住了她。「別去。」熟悉的氣息吹拂著她的頸項。「擾人清夢，不管誰，都別理。」

姚遠竟然差點忘了昨晚自己的床又分了一半給某人睡。「我說，昨晚是誰半夜敲門的？」

江安瀾喃喃道：「只許州官放火，不許百姓點燈，這話夫人沒聽過嗎？」

姚遠失笑。「聽過，但是很少遇到。」

江安瀾的指尖在她手臂上輕輕滑過，眼睛完全睜開了。「少見多怪嗎？以後妳慢慢會習慣的。」

姚遠覺得自己這是遇上土匪了。「我還是去看看是誰吧。」

江安瀾嗯了一聲。「我去吧。」說完就下了床，簡單套上了襯衫和長褲，邁開長腿出去了。

姚遠心想，為了安全起見，自己還是跟出去看看吧。

來人不是別人，正是李翺。

儘管此時此刻，姚遠穿著一身淺藍色睡衣，披著米色外套，頭髮亂蓬蓬的，不過李翺看到她時，還是發自內心地再次讚嘆，美女就是美女，不修邊幅也完全不影響美感度，跟江安瀾還真心是強強聯合。「大嫂早，不好意思，一大早來就打擾你們了。」

「呃，你好。」姚遠沒想到是他的朋友，多少有點窘迫，她本以為是她堂姊。江安瀾過來，將她外套上的鈕釦一一扣起，然後說：「先去洗臉刷牙吧。」

「哦。」

等姚遠進了洗手間，李翺返身去門外拖了兩只行李箱進來。「老大，你的兩箱衣物我幫你帶過來了。還有，我在你家祖宅裡碰到老太太了，她說如果大嫂樂意的話，可以多過去找她喝茶。」

江安瀾點了下頭，表示知道了。

李翺左顧右盼，大嫂的地盤他沒來過，不由好奇地多打量了幾眼。「嫂子這兒裝潢得很別致嘛，唷，陽臺上還養了不少盆栽，綠意盎然的，養得真好……」

江安瀾已經走向廚房，李翺將行李拖到客廳沙發邊，他看見他家老闆拿了水壺燒水，然後聽到洗手間裡傳來水流聲，而不知房間哪裡掛著風鈴，叮叮噹噹的聲音似有若無地傳過來。

李翺抬手撓了撓眉毛。「還真是有種旁人無從插足的感覺啊。」

姚遠再次出來時，就沒見到李翺了。「你朋友呢？」

江安瀾將泡好的蜂蜜水拿給她後，才說：「有事先走了。」

「哦？」

「怎麼？」

「沒，沒怎麼。」

李翺還真不是被江安瀾那旁若無人的態度給弄走的，他是自動自發地識相閃人的。不過他倒是在樓下很巧地碰到了姚欣然，兩人見過面，又都是記性好的機靈人，在認出了對方後便相視一笑，姚欣然先開口：「你家主子在我妹那兒呢？」

「可不是，妳怎麼也一大清早的……」

「跟你一樣，勞碌命。」生理時鐘固定了，週末也是一早就醒，她本來是來約堂妹喝早茶的，不過聽到江安瀾在，就興致索然了，朝李翺揚了揚下巴。「有空不？喝早茶去？」

「行啊。」於是兩個精明人一起去吃早餐了。

席間，姚欣然忍不住吐槽：「原來他玩遊戲是為了……你說你老闆也真是的，談感情跟打仗似的，還玩運籌帷幄，搞計畫，戰線還拉那麼長，他不累嗎？哎，要不是我妹喜歡他，我真覺得被你老闆這種人看中算不上什麼好事。」

「此言差矣，我老闆除了不是很和善、不太好相處之外，其他方面還是挺ＯＫ的吧？」

「溫如玉那廝也這樣，你也這樣，真不知道你們幹麼對他那麼馬首是瞻？他不就是有錢嗎？有錢了不起啊！」

「哈哈，確實了不起！我也是虧得他們江家出錢供我這山裡的娃娃出來讀書，才有今天的。」

「哎唷，山裡出來的啊，還真看不出來。」

「那是，都出社會混了多少年了？」說到這兒的時候，李翺的手機響了，他一看號碼有些眼熟，跟旁邊的姚欣然說了聲「不好意思」，就接了起來。

對方一上來就嗓門大開：「你他娘的誰啊？」

「大哥，電話是你打過來的，你問我是誰？」

對面冷哼。「扮我情人？嗯？很好玩嗎？北京號碼是吧？等老子查出來倒要看看是誰這麼不怕死！等著，看我怎麼整死你。」說著就掛了電話。

李翺慢慢呼出一口氣，然後對姚欣然說：「我收回上面說的我老闆『其他方面ＯＫ』這話。」

第十八章

Meet right person at right time.

以後我歸妳管

美好的時光總是過得很快，姚遠在新學期開始前的這段時間，跟江安瀾聚多離少地過了一段暖心的小日子。

而開學的頭一天，時隔多年重新拿起駕照的江安瀾開車送她去學校。校園裡人來人往，江安瀾開著趙子傑的跑車，為避免擦到行人，車子開得很慢，雖是黑色的普通款，但兩門的到底搶眼，姚遠坐裡面就挺不自在的，要是被自己的學生看到多不好意思啊，她下意識地就將身子往下滑一些，再低一些。

旁邊戴著墨鏡的帥哥偏頭看她。「跟我在一起很丟臉嗎？」

姚小姐坦白：「不敢。」

「那就坐正了。」

「學長，你把墨鏡借我戴吧。」姚遠頭髮又長到了肩上，她在後面紮了一束馬尾，露出耐看的五官。她說話的時候帶著笑，一言一語很能打動人，但江安瀾不為所動地抓住了她伸過來要摘他墨鏡的手。「男士的，妳戴不合適。」

能遮臉就行了呀。「真小氣。」

江安瀾似笑非笑地說：「妳第一天認識我嗎？我本來就很小氣。」

對於自己的缺點如此供認不諱的人，姚遠也實在無計可施了。好在到辦公大樓下時，附近沒有多少人。她下了車，江安瀾也跟著下來，轉過來望向疑惑的她，解惑道：「陪妳上去吧？」

「不用那麼客氣吧？」

「這麼見外？」

「哪能啊？」

「那就走吧。」

那天，姚遠的同事們都見到了傳說中姚老師那位很帥很酷的未婚夫，驚豔之後，大夥兒紛紛祝賀。江安瀾微笑道謝。

姚遠送江安瀾走出辦公室後，忍不住對他感嘆：「你今天態度真好。」

「我一向尊師重道。」

「你？」

男人臉色平靜。「姚老師，妳再笑，別怪我欺師。」欺師即「欺負姚老師」的縮寫。姚遠懂了，閉嘴了。

江安瀾挺可惜地抿了下嘴巴，說：「再陪我去見一位老師吧？」

江安瀾帶她去見的老師，是經濟學系的學科帶頭人。雖然是同所學校裡的教師，但姚遠跟他們級別差很大，所以也不熟悉，估計對方都不認識她這號小小選修課老師。

果然老教授在見到江安瀾時，高興地喚了聲「小五」，看到姚遠的時候，說終於帶女朋友過來了，很漂亮啊，哈哈哈。

江安瀾說：「再過一年，帶孩子來。」

老教授滿意地點頭，姚遠欲哭無淚。從老教授的辦公室裡出來，姚遠就問：「賀老師不會是你家親戚吧？」叫小五什麼的……

「不是。」江安瀾說。「他跟子傑的父親是老友，曾經想要介紹他女兒給我，我婉拒了，我說我心裡有人了。」

一句資訊量很大的話，讓姚遠聽得是心虛不已，小聲說：「謝謝您的抬愛。」
江安瀾道：「不客氣。」
這人，嘴上還真是一點虧都不肯吃。
但是，他行為上卻是處處遷就著她。因為她，他把大部分工作都帶到了江濘來做，也在這兒買了房子，裝潢親力親為。他不會多說這些，但姚遠清楚，並且感動著他的付出。
姚遠望著江安瀾的側臉，本來冷峻的臉被陽光照著，顯得十分柔和，她伸出手牽住了他的手，江安瀾目不斜視，淺淺地笑了。
時光在相纏的指縫間流逝，沒有比一段兩情相悅的感情更能溫柔彼此的歲月。而愛情發展下去就是婚姻，都說婚姻是愛情的墳墓，這話對於江安瀾來說，就是狗屁，誰不想結婚誰就一輩子孤獨。
他可一點都不想孤獨。
再次兩地分隔，在北京的江安瀾看著公司外面入冬的景致，深深地皺了眉頭。
「媽的。」
剛推門進來的趙子傑聽到這罵聲又默默地退了出去，逮到經過的同事甲說：「你把這份文件拿進去，thanks。」
同事甲苦著臉說：「副總，這兩天 boss 的心情都不是很晴朗，你就別害我了，我上有老下有小，家裡還有個吃貨老婆，要是丟了工作……」

趙子傑罵了聲「shit」，抓回文件啼笑皆非地說：「你可真厲害啊，走吧走吧。」

同事甲迅速閃了人。趙子傑只得硬著頭皮再次進入低氣壓中心，臉上倒還算淡定。「安瀾，這份東西你過目一下……我放你辦公桌上了。」

江安瀾回頭看了眼。「李翺呢？」

「財務部有個員工開刀住院，他代表公司去探望了。」

江安瀾嗯了聲，走回辦公桌前，翻看趙子傑拿進來的檔案，才看了兩秒就扔回了桌上，直直地看向前面的趙子傑。「你是洋墨水喝多了，腦子不靈光了吧？這種事情自己都拿不定主意了？」

趙子傑心裡叫苦不迭，果然又撞到槍口上了。

「表哥這種危險狠毒的終極 boss 應該跟表嫂終身綁定才行，單獨放出來太恐怖了，動不動就屠殺無辜。」近來也開始跟著李翺玩《盛世》的趙子傑苦中作樂地想。

姚遠洗完澡後，開了電腦，天氣一冷，她就又習慣性地裹了被子盤腿坐著。江安瀾在的時候會說她這樣坐著對腿部血液循環不好，她多次說明「我腳麻了會放下來的」，都被無情地駁回，只能乖乖地端正坐姿。而此時管家不在，她又故態復萌。

她一上QQ就看到江安瀾在線，確切地說是顯示「Q我吧」的狀態。

姚遠忍俊不禁地發過去：「學長，你不會在等我吧？」

君臨天下：「（自動回覆）是。」

不是只有離開、忙碌、請勿打擾時才有自動回覆嗎？這位英雄莫非又開掛了嗎？「大神，你在逗我玩吧？」
君臨天下：「〔自動回覆〕是。」
姚遠沉思片刻，破釜沉舟地發過去：「你是豬。」
君臨天下：「呵，中傷、誹謗，罪名成立，到我這邊來服役吧。」
姚遠笑出來：「你上次是不是也是這麼玩的？」手動「自動回覆」什麼的。
君臨天下：「不是。上次我把其他人都拉黑了。」
姚遠：「……」
君臨天下：「今天是什麼日子知道嗎？」
姚遠苦苦思索一番，她上次無意看到他身分證，他生日是五月十五日來著，而今天也不是什麼法定節假日。
姚遠：「什麼？」
君臨天下：「算了，上遊戲吧。」
然後兩人雙雙上了遊戲。
這天一上去，他們就被天下幫和百花堂的人重重圍住了，紛紛要求他們爆料私生活，君臨老大平時喜歡做什麼？若姊姊什麼時候生孩子？
「生孩子？」姚遠震驚了，不就是有段時間沒上來嘛，怎麼她都有點跟不上這劇情的發展了？
然後姚遠被天下幫的寶貝乖告知了：「嫂子，今天是您跟幫主大人結婚一週年紀念日啊。」
原來他們在遊戲裡已經結婚滿一週年了。

而剛巧今天遊戲裡更新了一項功能，即已婚角色可「生成」孩子，說是孩子，其實就是寵物，不過是人形的。

上遊戲後，她跟江安瀾換成了語音聊天，他在那邊抿了口茶，問：「要生孩子嗎？」

「是生成。」

「一樣。」

哪裡一樣了？很明顯的一種現實跟遊戲的落差，姚遠沉吟：「別生成了吧，你又不喜歡小孩。」每次跟他出去，逛街也好，吃飯也好，但凡有小孩子在旁邊吵吵嚷嚷，他就皺眉頭。

「跟妳生的我會喜歡。」

「是生成。」

「一樣。」

好吧，進入了死胡同，姚遠決定沉默是金。

然後下一秒看到他一向空白的QQ簽名檔上多出了一句話：我們結婚生孩子吧。

不是都結婚一週年了嗎？

至於「生成」孩子，最終江安瀾說「算了，沒勁」，於是就沒弄。不過江安瀾那句QQ簽名檔卻一直沒改掉，姚遠就不懂了，直到進入這年隆冬，新年的鐘聲敲響，姚遠才明白了那句QQ簽名檔的真正涵義。

除夕那晚，江安瀾在北京吃完年夜飯後，飛到了江濘市。當時這邊在下小雪，他穿著一件高領深棕色毛衣，外面披著一款 Gianfranco Ferre 的深藍色呢大衣，撐著一把黑傘站在她家樓下，然後打電話叫她下來。

姚遠也剛從鄉下吃完年夜飯回來，凌晨時分接到他電話就跑下了樓，剛站到他面前，就聽他說了那句：「我們結婚吧，然後生孩子，不是生成。」

姚遠張口結舌地看著他，可對方面上沒有任何開玩笑成分。

「今天不是愚人節吧？」

「不是，除夕夜，辭舊迎新的好日子。」

「哈哈，學長，您可真會說笑。」

江安瀾眯了眯眼。「說笑？」然後他從褲子口袋裡拿出了一只紅色絲絨盒子，打開盒子，遞到了她面前。「需要我下跪嗎？」

「我……你……」

然後，某大少爺真的就單膝跪了下去。姚遠驚呆了，回過神來，趕緊拉了他起來，這地上還是溼的呢。「別玩了，學長。」

江安瀾站起來後，面不改色地說：「那妳把戒指戴上。」

這口氣怎麼那麼像要脅呢？他今天穿著藍色的外套，皮膚白淨，頭髮剪短了，更添了幾分矜貴的氣質，明明是一副翩翩佳公子的形象，偏偏做出來的事情、說出來的話就跟土匪似的。

顯然，兩人這半年來已算是同居了，雖然有些時候是分居兩地，但多少有點舉案齊眉的味道了。可一到談婚論嫁，姚遠下意識地就想逃避。

「那什麼，上次我們在《盛世》裡結婚的時候，你不是說，一輩子結一次就可以了嗎？」

江安瀾見招拆招，臉不紅氣不喘地無中生有道：「對，只一次。夫人果然跟我心意相通，遊戲裡的婚禮是演練，現實才是實戰。我會將網遊裡的那場虛擬婚禮如法炮製地在現實中辦一場的，絕不會讓夫人失望。」

「不，我不是……」

「妳不用多說了，我都明白的。」

在姚遠還一點都沒明白的時候，江安瀾已經把戒指戴在了她的左手無名指上，戒指不算大，但精緻漂亮，也剛好符合她手指的尺碼。

那一刻，有雪花輕輕落在他烏黑柔軟的頭髮上，他眼眸中的笑意繾綣而溫存。「以後我歸妳管。」

姚遠一瞬間心如擂鼓。

江安瀾求完婚後，隔天就讓她帶著他去見了她的家人。

姚遠奶奶見到江安瀾的第一反應是：「這孩子長得真俊，跟我們家遠遠倒真是有幾分夫妻相。」

姚欣然父母經由女兒那兒已經知道江安瀾的身分，但表現得也很和善，他說他叫秦安瀾，他們也就從善如流地喚他秦安瀾。

大伯母私底下問了姚遠一句：「不管怎麼樣，對妳好才是最重要的，錢財、名利都是其次。小遠，他對妳好嗎？」

姚遠的眼眶有點紅，因為親人的無限諒解和寬容。「他對我很好，大伯母。」

「那就好。妳奶奶讓我跟妳說，能走開的，都不是最愛。走不開的，才是命定。人活在這世上，很多事情都是早已註定好的。小遠，妳爸媽如果活著，看到妳終於找到歸宿，只會為妳感到高興。」

姚遠哽咽著點頭，她知道，她對這份感情最大的猶豫就是親人的態度，而其實根本無須多擔憂，她的親人永遠都會站在她那一邊。

不過很快，姚遠就否定了「他對我很好」這話。

這年頭惹天惹地也千萬不要惹江安瀾。

因為他永遠能讓妳悔不當初。

好比，對婚禮的「要求」。

李翱聽說老闆要將婚禮辦成類似當初遊戲裡的婚禮時，他跟他的小夥伴們都驚呆了！「遊戲裡我們是包了天禧宮舉行婚禮的，而天禧宮，是以明清時期的宮殿為原型設計的……」換句話說，boss 的這場婚禮舉辦的場地，得是故宮級別的。

「那就到故宮辦吧。」江安瀾這樣說道。

「……」換別人，李翱絕對會回一句，你是無知呢無知呢還是無知呢？

但對著江安瀾，他不敢說，只得硬著頭皮提出其他可行性建議：「老闆，要不，去橫店影視城吧？《還珠格格》什麼的都是在那邊拍的，雖然是仿故宮建的，但還原度還是很高的……」聲音漸漸在老闆冰冷的目光裡消音。

對於江安瀾的婚禮「要求」，連江老爺子聽到後，都不由皺了眉頭，對面前來跟他說這事的江安呈道：「我老了，有點跟不上你們年輕人的思維了。這種事也虧得小五想得出來，那對方怎麼說？」

江安呈笑道：「這事吧，歸根結柢，其實是安瀾急著想結婚，而他心上人大概是不想這麼快結婚吧，所以小五才會出此下策。」

「這事出總有因吧？好端端的，怎麼會想到要跑故宮去結婚？」就算是見慣了大風大浪的老人也還是驚訝得不行。

總不好說是玩遊戲的後遺症吧？江安呈心道。

最後，大半輩子都在為國為民的老人想了一番說：「雖然我們家沒什麼可供人詬病的，但畢竟也不是一般的家庭，太過高調會引起外面人的議論。更何況，這故宮豈是想用就能用的？」

爺孫倆正頭痛，恰好江文國回來，見老爺子一臉烏雲密布，自然出於關心問了情況。等聽江安呈說了事情始末，他笑著說：「還別說，故宮旁邊有一個風水好的地方，要借寶地旁邊用一下，還真不是不可行的。」

真找了這樣的地方辦婚禮？姚遠欲哭無淚，那簡直就是不可思議、不可一世、不可理喻了！

她想逃婚。總覺得婚禮結束後，她極有可能被人「另眼相看」了。

於是姚遠只能去求江安瀾。「大神你贏了，我們就普普通通地結婚好不好？」

江安瀾安撫地拍了拍姚遠的手背。「不好。夫人的願望，我都會想辦法實現的。」

「……」

就這樣，在這年三月分的第一天，江安瀾與姚遠「訂婚」了，而正式的婚禮訂在六月，地點是——某宮殿。

當這事傳到遊戲裡的時候，大堆人馬都瘋掉了。

落水：「如果我是女人，我也要嫁給幫主！這根本跟去天上摘星星一樣厲害啊。」

寶貝乖：「幫主大人要害我嫁不掉了！」

子傑兄：「這說明你們還不瞭解我表哥，我跟你們說，這都是正常水平線以內的。說真的，要是放在古代，如果表嫂不樂意跟他，他完全不介意找夥人去強搶民女的。」

溫如玉：「子傑兄，你這是找死的節奏啊。」

子傑兄：「呵呵，隨便扯下淡又沒關係，再說，我表哥他現在在飛往江濘的飛機上呢，看不到的。」

姚遠：「我在的。」

子傑兄：「表嫂，麼麼噠，訂婚那天妳真是美呆了！期待妳跟表哥的婚禮。」

「……」這趙子傑被李翺帶著玩遊戲，怎麼被帶得連說話腔調都一樣了？

老實說，訂婚後的兩人，基本跟訂婚前一樣，最大的差別是：以前同床共枕他是抱著她睡覺的，現在卻是背對著她睡了。有一次姚遠鼓起勇氣問為什麼，江安瀾看了她一眼，答：「我們目前的關係處在非法和合法的灰色地帶，有一件事我想等正式合法之後再做，但有時候想想，現在做了，也不算違法，所以比較為難，只能眼不見為淨了。」

至此，姚遠再也不敢隨便問為什麼，有什麼問題直接打落牙齒往肚子裡吞了。

而江安瀾近來都會抽出點時間帶著姚遠去挑家具，他在江濘市買的坐北朝南的房子已經裝潢好，也慢慢地添購進去了不少東西，實木大床、布製沙發、純黑色的大理石餐桌等，牆上也掛上了油畫。姚遠是不懂畫的，不過選的時候江安瀾還是會問她意見，他說：「妳就看好看不好看吧，因為我主要看的不是畫，是看著畫時想著選畫的人。」

姚遠欲哭無淚。「大神，求你了，不要再說這種話了，讓我有種『如果我不馬上嫁給你就是十惡不赦的罪人』的強烈感受。」

房子雖已弄得差不多了，但剛裝潢好，畢竟還是不能立刻住進去，所以江安瀾現階段在江濘市依然是住在姚遠家裡。

這晚姚遠再度求他：「關於婚禮的舉辦地點，我們再商量商量吧？」

江安瀾好整以暇地聽著。

「到那種地方去辦婚禮，你不覺得太逆天了嗎？」如同看到敵人隊伍裡派出一個普通裝備玩家，就輕輕鬆鬆碾壓了他們五十人菁英部隊的那種再也不相信愛了的感覺。

江安瀾微笑道：「放心，我會盡量弄得低調點的。」

到那宮殿裡辦婚禮就已經跟低調沾不上邊了吧？

姚遠再接再厲，苦口婆心勸道：「這種行徑應該會狠狠地拉仇恨值吧？我不想成為眾矢之的。」

江安瀾說：「沒有對外宣傳，沒有外人觀禮，就部分親朋好友及爺爺的一些戰友來過過場。我們只是用了人家一處空置的地盤，我也承諾之後會出錢修繕那裡。而這錢是我自己賺來的，乾乾淨淨，潔白無瑕，就如同我跟妳，以及我們的婚禮。」

乾乾淨淨，潔白無瑕，就如同我跟妳，這一句他說得緩慢，說得含沙射影，說得姚遠一時語塞。

姚遠最後自暴自棄地說：「學長，到底怎麼樣你才肯手下留情？」

江安瀾聽到這句，眼睛裡有東西一閃而逝，他靠近她耳畔輕聲說了些話。而這些話讓姚遠聽得耳垂如滴血般通紅。

此刻兩人又是睡在同一張床上的，雖然相擁而眠已經很多次，但都只是單純地眠而已。姚遠有些狼狽地想爬起來，一隻手卻先一步拉住了她的手臂，將她帶進了懷裡。江安瀾在她耳邊輕聲笑道：「我現在又不會動妳。不過，妳知道等婚禮結束後，我們的第一次，我想要什麼。那麼害怕嗎？」

「實在是……你太流氓了。」

江安瀾的額頭親暱地貼著她的。「因為我想妳對我投懷送抱，跟我求歡，想太久了。」

因為兩人距離太過接近，彼此呼吸交錯融合，驟然升高的溫度燒得姚遠天旋地轉……

「考慮好了嗎？到底要不要我手下留情？」

活了二十多年的姚同學，第一次深刻體會到了什麼叫包藏禍心。

婚禮到故宮辦什麼的，根本就是給她下的套吧？為的就是……

這世上怎麼就有這麼……這麼過分的人呢？

但最後姚遠還是不得不跟惡勢力低頭。對著他一人丟臉，總好過當眾丟臉。

第二天清晨，江安瀾擁著剛睡醒的姚遠說：「妳昨晚半夢半醒時說我詭計多端、用心險惡、綿裡藏針？」

「你別一大早就來冤枉我，綿裡藏針什麼的，一定是你自己在夢中自我反思得出的結論吧。」剛醒來的姚遠還沒徹底清醒，對於犯上作亂什麼的毫無壓力。江安瀾哭笑不得地嘆息了一句：「對別人，我哪用得著藏？」

姚遠爬起來去洗手間洗臉刷牙的時候，她的手機響了，江安瀾順手拿過來看，是山西太原的號碼，他想了一秒就接了，對方的聲音有點小激動：「我是莊小威，我說，妳真要跟君臨天下結婚了？妳真考慮清楚了？作為朋友，我忠告妳一句啊，他對婚姻怎麼看都忠誠不了幾年，妳看他遊戲裡就一波波換人。我是為妳好，我跟妳說啊，遊戲裡玩玩可以，現實中就別那麼沒心眼了，妳玩不過他的！喂？怎麼沒聲音啊？喂？」

「我是君臨天下，我們的婚禮我不邀請你，但我允許你來參加我們的金婚紀念日。」說完就掛了電話，然後直接拉黑。

後來但凡妄圖想要破壞「瀾遠戀」的人，都被江安瀾或在遊戲中或在現實裡給出了紅牌警告。據說被恐嚇的最嚴重的那兩位都去看心理醫生了，當然，是真是假不得而知。不過按照江安瀾的脾氣，確實做得出那些常人做不出來的事情。

好比，婚禮。

婚禮最後因為姚遠的自我犧牲、慷慨就義，終於跟故宮說了拜拜，而正式確定的地點是在京城某王府——明文規定可借用的地方。

大神真是鐵了心要選古色古香的地方結婚了。

姚遠覺得，雖然去某王府舉辦婚禮人身安全有保障了，但依然太過於高調吧？

婚禮前這一段時間，姚遠真心是「心力交瘁」，不光精神，還有身體。婚禮前兩週她就開始被帶去量體裁衣，據說給她做禮服的人，是曾經給大人物誰誰做過服裝的某大師的女兒，年過四十的高級服裝設計師，繼承了其母親的衣缽，接單不看背景和金錢，只憑她看人家順眼不順眼。而她看到姚遠的第一眼就說了：「年輕，漂亮，有生命力，美得不搶眼卻有深度，就像那香山上的松柏，傲立，長青。」

姚遠抹著汗表示感謝。

站一旁的江安瀾未置一詞，不過從北京城曲徑通幽的胡同裡出來時，他說了句：「她要是男的，我都要以為她看上妳了。」

「您太看得起我了。」

「不是。」江安瀾淡淡否定。「我是看得起我的眼光。」

大神，你一天不冷豔會死嗎？

「您說得在理。」

「嗯。」

姚遠笑著搖頭。

他們訂製好禮服後，就忙著挑選婚禮上要用到的各種東西。按照江安瀾的計畫，婚禮第一天是在北京舉辦，邀請男方的親戚以及江家往來的一些世交友人，第二天則是去江濘市辦，邀請女方的親戚鄰里以及一些網友前來參加。

一切都有條不紊地準備著，唯獨姚遠，不知怎麼的，越近婚期，越發茫然起來。有一次她跟姚欣然打電話說了這種感覺，後者答：「說得學術點，妳這叫婚前恐懼症。」

在姚欣然邊上旁聽的大伯母接過電話：「小遠，沒什麼好擔心的，大伯母在這邊幫妳打氣。別怕，婚禮就是一道門，推門進去就好了。」

姚遠笑出來。「謝謝大伯母。奶奶最近好嗎？」

「好，身體硬朗著呢，妳就放心吧，老太太如今就寬心地等著喝我們家小遠的喜酒了。」

姚遠輕輕應答：「嗯。」

第十九章

Meet right person at right time.

別開生面的婚禮

婚禮倒數計時第三天，要當伴娘的姚欣然飛了過來。

這天試禮服，姚遠站在矮凳上，設計師圍著她做最後的調整。南天朱色蘇繡的廣袖上衣，袖口鑲著金線，絲絲蔓蔓地纏成攢枝千葉海棠紋，下身配以同色的軟煙羅裙，後拖一襲曳地大氅，大氅上以暗金線繡著一只栩栩如生的鳳凰。設計師還很符合當今潮流地將大紅蓋頭改成了石榴紅蟬翼面紗，以精美的頭冠固定在頭髮上，華麗優雅。時光彷彿回到千年前的繁華盛唐。

江安瀾在一旁試穿他的那套中式禮服，禮服的式樣倒不複雜，黑紅色暗龍紋直襟長袍，衣服垂墜感極好，腰間束著四指寬的純黑色玉帶，還很風雅地掛上了塊玉珮，猶如一身貴氣的皇家子弟。

前來圍觀的姚欣然表示，真是要閃瞎她的鈦合金眼了。「我就說嘛，中國人就應該穿中式服飾，這韻味，嘖嘖，真是刻畫入微、入木三分。」

但畢竟一套禮服是不夠的，所以江安瀾另外還訂了新娘的婚紗、晚禮服和他的兩套西裝，都已在前天送達了設計師的店裡，他們今天都要試穿，如果不合身，還可以讓設計師修改。姚遠在換婚紗的時候忍不住感慨：「結婚好麻煩，一天要換那麼多套衣服，為什麼不能只穿一套呢？」

靠在帷幕旁等待的貴公子說：「三套禮服中的三是吉利數，三星在天，可以嫁娶矣。」

「我怎麼覺得你是在糊弄我呢？」姚遠有點不信。

設計師微笑道：「兩套，三套，四套都有人穿的，五少大概喜歡『三』這數字吧？新娘子就配合下吧。」

「嗯。」江安瀾目光波動。「三生有幸，能遇佳人。」

姚欣然哀號：「刺激沒對象的人是吧！」

帷幕後面的姚遠也乾咳了兩聲。

姚遠換好婚紗出來，這一套西式婚紗比之前的中式那套要簡潔得多，白色鏤空蘭花曳地婚紗、白色面紗、蕾絲手套，大方素雅。

姚欣然道：「好吧，果然天生麗質難自棄，穿什麼都搶眼。」

設計師點頭道：「新娘子出挑，新郎選衣服的眼光也不差，王薇薇的婚紗還是不錯的。」

之後的紫色晚禮服，姚遠一上身就被設計師誇道：「典雅。」

新郎淡淡地說：「我選的人，當然。」

「……」

姚欣然忽然想到什麼——「話說，你們婚紗照還沒拍吧？什麼時候拍？」

江安瀾看著新娘。「蜜月時，我拍。」

「咳咳！」新娘子又被自己的口水嗆到了。

最後姚遠要將衣服換下來的時候，設計師帶姚欣然去外面品茶了，江安瀾走進帷幕後方，讓兩名助手出去，他來就行。兩個小女生嬌羞地走了，姚遠回身看到他，微微愣了下，江安瀾走到她身後。「累嗎？」

「呃，還行。」

他雙手搭放在她腰上，低頭吻了吻她露出的白皙頸背。「小遠。」

「嗯？」

「謝謝妳願意嫁給我。」

突然這樣煽情，姚遠有點 hold 不住。「怎麼了？」

「我很高興。」

「既然這樣……那你就別咬我的……脖子了……吧？」

江安瀾略帶同情地看著姚遠，隨後低低地呻吟了一聲。「真想吃了妳。」

姚遠一抖，悶聲道：「禽獸。」

不管姚遠如何恐懼抗拒，婚禮這天還是如約而來了。

六月二十四日，宜嫁娶，宜行房。後來姚遠回想起二十四日、二十五日這兩天，都有種驚魂未定之感。

二十四日那天，某王府的正殿裡，所有賓客分列兩旁，微笑地看著新人進場。外面的陽光照進大殿，細小的微塵在空氣裡飛舞著，給這年代久遠的殿堂增添了幾分朦朦朧朧的溫情。有一束光灑落在新娘的中式禮服上，那鳳凰如血似火般閃耀，幾欲展翅而飛。他們站在大殿的最前列，在一位德高望重的老人的宣讀聲中，拜了天地，拜了高堂，最後夫妻對拜。

禮成後，所有人都鼓掌，有幾位老人還說，這一場婚禮，很好，讓他們想起了半個世紀之前的歲月。這些人，都是江老爺子的戰友，戰場上走過來的人，妻離子散的不少，二十世紀四、五十年代，那會兒他們結婚的時候，雖然沒有這樣的排場，但那紅桌紅燭卻是相似的。

近兩個小時的儀式完了之後，所有人坐車轉去了最近的五星級飯店。

姚遠記得後來就是敬酒、敬酒、敬酒，以及新郎好帥。那件中式禮服貼身的設計配合他略消瘦的高挑身材，在那金碧輝煌的飯店宴客廳裡，襯得他越發豐神俊朗。

姚遠終於醍醐灌頂般地意識到自己真的嫁給了江安瀾，哦，不，應該是秦安瀾。

不管什麼安瀾，反正，她確實是嫁給了他。

三帝王綜合體，噗。

「笑什麼？」新郎問。

「沒，沒。」姚遠舉起酒杯對他說：「學長，小女子三生有幸能與你共結連理。」

新郎握拳放嘴邊，也咳了一聲。

伴郎江安呈拎了一瓶白酒和一瓶紅酒過來，剛好看到這場面，不由笑道：「新娘子估計有點醉了。」他將兩位新人空了的酒杯重新斟滿，姚遠抿了一口。「白糖水？」

「順便補充體力。」江安呈說著，將那瓶葡萄酒遞給一旁的伴娘姚欣然。

「可樂？」姚欣然問。

「可樂對身體不好，所以這瓶還是葡萄酒。」江安呈答。

「暈倒，那我寧願身體不好，也不要喝醉啊。」

四人繼續一桌桌敬過去，等到最後江家人那一桌時，姚欣然已經醉了，江安呈不得不將她扶到旁邊的空位上去休息。

江安瀾拿起桌上的一瓶紅酒，滿滿地倒了一杯，姚遠也倒了一杯，兩人一起向老爺子舉杯，一飲而盡。

江老先生也喝了手上的酒，欣慰地看著面前的小倆口，自己最擔心的孫子結婚了，還是跟他們江家有點淵源的女孩子，這大概就是所謂的因果輪迴，冥冥中自有天註定，也好，也好。

「爺爺老了，從來不奢想你們這些小輩幹出多少事業、混出多大名聲，只要你們好好的。以後多回家來，多看看我們。最好來年能讓我跟你們奶奶抱上曾孫，我們就心滿意足了。」

江安瀾笑笑。「嗯。」

姚遠有些醉意地附和著點頭。「我一直想生一男一女，好事成雙，『造』嗎？」

「哈哈哈，好，好事成雙，好！」江老爺子開心地大笑。

江安瀾摟著靠在他肩膀上醉得要打盹了的新娘子，對這桌上所有的家人敬了一杯酒，包括自己的父親。他敬完後，對爺爺說：「我帶她去上面休息半小時再下來。」

「好好。」江老爺子連連點頭。

江安瀾帶著姚遠走開時，江文華看著兒子的背影在心裡嘆了一聲，秦鈺，我們的孩子，可比我們都要厲害啊。

一沾到飯店套房裡的大床，姚遠就睡著了。

不多時有人來敲門，江安瀾剛將夫人的睡姿調整好，一邊解領帶一邊去應門，開門看到外面站著的江文瀚時，不由停下了手裡的動作。「小叔。」

江文瀚含笑溫和地說：「恭喜你，小五。」

「謝謝。」

「我剛飛回來，沒趕上你們婚禮的吉時，可這份禮物還是要給你們的，祝你們白頭偕老。」

江文瀚將手上的盒子遞過去，江安瀾接過。他知道前段時間小叔離京是特意為之，今天「遲到」想必也是。

「其他沒事了，我下去跟你爺爺聊聊。」

「好。」關門前，江安瀾說了一句：「小叔，以後姚家的事你不用再掛心。我們江家欠她的，我會還，但這跟我喜歡她、我娶她，沒有關係。」

已經轉過身去的江文瀚停下腳步，過了一會兒，他說：「好。」

江安瀾關上門回到床邊，看著床上醉酒而眠的人。多年前他就知道，這一天遲早會來，從他認知到自己感情去向的那刻起，他就確定了，如果她能接受自己，他一定娶她。

坦白說，初遇她那天，她送他去醫院，他甚至莫名其妙且惡毒地想，如果自己今天會玩完，那他就拉這多管閒事的人陪葬。那時候他斜斜地歪坐在車後座裡，就那麼看著她，心裡想著有她陪葬，心情竟然好了不少。而現在，他還是那樣想，百年後要與她死同穴。

他江安瀾心裡有太多陰暗的地方了。

就像小叔去找她前，他曾跟小叔說了一句話：「因為那件事，不管是誰過得更差一些，但起碼，你欠她一句當面的道歉。」

就像他跟他父親說的：「我改姓，並不管您是不是不能接受，我只管我母親是否希望，以及我能否跟她在一起。」

這心偏得都不成樣子了。

「學長……」床上的人這時翻了身，臉埋在被子裡，手抓住了身邊人的衣角。「你幫我殺一下怪吧……我藥水喝光了……喘不過氣……」

江安瀾將她翻過來，揶揄一笑。「妳是想悶死自己嗎？」然後低下頭靠近她，輕聲問：「姚遠，我好不好？」

還閉著眼意識不大清醒的女孩咕噥：「好……好一朵高嶺之花。」

江安瀾無言沉默兩秒。「婚禮結束後，妳記得採我這朵高嶺之花就行。」

北京的晚宴過後，一行人便又飛去了江濘市。當晚，除新娘和伴娘外，都被安排住在飯店裡。

第二天的婚禮相對於北京這場簡潔得多。排場不張揚，但卻照樣很講究。

江安瀾這天是一身正統的黑色西裝，姚遠則是白色婚紗，姚奶奶在送孫女上迎親的車時抹了抹眼淚，姚遠也哭了。一旁的江安瀾牽著姚遠的手很恭敬地對老太太說：「奶奶，您放心，我一定待她像您對她那樣好。」

姚奶奶終於笑著點頭。「好，奶奶祝你們永結同心、兒孫滿堂。」

這天，在江濘市飯店的婚宴上，最鬧騰的就是遊戲裡的那群人。

花開：「小君真是美翻了！我要拍照，發到《盛世》的論壇上，天下第一美人什麼的保證拿下啊！讓那天天在網上晒液化照的水調歌謠一邊涼快去吧！」

溫澄：「我說，敬兩杯酒太便宜娶到嫂子的某人了，你們說要不要讓幫主大人跳支舞什麼的啊？」

眾人齊齊喊要！

新娘子偷偷瞄身邊的人，只見金貴的大少爺淡淡地問：「要我跳舞？」

眾人齊齊喊不敢！

溫澄怒其不爭。「今天這種日子你們都不敢，以後就別指望能看到你們的幫主大人出洋相了。」

姚欣然道：「笨死了！讓小君提要求嘛，唱歌也好，跳舞也好，今天這種日子，我看你們幫主敢不敢不從……」姚欣然的話還沒說完，某幫主就說了：「如果是夫人提的，當然。」

寶貝乖：「大嫂，妳讓幫主跳舞吧！求妳了！」

姚遠望著某人，笑咪咪地道：「聽到了？」

眾人翹首以盼，江安瀾脫了西裝外套，對旁邊的江安呈說：「麻煩幫我找四臺筆電來。」

於是，那天，賓客們欣賞了一場精采絕倫的一對三遊戲ＰＫ賽，江安瀾的電腦連接了宴會廳的大螢幕，清晰地播放了比賽的全過程。只見君臨天下一身紅裝，沒錯，他遊戲裡結婚時穿的那套，氣勢凌人地在螢幕上翻騰，飛躍，每一次出手都彰顯出了他驚人的手速，絢爛的技能無時差地爆出，奪人眼球，如同一場浮光掠影般的舞蹈，最終ＰＫ掉了溫澄的溫如玉、李翱的傲視蒼穹、姚欣然的水上仙。

江安瀾合上電腦，站起來時睨視眾人，淡淡一笑。「不是要看本幫主跳舞嗎？」

「大神就是大神，就算刷下限也是大神級別的。」有人內心弱弱地道出事實。

終於，持續兩天的婚禮在二十五日的午夜拉下了帷幕。

姚遠洗完澡躺在江安瀾在江濘市的新居，深深吐納。「總算，總算結束了！總算可以好好睡一覺了。」

江安瀾從洗手間出來，穿著浴袍，躺到了她旁邊，戴著結婚戒指的左手纏入她的髮間。

「夜才剛開始，夫人。」

「咳，你不累嗎？要不我們……改天吧？」

「不好。妳肇的事，妳要對我負責。」

「我什麼時候肇事了？」

「幾年前。」

姚遠噗的一聲笑出來。「那你的忍耐力夠好的啊。」

江安瀾也微笑。「我會讓夫人切身體會一下什麼叫『忍耐力好』，以及『戰鬥力久』。」姚遠還沒來得及說他一秒高貴變下流，江安瀾已俯身吻向她的嘴唇。親吻之前，他又說：「記得妳之前答應過，我想怎麼來，夫人都要『積極配合』。」

他的吻不再像之前那樣循序漸進、留有餘地，而是一上來便攻城掠地，撬開她的牙齒，舌尖直搗入她口中與她的舌交纏在一起。

以前姚遠從不覺得江安瀾氣勢逼人，而現在，她卻感覺到了。

當晚禮服被他褪下時，姚遠紅著臉艱難地說：「你，你能不能稍微慢點？」

正親吻著她圓潤如玉的肩膀的男人抬起頭，然後搖了搖頭。接著他將她翻過身，解開了她的內衣扣子。姚遠臉紅心跳地想抓旁邊的被子蓋，卻因被他從後背一路煽情地吻到腰下而弄得沒了一絲力氣，只能閉著眼睛難耐地呼吸著。

「安瀾……」

滿臉情慾的男人將她抱起來面對面地坐在他腰上，他一邊吻她，一邊慢慢地分開她的雙腿……

姚遠緊張得微微發抖，他進入她身體的那一瞬間，親吻著她的額角深情呢喃：「我愛妳，小遠。妳呢？」

姚遠全身火熱，聲音微弱：「我……我也是。」

江安瀾沉笑著說：「那我就不客氣了。」

「……」

姚遠婚前信條：淡泊明志，寧靜致遠。

姚遠婚後信條：不要輕易惹家中大神。

姚欣然問：「惹了會怎麼樣？」

姚遠答：「……會被要求『談談』。」

好比婚後某天，姚遠從學校下班回家，剛進家門，看到餐桌邊在喝水的人便驚喜道：「你出差回來了？」

然後，因為昨天大神告訴過她「我明天上午的班機，大概傍晚的時候到家」，而明顯某人給忘了，一副見到他很意外的表情，大神不高興了，瞇著眼說：「到房裡來談談。」

姚遠無語。

雖然有的時候姚遠會感嘆，怎麼就這麼倉促地嫁了人，因為嫁人後「人身自由」不能保障了，但有時候又非常慶幸自己嫁了人，因為有人撐腰的感覺真爽！

比如有一回她跟同事下班後去吃飯，外加唱歌。

姚遠生平一大恨事就是唱歌不行，所以但凡跟朋友同事去KTV，她基本就是坐那兒當聽眾，很有自知之明地不上去丟人現眼。

這天有同事一定要拉她唱。「唱《情深深雨濛濛》，這歌調子可平了，朗朗上口，絕對不會走調。」

姚遠拗不過對方，勉為其難地點了頭，結果開唱第一句就走調了。

同事發狠。「我幫妳點國歌。」

姚遠丟臉死了，剛好江安瀾打電話來，她跑到外面走廊上接聽，忍不住跟他說了這事，結果他聽了後說：「好，我知道了。」然後問了她在哪裡，沒說兩句就掛了電話，也不知道他打來幹麼。

半個小時後，大神出現在了包廂裡，上去唱了一首《Because I Love You》，碾壓了在場所有那些自稱歌王歌后的人之後，帶著愛人瀟灑離場。

回去的路上，姚遠發自肺腑地誇了一番大神，後者問：「有賞嗎？」

「啊？」

「那我提吧，下週我們蜜月，妳乖點。」

所謂「乖點」，只可意會不可言傳也。

姚欣然覺得自己是腦子進水了，才會陪著溫澄來剛度蜜月回來的堂妹新居當電燈泡。

她吃早餐的時候心情還挺好，直到姓溫的打來電話：「大姊，我在你們市出差，中午我們跟安瀾和他老婆，也就是妳堂妹，一起吃頓飯吧？」

「神經，你要去自己去，我幹麼要跟你一起去？」

「真不去？」

「滾。」

「姚欣然，身為單身人士，妳真的很失敗。」

「滾。」

「看人家這麼恩愛美滿，妳就不想去破壞一下？」

「你心理變態啊。」

「哈哈哈。」溫澄在那邊笑得很歡樂。「我也想見見妳啊。」

「你噁心不噁心啊？」

「反正噁心的不是我。」

總之，最後姚欣然不知怎麼就被噁心得答應了這趟「吃飽了撐著」之行。

兩人約了時間在江安瀾的社區門口碰頭。姚欣然先到，這社區她是第二次來，上次是堂妹結婚那天，來去匆匆沒仔細看，這會兒一看，還真是高級，一眼望進去就是小橋流水、綠樹成蔭。而社區周邊一百公尺之內有地鐵站，有廣場，後面還有江濘市最大的生態公園。所以姚欣然忍不住拍了幾張照片發了微博：「跟某姓溫的去堂妹夫家，沒錯，這是你們大神家社區大門，搞得跟羅馬的萬神廟似的。」

發的時候她沒注意到系統自動獲取了位置資料，這導致之後另外兩名同城的遊戲玩家也出現在了大神家門口。

江安瀾在開門看到溫澄和姚欣然的時候已經有點不爽了，再看到走哪是哪和花開，更是一瞬間面寒如冰。溫澄拍著幫主的肩安慰：「老同學，來者是客嘛。不過，既然人那麼多了，中午就叫外賣吧？」

江安瀾冷哼。「我本來就沒打算做。」

走哪是哪一臉期盼。「我其實想吃大嫂做的。」

「老實說，我做的沒他做的好吃。」她是一般水準，大神以前也是一般水準，自從她無意間說了句「我怎麼覺得婚後我反倒瘦了」的話後，大神做飯的水準就與日俱增、突飛猛進了。

這天，自然是叫的外賣，必勝客和日式料理。

溫澄拿著一盒壽司走到陽臺上，對正在眺望遠方山脈的姚欣然說：「妳堂妹夫也真做得出來，叫的都是『快』餐。說起來，八月時我們公司打算去澳洲十二日遊，可攜帶小夥伴，妳這無聊人士要不要跟我一起？」

「我八月跟朋友去廈門，你要不要一起啊，幫我提包撐傘？」

「大姊啊，這道選擇題太好選了吧，明顯的大龍蝦和紫菜的差別。」

「不好意思，老娘對海鮮過敏。」

不小心聽了牆角的走哪是哪驚疑不定。「你們在談戀愛嗎？」

溫澄和姚欣然同時回頭，異口同聲道：「跟他／她？我寧願單身一輩子！」

俗話說，話不能說太滿啊。

就像莫非定律，你越不想發生的事情它越會發生，所以將來你可能就是「如果不是跟他／她，寧願單身一輩子」了。

下午江安瀾送客人們走的時候，說：「我不知道你們今天是來幹麼的，下次別來了。」

花開忍著笑偷偷對姚遠吐槽：「妳老公有點反社會啊。」

「……」

晚上姚老師問江安瀾同學：「你有點反社會？」

江安瀾淡淡地答：「有嗎？我不『反社會』，我『反人類』，除妳之外。」

第二十章

Meet right person at right time.

幸福很簡單

國慶日過後，江安瀾將公司遷到了江濘市。北京的三層辦公樓轉租掉了兩層，只留了一層作為在京的子公司。趙子傑對此非常贊同，他以後再也不用家裡北京兩邊跑了，更加不必頭痛三天兩頭找不到主管了。

喬遷完後，一夥人吃飯，李翱點完菜就問老闆：「大嫂還不來嗎？」

在用手機瀏覽新聞的江安瀾只嗯了聲。

旁邊一名新進的留洋女職員跟趙子傑說：「副總，我為了投奔你，從上海跑到北京，現在又轉到了江濘，以後在這兒的吃住，您可都包的吧？」

「當然。」趙子傑很大方，順便誇了幾句這位跟他在海外做過幾年同學的舊交，最主要是讓表哥知道他招人沒有徇私。

女職員語笑嫣然地對眾人說：「以後我哪裡做得不好，大家可要給我指出來，知錯能改才能進步。」然後又轉向老闆說：「聽說老闆結婚了？老闆娘做什麼的？」

江安瀾這時抬頭了，冷淡道：「進我公司第一點要記住的：少說話，多做事。」

姚遠到的時候，餐桌上的冷盤剛上，她推開門就微笑著賠禮道歉：「不好意思，學校開會開到現在，遲到了。」姚遠這天穿著一件白色雪紡的上衣，配著紅色的高腰裙，頭髮簡單地在後面編了麻花，顯得特別秀美端莊。

江安瀾朝她招了下手，姚遠乖乖地過去坐到了他旁邊的空位上，低頭小聲說：「人這麼多啊？」剛剛粗略一看，起碼有十三、四個人，之前兩人用簡訊聊時，他還說沒多少人。

「嗯，餓了嗎？」江安瀾先給她倒了杯溫茶。

姚遠一口飲盡，繼續輕聲道：「又渴又餓，今天開檢討大會了，系主任在上面說，下面都沒人敢說話，我茶喝光了，都不敢去倒。」說著，她偷偷吐了下舌頭。

江安瀾瞟了她一眼。「沒出息。」

姚遠輕笑。「你以為誰都像你那樣狂妄啊。」

兩人沒能「恩愛」多久，有人跟姚遠打招呼：「老闆娘好。」

姚遠汗。「你們好。別叫我老闆娘了吧，怪不適應的。」

之前那位女職員客氣地道：「老闆夫人長得真漂亮。」

姚遠笑著點頭。「漂亮可以有！」

大概是沒想到她那麼「直接」，不光女職員，其他人都不禁靜默了一秒。

這不能怪姚遠，中國人的傳統美德她是最遵守的。但每次逛街買衣服，都被誇長得好、身材好、穿什麼都好看，她謙虛得筋疲力盡。姚欣然有一回終於看不過去，說：「以後誰誇妳，妳就直接點頭接受。」

所以……

姚遠摸了下耳朵，結果旁邊江安瀾還補充：「眾所周知的事實，用得著多說嗎？」

眾員工紛紛表示，終於見識到老闆「人性」的一面了，多麼的疼老婆啊。

只有姚遠知道，這人啊，是挺討厭人家誇她外表的，用他的話來說就是「膚淺」。但姚遠就不明白了，她以前問他到底喜歡自己什麼，他不是也說外表的嗎？這問題在多年後，被他們家兩歲的俊俏小帥哥口齒不清地提及：「爸爸，媽媽說你娶她是因為她美美的。」

江安瀾教育兒子：「你媽笨，你不能跟著她一塊兒笨，你爹我是透過本質看的現象，懂嗎？」

小笨兒子不懂，坐邊上的媽媽卻懂了，鬱悶了。「兩位高人……我們現在是在外面吃飯，請給我留點面子，謝謝。」

這又是後話啦。

而關於「美色」的問題，兩人之間的典故一直很多。

比如那天晚餐後兩人回家，姚遠隨口對開車的人說：「安瀾，你公司裡美女帥哥挺多的嘛。」

「有我秀色可餐嗎？」

「……」

而到家後，他就讓她「飽餐」了一頓。在他面前，果然言多必失……身啊。

再有，某天晚上滾完床單，姚遠覺得渴，但又不想起來，翻來覆去，旁邊的人道：「再動吃了妳。」

姚遠立刻不動了。「話說，不是吃過了嗎？」

「味道很好，想加餐不行嗎？」

姚遠這下連呼吸都小心翼翼了，主要是剛才被吃得實在透徹，真沒力氣再來一次了。

旁邊的人倒是下了床，沒一會兒，一杯白開水遞到了她面前，姚遠感動不已。「你真好。」

「嗯，就算買賣不成，仁義還是在的。」

親，用得著這樣字字誅心嗎？

「……」

眼下，秋去冬來，成為現實意義上的已婚婦女已半年多，姚遠最大的感覺是：原來愛對了人，愛情就成了世上最簡單的課題，幸福也成了世上最輕易的事。

然後，她想到自己的博士課題，頭就大，太難了！

孫雲孫教授永遠會讓妳認識到自身的知識面有多麼不廣。

「《關於明清小說木刻插圖的研究》這要怎麼寫呢？明清小說本身我就看得不多，更別說對裡面插畫的研究了。」

姚遠跟江安瀾正逛超市買年貨，後者說：「我就看過《金瓶梅》。」

「你好重口。」

「這叫重口嗎？這頂多算大眾口味吧？」

「大神……你的三觀到底是怎麼樣的？」

過年的時候，姚遠有二十天年假，十天在北京，十天在江濘。

年假結束的前一天晚上，姚遠跟江安瀾窩在家中打遊戲。

江安瀾先上，姚遠整理完明天去學校要帶的東西後，才姍姍來遲進入遊戲。

她一上線就聽說君臨天下在跟人打架，跟她八卦的人是她堂姊。

姚遠：「為什麼打架？」

水上仙：「哦，有人挑釁妳男人，不過開場就被秒殺了。」

姚遠：「因為什麼挑釁？」

水上仙：「那人腦殘吧，朝君臨天下說，別以為有錢就……就被秒殺了。話說我以前也吐槽過他別以為有錢……好吧，我沒傻到對著妳老公當面吐槽。對了，妳被評選為本年度的天下第一美人了！」

姚遠：「啊！」

下一秒，姚欣然發了遊戲論壇上某個帖子的連結給她。

姚遠點進去就看到了她跟某人結婚的現場照，下面有幾萬條評論。

「這就是傳說中的君臨天下？」

「還有他老婆？就是遊戲裡的若為君故！」

「他們現實中也結婚了？」

「啊啊，我以前跟若為君故搶過怪的，早知道讓給她了，不，早知道幫她打怪了，那樣的話說不定就……扼腕啊！這麼漂亮的妞，因為一隻怪而錯失了！」

「樓上的，醒醒吧，你覺得你PK得過君臨天下嗎？各方面。」

「君臨幫主好帥啊！我要加入天下幫！」

「聽說若為君故操作也很強。」

「若為君故，要不要這麼才貌雙全啊？」

「其實我跟若為君故組過野隊，人挺好的，說話也客氣。不過，那君臨大神我就不敢恭維了，至少我感覺他挺傲慢的。」姚遠很想回一下這句。

這時旁邊的人轉頭看到她的螢幕，說了一句：「這帖，我也回覆了。」

「啊？」

君臨天下：在對的時間，遇見對的人，是一種幸福。

有句話怎麼說？當有一天他走進你的生命，你才明白，為什麼你跟別人沒有結果，甚至連開始都沒有，因為他們都不是你在等的人。

你在等誰，你其實一直都知道。

後記

彼此有心，終會天長地久

《對的時間對的人》（以下簡稱《時間》）這篇文，是我嘗試創作的第一部涉及網遊題材的小說。但其實書裡面網遊內容並沒寫多少，主要還是以大神刷下限、美人吐槽、大神與美人談情說愛引眾人眼紅吐槽為主的一篇輕鬆小白文。

老生常談地說一下寫《時間》這本書的初衷吧。

某天，我看到我的弟弟，也就是顧小弟，在玩遊戲，我站在他後面看了一會兒後，問他：「你在這遊戲裡算厲害嗎？」

他說：「姊，遊戲妳不懂啦，妳去看電視吧。」

我說：「看不起你姊嗎？我如果用心去玩，肯定比你厲害。」

小弟不屑。「怎麼可能？姊，妳在遊戲裡絕對只能當小白，大神、高級玩家什麼的，妳永遠不可能的啦。」

然後，我就去玩了遊戲，被虐得很慘。

於是，我決定否極泰來、發憤圖強……去寫一篇大神虐眾人的小說，找一下平衡感。

但可悲的是，我平衡感沒有找到，因為江安瀾大神，比所有我在遊戲中遇到的高手都更犀利地將我狠虐了一番。主要是安瀾這人吧，用文裡的話來說就是「寡言腹黑、脾氣糟糕、有點小壞的多重性格男」，有點折騰人，所以這難弄的大神導致我多次卡文。

好在，最後總算是完成了《時間》，雖然歷時將近兩年半，慚愧。

總的來說，這是一部跟《最美遇見你》一樣，沒有多少曲折的、歡快而積極的小說啦。可能年紀越大，現實生活中看到的不愉快越多，越想寫簡單、純粹的感情。安瀾跟姚遠的故事，雖有點波折，但那也只是為了證明，總有一些相愛的人是不管面前擺著何等的難題，只要彼此真有心，總能順利走下去的，最終天長地久。

我曾經在微博上說過一句話，每完成一本書，就像結束一段感情。

我對《時間》的感情，在此告一段落。但安瀾跟小遠的感情、溫澄跟姚欣然的感情（maybe），會在他們的世界裡繼續。

最後，感謝我亦師亦友的圖書策劃人何亞娟，她從不給我太大的寫作壓力，反而給了我很多時間，讓我可以好好地研究怎麼將一本書寫到最好。感謝她一路的鼓勵和幫助。

感謝編輯燕兮對《時間》的悉心修正。

更感謝一直陪著我的讀者們，你們永遠是我能一直寫下來的最強大的動力。

二〇一四年四月三十日

對的時間對的人

作　　者／顧西爵
發 行 人／黃鎮隆
副總經理／陳君平
副　　理／洪琇菁
執行編輯／陳昭燕、許晶翎
美術監製／沙雲佩
美術編輯／方品舒
國際版權／黃令歡、梁名儀
企劃宣傳／邱小祐、劉宜蓉
文字校對／施亞蒨
內文排版／謝青秀

國家圖書館出版品預行編目資料

對的時間對的人 / 顧西爵作 . -- 初版 . --
臺北市：尖端，2018. 1
面；　公分

ISBN 978-957-10-7917-2（平裝）

857.7　　106020877

出版／城邦文化事業股份有限公司　尖端出版
台北市 104 中山區民生東路二段 141 號 10 樓
電話：（02）2500-7600　傳真：（02）2500-2683
讀者服務信箱：7novels@mail2.spp.com.tw
發行／英屬蓋曼群島商家庭傳媒股份有限公司城邦分公司　尖端出版
台北市 104 中山區民生東路二段 141 號 10 樓
電話：（02）2500-7600　傳真：（02）2500-1979
劃撥專線：（03）312-4212
戶名：英屬蓋曼群島商家庭傳媒（股）公司城邦分公司
劃撥帳號：50003021
※ 劃撥金額未滿 500 元，請加付掛號郵資 50 元
法律顧問／王子文律師　元禾法律事務所　台北市羅斯福路三段 37 號 15 樓

台灣地區總經銷／中彰投以北（含宜花東）　楨彥有限公司
電話：（02）8919-3369　　傳真：（02）8914-5524
雲嘉以南　威信圖書有限公司
（嘉義公司）電話：0800-028-028　　傳真：（05）233-3863
（高雄公司）電話：0800-028-028　　傳真：（07）373-0087
馬新地區總經銷／城邦（馬新）出版集團 Cite（M）Sdn Bhd
電話：603-9057-8822　　傳真：603-9057-6622
E-mail：cite@cite.com.my
香港地區總經銷／城邦（香港）出版集團 Cite（H.K.）Publishing Group Limited
電話：852-2508-6231　　傳真：852-2578-9337
E-mail：hkcite@biznetvigator.com

版　次／2018 年　1 月 1 版 1 刷　Printed in Taiwan
2020 年 12 月 1 版 5 刷